巧讀
封神演義

余秋雨推薦

經典著作優秀改寫，全白話無障礙讀本，
內含精美手繪插圖，人物、典故、成語、知識點隨文注釋，
是一本適合青少年閱讀的國學入門書。

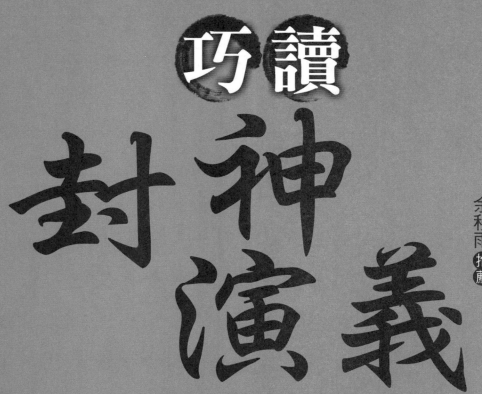

我们也许逃不过这样的荒诞：阅读极其泛滥又极其荒凉，文化极其壅塞又极其贫乏。

这里倒有一条安静的自救小路：趁年轻，放松心情读一点经过选择的经典。

余秋雨

目錄

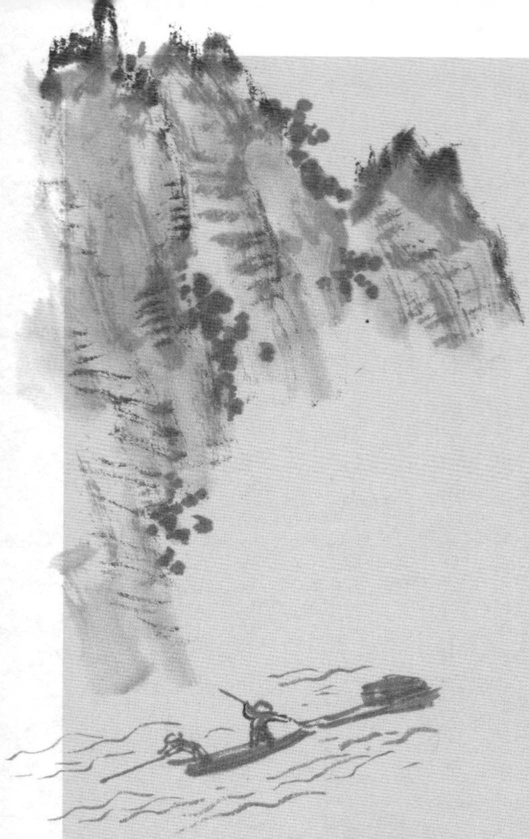

經典

梅子涵

成年人文化多，知道得多，上下五千年，心裡著急，恨不得把一切有價值的書都搬來給小小的孩子看。

成年人關懷多，責任多，總想著未來幾千年的事，恨不得小小的孩子們都能閱讀著幾千年的經典，讓未來因為他們的經典記憶風平浪靜、盛世不斷，給人類一個經久的大指望。

我們要說，這簡直是一個經典的好心腸、好意願，唯有稱頌。

可是一部《資治通鑑》，如何能讓青少年閱讀？即使是《紅樓夢》，那裡面也是有多少敘述和細節，是不能讓孩子有興致的，孩子總是孩子，他們不能深，只能淺，恰是他們的可愛；他們不能沉湎厚度，而只可薄薄地一口氣讀完，也恰是他們蹦蹦跳跳的生命的優點，絕不是缺點！

這樣，那好心腸、好意願便又生出了好靈感、好方式，把很長的故事變短，很繁複的敘述變簡單，很滔滔的教誨變乾脆，很不明白的哲學變明白，於是一本很厚很重的書就變薄變輕了。是的，它們已經不是原來的那一本那一部，不是原來的偉岸和高大，但是它們讓孩子們靠近了，捧得起來了，沒讀幾句已經願意讀完了。於是，一種原本是成年後正襟危坐讀的書，還在小時候沒有學會把玩耍的手洗得乾乾淨淨的時候，已經讀將起來，知道了大概，知道了有這樣的經典和高山，留在他們的記憶裡當個「存目」，等他們長大了以後再去正襟危坐地讀，探到深度，走到高度，弄出一個變本加厲的新亮度來，當成教授和專家。而如果，長大了，實在忙得不可開交，養家糊口，建設世界，沒有機會和情境再閱讀，那麼那小時候的閱讀和記憶也已經為他的生命塗過了顏色，再簡單的經典味道總還是經典的味道，你說，一個人在童年時讀過經典改寫本，還會是一種羞恥嗎？還會沒有經典的痕跡留給了一生嗎？

所以經典縮寫本改寫本的誕生，的確也是一個經典。

它也許不是在中國發明，但是中國人也想到這樣做，是對一種經典做法的經典繼承。經典著作的優秀改寫，在世界文化先進、關懷兒童閱讀的國家，是一個不停止的現代做法，是一個很成熟的出版方式，今天的世界說起這件事，已經絕不只是舉英國蘭姆姐弟的莎士比亞戲劇的例子了，而是非常多，極為豐盛。

所以，我們也可以很信任地讓我們的孩子們來欣賞中國的這一套「新經典」，給他們一個簡易走近經典的機會；而出版者，也不要一勞永逸，可以邊出版邊修訂，等到第五版第十版時簡直沒有缺點，於是這個品種和你的出版，也成長得沒有缺點。那時，這一切也就真的經典了。連同我在前面寫下的這些叫做「序言」的文字。

為孩子做事，為人生做事，是應該經典的。

導讀

《封神演義》、又稱《封神榜》、《封神傳》、《武王伐紂外史》、《商周列國全傳》，是中國古代神魔小說的代表作。全書以姜子牙輔佐周王滅掉商朝的歷史為背景，描寫了闡教和截教諸仙鬥法封神的故事。故事情節以女媧降香開始，以姜子牙封神結束，其間包含了大量民間傳說和神話。《封神演義》的出現，使道教諸仙廣為人知。

關於《封神演義》的作者，歷來眾說紛紜。其中最被人們接受的說法是許仲琳或陸西星。前者是明代的落第文人，生平不詳；後者是明代的道士，因「九試不遇」而出家。無論作者是誰，其成書時間都大致在明朝隆慶、萬曆年間。

《封神演義》最大的特點是想像奇特。它以宋元講史話本《武王伐紂平話》為基礎，博採道教故事和民間傳說，賦予各個角色奇特的外形、相貌和性格。姜子牙、哪吒、楊戩、紂王、妲己等形象都極其鮮明，各種奇珍異獸，讓人過目難忘。另外像搬山倒海、撒豆成兵、五行遁術等玄妙法門，也讓人對於古人無邊無際的想像力驚歎不已。

小說在人物性格方面的塑造，也是非常成功的。姜子牙足智多謀，楊戩沉穩果敢，哪吒無私無畏，比干忠心耿耿……每個人物都栩栩如生。

書中人物，大致分為兩派，一派是維護舊勢力的殷商，一派是發展新勢力的西周。舊勢力的代表人物紂王，沉湎酒色、濫殺無辜、昏庸無道，其實暗指明代後期黑暗的皇權統治；而新勢力的一派，暗合明代後期新思潮的宣導者。

《封神演義》篇幅恢宏，想像奇特，對東亞尤其是日本、朝鮮都有著深刻的影響。美中不足的是，由於時代與觀念所限，書中充斥著宿命論和迷信色彩，這是它不可避免的時代局限性。《封神演義》使中國道教舉世聞名。魯迅先生在《中國小說史略》中評價《封神演義》為「明代神魔小說的代表作之一」。可以說，《封神演義》是文學史上魔幻題材的鼻祖，一部展現東方人浩如煙海想像力的巨作。

第一回　禍起女媧宮

自盤古開天闢地後，經歷三皇五帝❶，就進入第一個王朝——夏朝❷。夏朝的末代帝王桀❸因為荒淫無度，引起其他部落的不滿和反抗，最終，一個東方的商族部落推翻夏朝，建立了商朝。因為商朝在盤庚❹時遷都到殷，所以商朝又被稱為殷商。

殷商的最後一個帝王名叫帝辛，帝辛是帝乙的第三個兒子，高大俊美，文武雙全，深得父親的喜愛。有一次，宮殿的一根房梁砸向帝乙的頭，在這千鈞一髮的時刻，力大無窮的帝辛挺身而出，單手托住房梁，救了父親的性命。由於帝辛救駕有功，帝乙決定立帝辛為帝位的繼承人。

帝乙駕崩後，帝辛成為天子，被稱為紂王，定朝歌為行都。紂王手下人才濟濟，文有太師聞仲，武有鎮國武成王黃飛虎，以東南西北四大諸侯❺為首的八百鎮諸侯都聽命於殷商，國家興旺發達，百姓安居樂業。

紂王七年的一天，一個大臣對紂王說：「大王，明天是三月十五日，是女媧❻娘娘的生日，請您到女媧宮上香。」

紂王不以為然地問：「女媧是什麼人，要我親自去上香？」

大臣連忙回答：「女媧娘娘是上古的女神。當年水神共工氏❼與火神祝融氏❽為爭奪天下大打出手，共工氏一怒之下頭撞天柱不周山。天柱被撞倒後，天塌地陷。因為天空向西北方向傾倒，日月星辰就東升西落；因為大地向東南塌陷，大江大河的水就自西向東流入大海。當時天上露出很多大窟窿，地面也裂出一條條的裂縫，漫山遍野都是熊熊大火，滔滔洪水從地下湧出，凶猛野獸四散奔逃，人間成為地獄。女媧娘娘看到自己創造的人類受到這樣的苦難，心裡十分難過。為了讓人們再次過上安定的生活，女媧娘娘就堆起巨石為火爐，取

❶【三皇五帝】一般認爲，三皇爲燧人、伏羲和神農，五帝爲黃帝、顓頊、帝嚳、堯、舜。
❷【夏朝】中國歷史上的第一個王朝，由禹的兒子啓開創。
❸【桀】夏朝暴君，在位五十二年。
❹【盤庚】商代第二十位國王，在位時從亳遷都到殷。
❺【諸侯】古代中央政權所分封的小國國君統稱。諸侯要服從王室，定期向中央朝貢。
❻【女媧】古代傳説中的人類始祖。
❼【共工氏】中國上古傳説中人物。據説是他發明了築堤蓄水的方法，被尊爲水神。
❽【祝融氏】傳説中的上古帝王，號赤帝，因教人使用火，被後人尊爲火神。

五色土為材料，用了九天九夜，煉出五色巨石。之後女媧娘娘又用了九天九夜，用五彩石將天補好，人間才重新恢復以往的平靜。人們為了感謝女媧娘娘，就建起女媧宮紀念她。」

紂王聽了大臣的話，就批准了他的建議。

第二天，紂王的隊伍浩浩蕩蕩地來到女媧宮。就在紂王參觀女媧宮時，一陣狂風吹過，女媧的聖像顯露出來。紂王看到女媧娘娘的聖像容貌端麗，頭腦一熱，就在女媧宮的牆壁上寫了一首詩來表達自己對女媧的愛戀。

宰相商容看到紂王的詩，立即對紂王說：「大王，女媧娘娘是上古的正神，請您把詩句擦去，否則老百姓會認為您品德不夠高尚。」

紂王不以為然地說：「我看女媧娘娘國色天香才作詩稱讚她的。」說完，就帶領百官班師回朝。

夜晚，女媧娘娘回到自己的寶殿，看到了紂王留下的詩句，生氣地說：「紂王這個無道昏君，不去保天下蒼生太平，卻在這裡侮辱我，實在可惡，看來到了改朝換代的時候了。」說完，女媧讓彩雲童子拿來自己的葫蘆，打開葫蘆蓋，一道白光從葫蘆裡射出。在白光之上，懸立著一面無色的「招妖幡」。在招妖幡的召喚下，天下的妖怪都被召到女媧宮裡，宮殿裡陰風習習，慘霧陣陣。女媧吩咐彩雲童子：「只要軒轅墳裡的三個妖怪留下，其他的都回去吧。」

這軒轅墳裡的三個妖怪分別是千年狐狸精、九頭雉雞精和玉石琵琶精。三妖來到女媧近前行禮。女媧對三妖說：「你們三個聽好了，殷商氣數已盡，我現在命令你們到紂王身邊攪亂他的天下，但是不要殘害生靈。事成之後，我可以讓你們修成正果。」三妖叩頭謝恩，化成一陣清風，消失在女媧宮。

紂王回到宮殿後，貪念女媧美貌，茶不思飯不想，一天比一天消瘦。因為聞太師常年在外平叛，不在朝中，所以紂王經常和費仲及尤渾兩個人商量事情。費、尤兩個人都是不學無術只會溜鬚拍馬的小人，他們看出紂王的心事，就建議紂王讓四大諸侯下面的八百鎮諸侯進獻美女。兩個人的壞主意正對紂王的胃口，決定第二天早朝頒布這道命令。

第二回　蘇護反商

第二天早朝，紂王話音剛落，宰相商容就站出來反對，他對紂王說：「大王，您現在已經有了眾多的後宮佳麗，如果再大張旗鼓地選美女，只怕會讓百姓反感。現在北海叛亂未定，大王應該多多積攢德行，以便天下人心服。」紂王想了很久，才勉強同意，放棄了選美女的想法。

紂王八年，以四大諸侯為首的八百鎮諸侯來到朝歌朝覲❶紂王。由於聞仲不在朝歌，朝政都由費仲和尤渾把持。諸侯們為了自己的利益，紛紛賄賂費、尤二人。兩個奸臣在整理禮物清單時，發現冀州侯蘇護沒有送禮，於是兩個人決定找個機會陷害蘇護。

紂王接見完各路諸侯之後，費仲偷偷對紂王說：「大王，我聽說蘇護有個女兒叫妲己，長得非常美麗。如果大王能說服蘇護把女兒獻出來，服侍在大王的左右，一定特別合適。」

紂王聽了，十分高興，馬上讓人去把蘇護找來。

紂王看到蘇護，笑呵呵地說：「我聽說你有一個女兒，舉止端莊，品德出眾。我打算選

她入宮做我的妃子。這樣你就成為我的親戚，享受數不盡的榮華富貴。你看怎麼樣？」

蘇護拉下臉，嚴肅地說：「大王的後宮已經有數不盡的妃嬪❷，希望您能正心修身，做一個仁德的國君。」

紂王笑著說：「你說錯了。很多大臣爭著想和我攀上親戚，我都不給他們機會。我現在主動讓你做我的岳父，你卻推辭，真是不識時務。」

蘇護高聲說：「大王，我女兒既不漂亮，也不賢慧，恕我不能同意。當年夏桀就是因為沉迷於酒色才失去了天下，大王現在的做法和他幾乎沒有什麼區別。」

紂王勃然大怒：「你竟然敢頂撞我！自古君讓臣死臣不得不死，更別說只是讓你獻出一個女兒。你把我和亡國之君相提並論，實在是欺君之罪。」說完，紂王對侍從說：「來人啊，把蘇護推出去斬首示眾。」

在這個關鍵時刻，費仲和尤渾上前勸解說：「大王，您如果因為蘇護不肯獻出女兒殺了他，天下百姓一定會認為您是個好色的昏君。不如先把蘇護放回冀州，讓他冷靜一段時間。等他認識到自己的錯誤，自然會把女兒送入宮中。這樣，百姓也會認為大王是個寬宏大量的

---

❶【朝覲】大臣拜見君主。

❷【妃嬪】是古代一夫多妻制的產物，指皇帝除了皇后之外的其他配偶。

明君。實在是一舉兩得啊！」

紂王想了想，同意了兩個人的意見，下令釋放蘇護。

蘇護回到驛亭[3]，家將們立即圍上來打聽主人進宮的情況。蘇護把事情的經過說了一遍，大家都十分憤怒。經過討論，大家一致決定擁護蘇護造反。蘇護頭腦一熱，離開朝歌前，在城牆上寫了一首反詩：君壞臣綱，有敗五常[4]，冀州蘇護，永不朝商。

紂王本來還美滋滋地等著蘇護回心轉意，沒想到只等到了一首反對自己的詩，於是勃然大怒，派四大諸侯中的西伯侯姬昌[5]和北伯侯崇侯虎率兵去冀州討伐蘇護。

姬昌為人忠厚，他知道蘇護是個忠心愛國的人，絕不會無緣無故造反，於是找到副宰相比干[6]，請他向紂王求情。比干同意後，姬昌就讓崇侯虎先出發，自己回領地西岐[7]整頓兵馬。

崇侯虎帶著五萬兵馬來到冀州。這時蘇護已經做好了戰鬥準備。因為崇侯虎名聲一向不好，所以蘇護也不打算和對方商量，直接派兵迎戰。

蘇護的兒子蘇全忠武藝高強，他的兩個副將也都很勇猛，三個人率領冀州的士兵把崇侯虎的軍隊打得落花流水。旗開得勝的蘇護擔心崇侯虎搬救兵復仇，就下令當天半夜偷襲崇侯虎的軍營。夜半時分，隨著一聲驚天動地的炮聲，冀州軍隊向崇侯虎的軍隊發起猛攻。崇侯虎萬萬沒有想到蘇護會在夜裡偷襲自己，因此手忙腳亂。崇侯虎在慌亂之中提起自己的大刀和蘇護打起來。由於沒有準備，倉皇應戰，崇侯虎逐漸體力不支，在兒子崇應彪的掩護下殺出一條血路，才算得以逃脫。

崇侯虎父子在黑夜的掩護下狂奔了二十多里，見沒有追兵了，才鬆了一口氣。可他們剛緩了一口氣，突然從黑暗中殺出一支兵馬，領兵的正是蘇全忠。這個時候，崇侯虎父子早已經沒有了體力，只好拼命抵抗。蘇全忠面無懼色，越戰越勇。崇侯虎父子都被蘇全忠的金槍刺傷，只好落荒而逃，可又遇上了一隊人馬。崇侯虎心想，自己這次算是跑不了了。

---

❸【驛亭】古代供旅途歇息住宿的處所，相當於旅店。

❹【五常】仁、義、禮、智、信，是古人認爲一個人所應該擁有五種最基本的品格和德行。

❺【姬昌】周武王的父親，武王建立周朝後，追封文王。相傳是《周易》的作者。

❻【比干】中國古代著名忠臣，帝辛（即紂王）的叔父，後來被紂王殘殺。

❼【西岐】周王朝的發祥地，在今陝西省。

第三回　姬昌解圍

崇侯虎仔細辨認對方的領軍將領，只見此人面色黝黑，兩道白眉，身披大紅袍，手裡握著兩把金斧，騎著一頭火眼金睛獸，原來是自己的親弟弟崇黑虎。看到了援兵，崇侯虎才長出了一口氣。

這個崇黑虎是個懂法術的人，蘇護聽說崇黑虎來到冀州，心裡一下子就沒了底。蘇全忠對於崇黑虎很不以為然，就安慰父親說：「兵來將擋，水來土掩。父親不必擔憂。」蘇護提醒兒子不要輕敵，可年輕氣盛的蘇全忠根本聽不進去，說完就披掛上陣，出城挑戰崇黑虎。

崇黑虎全副武裝，坐上火眼金睛獸出來迎戰。蘇全忠看到崇黑虎出來，二話不說挺槍就刺。兩個人在冀州城下打得難解難分。蘇全忠是年輕人，體力比崇黑虎好很多，時間一長，逐漸佔據優勢。打著打著，大汗淋漓的崇黑虎突然打開了身後一個紅葫蘆的蓋子，嘴裡還念念有詞。只見一道黑煙從葫蘆裡冒出來，漸漸擴散，好像一張大網，把天空遮住了。在黑色的大網中，飛出無數的鐵嘴神鷹，全部向蘇全忠飛過來。蘇全忠雖然驍勇善戰，但都限於力

量和武藝的比拼，這是第一次遭遇法術。蘇全忠的戰馬被神鷹傷了眼睛，馬一驚把蘇全忠摔到地上。崇黑虎一聲令下，手下的士兵把蘇全忠捆綁起來押回大營。

崇侯虎聽說蘇全忠被擒獲，十分高興，命人把蘇全忠押到自己面前。蘇全忠一看到崇侯虎，立刻破口大罵，堅決不向崇侯虎投降。崇侯虎很生氣，下令把蘇全忠斬首。劊子手剛要行刑，崇黑虎急忙上前阻攔。他對自己的兄長說：「大哥請息怒，蘇護父子是朝廷重犯，理應押回朝歌讓大王審理。再說大王的最初目的是為了得到蘇護的女兒，你如果殺了蘇全忠，可能會被大王怪罪。不如先把蘇全忠關起來，等抓了蘇護，把他們父子一同押回朝歌等候大王處理。」原來這崇黑虎一向欽佩蘇護為人，他這次來助陣，表面上是為了幫助兄長，實際上是為了勸說蘇護，為了保全蘇護父子的性命。崇侯虎哪裡知道崇黑虎的打算，於是同意了弟弟的話，下令把蘇全忠關押起來。

蘇護聽說兒子被擒，心裡十分難過，認為這一切都源自女兒妲己❶，就提著寶劍走進後廳，打算先殺死妻子和女兒，然後再自盡。妲己見父親進屋，就笑吟吟地問：「爹爹為什麼拿著寶劍進來？」蘇護儘管生氣，但妲己畢竟是自己的骨肉，心一軟，老淚縱橫地說：「冤家啊，就因為生了你一個，卻要斷送我們蘇家一門啊！」就在蘇護不知所措時，有人前來稟

---

❶【妲己】紂王的寵妃，被稱爲一代妖姬。

報說崇黑虎在城下挑戰。蘇護不知道崇黑虎是為了幫助自己才來的，他心裡清楚自己根本不是崇黑虎的對手，就沒有出戰，只是下令加強防守。

正當蘇護一籌莫展，準備坐以待斃的時候，他的督糧官鄭倫回來了。鄭倫一看到蘇護，急忙問道：「末將聽說將軍賦詩反商，北伯侯奉旨來征討將軍。末將心裡擔憂，馬不停蹄地趕了回來。不知道現在戰況怎麼樣？」蘇護搖著頭，有氣無力地回答道：「紂王無道，非要我把妲己送入宮中。我當面指責紂王的荒淫無度，他原本打算殺了我，後來費仲和尤渾兩個人希望我能主動獻出妲己，就勸紂王釋放了我。當時我頭腦一熱，在牆上題寫了反商的詩句。紂王一氣之下，派崇侯虎來討伐我們。崇侯虎的弟弟崇黑虎用法術把我兒子全忠捉拿過去。我打算殺了妻女，再自己了斷。你可以和其他將領投靠別人，我絕對不會阻攔。」

鄭倫聽了，大叫著說：「將軍你是不是喝醉了？還是變傻了？為什麼要說這麼沒有骨氣的話？別說是崇侯虎，就是四大諸侯率領八百鎮諸侯一起來攻城，末將也不會把他們放在眼裡。如果末將不能捉到崇黑虎，就割下項上人頭。」說完，不等蘇護下令，就拿著兩柄降魔杵，騎上火眼金睛獸，帶領三千人向崇黑虎挑戰。

崇黑虎不認識鄭倫，高聲問：「你是什麼人？」鄭倫回答：「我是冀州蘇侯手下的督糧官鄭倫，你就是崇黑虎吧？快快把我家公子放回來，自己乖乖投降，否則別怪我不客氣。」崇黑虎罵道：「大膽匹夫，竟敢口出狂言。蘇護辱罵天子，已經是大逆不道，罪該萬死。你這個逆賊，快快受死。」說完，兩個人就打在一起。

鄭倫看崇黑虎背著一個紅葫蘆，知道對方是個會法術的人，決定先下手為強。原來鄭倫曾經拜西崑崙度厄真人為師，學到了吸人魂魄的法術。只見他緊閉嘴唇，從鼻孔中噴出兩道白光，崇黑虎頓時覺得頭暈目眩，一頭從火眼金睛獸上摔下來。等到崇黑虎醒過來時，發現自己已經被冀州的士兵捉住。

士兵們把崇黑虎帶到蘇護面前，蘇護就讓所有人都退下，解開捆綁崇黑虎的繩子，對他說：「我是朝廷重犯，現在手下人又觸犯了將軍，實在慚愧。」崇黑虎本來就是來幫助蘇護的，急忙解釋說：「小弟這次就是為了幫助仁兄擺脫苦難的，蘇全忠現在在我那裡安然無恙，仁兄可以放心。」

崇侯虎聽說弟弟被俘，心裡十分惱火。正在這時，姬昌的大臣散宜生來到營地拜見他。崇侯虎質問散宜生：「天子要求西伯侯和我一同征討蘇護，現在他按兵不動是什麼意思？」散宜生彬彬有禮地回答：「我家主公已經寫好了一封給蘇護的信，勸他獻出愛女，平息叛亂。如果他不同意，我家主公一定會派兵剿滅蘇護。」崇侯虎認為散宜生只是在敷衍自己，嘲諷道：「哼，我和蘇護交鋒多次，他都沒有投降的意思，我倒要看看西伯侯是怎麼勸服蘇護的。」

散宜生來到冀州城下，向蘇護說明了來意。姬昌一向聲望頗高，在民間口碑很好，因此蘇護命人打開城門，迎進散宜生。姬昌在信裡勸蘇護要以冀州百姓的安危著想，應當捨棄小節而保全大義。蘇護思考了好久，最終在散宜生和崇黑虎的勸說下，點頭同意。

崇黑虎見蘇護同意歸降，就辭別蘇護，回到軍營。崇黑虎一見到哥哥，就批評他：「哥哥，你平時不做順應民意的事，總和奸佞小人混在一起，你的五萬精兵還抵不上西伯侯的一封信。現在蘇護已經同意獻出女兒，你卻損兵折將，慚愧不慚愧啊？你我兄弟從此一別，再不相見。」說完，崇黑虎命令士兵釋放蘇全忠，自己則領兵返回領地。

蘇護把自己的打算告訴夫人，夫人一聽說要把愛女獻給紂王，放聲大哭。蘇護再三安慰，夫人沒有辦法，只得同意。第二天，蘇護點了五百名家將，保護妲己去朝歌。一行人在路過恩州時，當地的驛丞❷對蘇護說：「老爺，這裡三年前出了一個妖精，從那以後過往的老爺們都不敢住在這裡。希望您把貴人安置在營帳裡將就一夜吧。」蘇護是個不信鬼神的人，生氣地說：「天子的貴人，怎麼會害怕妖魔鬼怪。你趕緊命人準備最好的房間讓貴人安歇。」驛丞不敢頂撞，只好準備出一間最好的房間讓妲己入住。

蘇護儘管不信驛丞的話，但心裡還不是很放心，提著豹尾鞭查看了一圈，沒有發現什麼異常。三更時分，突然颳起一陣怪風，把所有的燈都吹滅了，沒過多久，風停止了，燈又全部自己亮了起來。蘇護被剛才的怪風吹得毛骨悚然，正在疑惑的時候，忽然聽到後廳的侍女大喊：「有妖精。」蘇護急急忙忙衝到後廳，詢問妲己的安危。妲己迷迷糊糊地回答：「孩兒被侍女們吵醒，但沒有看到什麼妖精啊！」蘇護看到女兒沒事，就放下心來。蘇護哪裡知道，這個妲己早已經不是自己的女兒，而是那個被女媧召喚出來的千年狐狸精。這個妖精趁著熄燈之際，吸取了妲己的魂魄，自己則變成了妲己的模樣。

蘇護來到朝歌，還是沒有向費仲和尤渾獻禮。兩個奸臣一合計，就鼓動紂王處死蘇護。第二天，蘇護向紂王請罪。紂王受到兩個奸臣的鼓動，根本不聽蘇護的解釋，命令手下把蘇護推出去斬首。在這關鍵時刻，宰相商容及時站出來阻止。就在紂王猶豫不決時，費仲提議：「大王不如先令妲己朝見，如果您滿意了就赦免蘇護，如果不滿意，就把他們父女一起斬首。」紂王欣然同意。

妲己本來就長得非常美麗，再加上千年狐狸精擅長誘惑男人，紂王立即被她迷惑，於是赦免了蘇護。

---

❷【驛丞】明清時各州縣設有驛站之地，均設驛丞，掌管驛站中儀仗、車馬、迎送之事，沒有品級。因爲《封神演義》寫於明朝，所以有這個稱呼。

第四回 雲中子獻劍

紂王自從有了妲己，整日尋歡作樂，不理朝政。

終南山[1]有一個叫雲中子的仙人。有一天，他無意中向東南方望去，見一道妖氣直沖雲霄。雲中子自言自語地說：「這個妖精是個千年狐狸精，現在化為人形潛伏在朝歌城中，如果不早點除掉，一定會成為大患。」說完，他命令金霞童子為自己找一根乾枯的松樹枝，削成一把木劍，然後就駕祥雲來到朝歌。

紂王聽說來了一個道人要見自己，為了顯示自己的仁德，就讓雲中子入宮。雲中子見到紂王，只是簡單地行了個禮。平日裡受到大臣朝拜的紂王心裡很不高興，沒好氣地問：「你從什麼地方來的？」雲中子回答：「我從雲水來。」紂王問：「什麼是雲水呢？」雲中子回答：「心靈像天上的白雲一樣自由自在，思想像地上的流水一樣無拘無束。」紂王是個非常聰明的人，馬上又問：「如果白雲散開，流水乾涸，你又怎麼辦呢？」雲中子說：「雲散開月亮就出來了，水乾涸明珠就會顯現。」紂王見對方談吐非凡，就轉怒為喜，給雲中子賜

雲中子對紂王說：「大王，您只需把這把木劍掛在宮殿上，三天之內，妖怪自然就會現出原形。」

座。這時，雲中子才說明來意：「大王，貧道是終南山玉柱洞的雲中子，山中採藥時，發現朝歌妖氣瀰漫，所以才來到這裡剷除妖孽。」紂王不以為然地說：「王宮戒備森嚴，又不是荒郊野嶺，哪裡來的妖孽，先生一定是弄錯了。」雲中子笑著說：「大王如果知道妖孽是誰，妖孽也就不敢住在這裡。」紂王問：「好吧，那我該怎麼鎮住這個妖精呢？」雲中子拿出事先削好的木劍，對紂王說：「大王，您只需把這把木劍掛在宮殿上，三天之內，妖怪自然就會現出原形。」雲中子看紂王掛起了木劍，就站起身來，飄然而去。

❶【終南山】又名太乙山，是秦嶺山脈的一段，主峰在西安市，自古就有「仙都」和「天下第一福地」的美稱，傳說爲老子講經之處。

紂王退朝後來到妲己的壽仙宮，見妲己沒有像往常那樣出來迎接自己，就好奇地問：「蘇美人怎麼不出來迎接我呢？」侍女們趕忙說：「蘇娘娘得了急病，正臥床不起。」紂王一聽，急忙來到妲己的床前，看到她面色蒼白，氣息微弱。原來雲中子的木劍威力很大，千年狐狸精已經抵擋不住。紂王哪裡知道眼前的美女就是妖精，關切地問：「美人，早晨我上朝前你還好好的，不到一天時間，怎麼就變成現在這副模樣？」妲己當然不能說自己是妖精，就編了一個謊話：「大王，臣妾在迎接您時抬頭看到一把寶劍懸在宮殿上，不禁嚇出一身冷汗。臣妾命苦，不能繼續服侍大王了。」說完，就淚如雨下。紂王看到妲己這個樣子，含淚自責道：「這都怪我誤信了那個臭道士的話，才把木劍懸起來，沒想到竟然害了美人。」於是，紂王讓侍臣立刻摘下木劍，點火燒了。

第五回　紂王造炮烙

紂王焚燒了雲中子的木劍後，妲己的妖氣立刻得到了恢復，人也精神起來，紂王大喜。雲中子此時並沒有回終南山，而是留在朝歌暗自觀察。他看到原本已經黯淡的妖氣再次升起，知道自己的木劍已經被毀。雲中子長歎一聲，知道這是天意，就放棄了除妖的想法。他在回終南山前，在司天臺❶杜太師的牆上留下了一首很晦澀的詩，暗含了宮廷中有妖孽的事情。

杜太師名叫杜元銑，他回家時，發現很多人圍著自己家的院牆看，就走上前看個究竟。杜元銑看完詩，雖然一時沒有理解，但知道裡面一定藏有玄機，抄下詩句後立刻讓家丁把牆上的字洗掉。

❶【司天臺】古代觀測天象，制定曆法的機構。類似於現在的國家天文臺。

妲己說：「有了『炮烙』，那些奸猾的大臣肯定不敢再頂撞大王。」

原來杜元銑在觀測天象時，也發現有妖氣存在。聽說雲中子的事情後，更加確信了自己的判斷。他猜出這首詩可能是雲中子留給自己的。於是，杜元銑當晚就寫了一篇關於宮中有妖的奏章。

第二天，紂王看完杜元銑的奏章後，就和妲己商量如何處理。妲己有了之前的教訓，非常厭惡關於除妖的說法，於是就在紂王耳邊說了杜元銑很多壞話。紂王聽信了妲己的讒言，打算把杜元銑斬首示眾。

就在即將行刑時，大夫❷梅伯上前阻止。為了勸紂王回心轉意，他和紂王辯論起來。紂王遭到梅伯的反對，心裡非常氣憤，要處死他。但梅伯是殷商貴族出身，又是老臣，紂王為了避免事態擴大，下令免除梅伯的一切官職。梅伯絲毫沒有屈服，指責紂王聽信妲己的讒言，整日飲酒作樂，不理朝政。紂王一怒之下，決定對梅伯處以金瓜擊頂❸的刑罰。這時，妲己把嘴貼到紂王耳邊，輕聲說：「大王，臣妾認為梅伯在朝廷上公然侮辱您，是大大的不敬。就這麼殺了他，實在是太便宜他了。您應該採用更加嚴酷的刑罰，才能讓其他大臣們畏懼，否則這些亂臣賊子以後都要指著大王的鼻子罵您呢。」紂王好奇地問：「美人有什麼好辦法？」妲己說：「臣妾想到了一個叫做『炮烙』的刑罰，把這些不聽話的大臣剝光衣服，將他們的四肢綁在燒紅的銅柱子上，用燙火把他們燒成灰燼。有了『炮烙』之刑，那些奸猾的大臣肯定不敢再目無法紀，頂撞大王。」紂王聽了妲己的話，誇獎道：「美人的方法真是盡善盡美，我們就用『炮烙』之刑來處死梅伯。」

商容聽說紂王在趕製「炮烙」，認為殷商氣數已盡，就主動要求辭職，回家鄉養老。紂王捨不得這位老臣，但看商容的態度很堅決，只好同意了他的要求。商容臨走時，滿朝文武都來送行。副宰相比干說：「老宰相告老還鄉，怎麼忍心把江山社稷扔在一邊不管？」商容

---

❷【大夫】古代官職名。在秦朝以前，國君以下分爲卿、大夫、士三級。大夫是世襲的，有封地。後世遂以大夫爲一般任官職之稱。

❸【金瓜擊頂】使用瓜形的銅錘重擊人的頭頂，導致其死亡，是中國古代的酷刑之一。

老淚縱橫，對比干說：「不是我狠心撇下各位，而是天子寵信妲己，殘害忠良，還研製『炮烙』那樣沒有人性的刑具。殷商的氣數已經快到盡頭了，我希望各位能夠盡心輔佐天子，及時提醒他不要耽於酒色。咱們以後還會再相見的。」說完，和百官灑淚而別。

「炮烙」造好後，紂王大喜，決定處死梅伯。第二天上朝，紂王命人把梅伯押出來綁在柱子上。紂王說：「你前幾天敢在眾人面前辱罵我，現在就要把你用『炮烙』燒成灰燼。」梅伯說：「可憐殷商大好江山就要毀在你這無道的昏君手裡。」紂王大怒，命令列刑。可憐忠臣梅伯一瞬間就被燒成了灰燼。文武百官都被眼前的一幕嚇傻了，很多人都想辭官回家。

紂王見大臣們誰都不敢諫言，心裡十分高興，夜晚就和妲己在壽仙宮飲酒作樂，直到半夜也沒有停止的意思。紂王的姜皇后聽到鼓樂聲，就問宮人：「這時候是哪裡作樂？」兩邊的宮人趕忙回答：「娘娘，是大王和蘇美人在壽仙宮玩樂。」姜皇后歎了口氣，說：「我聽說大王聽信了妲己的話，製作了一個叫『炮烙』的刑具，殘害了大夫梅伯。看來我有必要去見見這個賤人了。」說完，姜皇后命人準備車輦[4]，前往壽仙宮。

---

❹【車輦】古代宮中用的一種便車，大多需要人拉。

第六回　姜皇后遇害

姜皇后來到壽仙宮，醉醺醺的紂王讓妲己向皇后行禮，又讓她為姜皇后表演歌舞。儘管妲己的舞姿非常優美，但姜皇后連眼皮都沒有抬。紂王看姜皇后沒有興趣，就好奇地問：「賢妻，人生短暫，應該及時享樂。妲己的歌舞這麼優美，真是世間少有，你為什麼不欣賞呢？」姜皇后回答：「大王是萬民之主，應當以老百姓的利益為重。您要清楚天子最珍貴的是忠臣良將而不是舞蹈，大王如果沉迷於酒色，不理朝政，只會不利於江山社稷。希望大王為天下蒼生考慮，遠離酒色，勤政愛民，這樣才可以永保太平，國泰民安。」說完，就帶著自己的人離開了壽仙宮。

紂王本來在興頭上，受到姜皇后劈頭蓋臉的批評後，非常惱怒，對妲己說：「這個不識抬舉的賤人，我讓美人為她舞蹈卻被她批評，還說了那麼多廢話。她如果不是正宮皇后，我早就叫人把她金瓜擊頂了。真是氣死我了！美人，你再給我跳一支舞，讓我忘記剛才的煩惱。」妲己為了挑撥紂王和姜皇后的關係，就趁機說：「大王，妾身再也不敢跳舞了。」

紂王問為什麼。妲己回答：「皇后娘娘指責我迷惑大王，如果我再跳舞，皇后又會批評我的。」說完，她裝腔作勢地哭起來。紂王十分心疼，生氣地說：「美人不要理會那個賤人的話，我過幾天就廢了她，立你為皇后。」

到了朝拜皇后的那天，所有後宮嬪妃都要來到姜皇后的宮中。姜皇后當著所有嬪妃的面批評妲己：「大王每天和你在壽仙宮飲酒作樂，不理朝政，混淆法紀，你不僅沒有勸大王，還整日跳舞迷惑他，實在是禍國殃民。我希望你馬上改正錯誤，否則絕不輕饒。」妲己回到壽仙宮，對姜皇后恨之入骨，寫了一封密信給費仲，希望他想辦法除掉姜皇后。姜皇后的父親是東伯侯姜桓楚，手下有二百鎮小諸侯，實力強大。費仲心裡清楚，只有斬草除根才能安枕無憂。經過一夜的苦想，老奸巨猾的費仲想到了一個十分毒辣的辦法。

有一天，紂王在皇宮裡遊玩，突然遭到一個刺客襲擊。這個刺客被宮廷侍衛抓獲後，說自己名叫姜環，是奉姜皇后和東伯侯的命令來殺紂王的。紂王一聽姜皇后想除掉自己，勃然大怒，讓人審問姜皇后。因為姜皇后是被冤枉的，當然不承認是自己派姜環來行刺紂王。紂王見姜皇后不肯認罪，也認為姜皇后可能是被冤枉的，就在他猶豫不決時，妲己突然笑起來。紂王問：「美人，你為什麼笑？」妲己說：「大王不要被皇后娘娘的謊言迷惑。自古以來，人們都喜歡到處傳播自己做的好事，沒有人會承認自己做過的壞事。現在姜環奉命行刺大王，一定是想幫東伯侯篡位。這樣大逆不道的罪行，姜皇后當然不會承認。臣妾認為只有加大刑罰，姜皇后才會認罪。」紂王點了點頭，問：「美人認為該用什麼刑罰呢？」妲己說：「以臣妾看，如果姜皇后不認罪，就挖出她的眼睛。姜皇后害怕挖眼睛的痛苦，就會乖乖認罪。」紂王同意了。

武成王黃飛虎的妹妹是紂王的貴妃。黃貴妃聽說妲己的壞主意，勸姜皇后不要再堅持。可耿直的姜皇后為了名節，下定決心不會改變主意。黃貴妃正勸姜皇后時，紂王的人來逼問。由於姜皇后沒有認罪，她被殘忍地挖出了一隻眼睛。

紂王看到姜皇后血淋淋的眼睛，心中不忍，責怪妲己：「都是相信了你的話，皇后才遭到這麼殘忍的處罰。到時候大臣們不服氣，我該怎麼辦？」妲己說：「姜皇后不認罪，大臣們當然不會服氣。臣妾認為，事情發展到現在的地步，索性一不做二不休，如果姜皇后再不認罪，就炮烙她的雙手。俗話說，十指連心，不怕她不認罪。」

黃貴妃又勸姜皇后不要再受皮肉之苦，可姜皇后依然沒有答應。可憐姜皇后的雙手被燒得皮焦肉爛，人也昏死過去。

紂王見姜皇后還是不認罪，一時間不知道如何是好，詢問妲己的意見。妲己建議說：「大王不必擔憂，現在只需要把姜環帶上來，讓他和姜皇后當面對質，立刻就能知道事情的真相。」

第七回　方弼反紂

姜皇后一看到姜環，就破口大罵：「你這個逆賊，是誰派你來陷害我的？」姜環裝出一副無辜的樣子，說：「娘娘，事到如今，您就不要再抵賴了，還是向大王認罪吧。」就在這時，紂王和姜皇后的兒子殷郊和殷洪聽說母親受到酷刑，急忙來到姜皇后身邊，抱著血肉模糊的母親痛哭。姜皇后看到兩個未成年的孩子，內心十分悲痛，對兩個人說：「我的孩子，是妲己想出的酷刑，你們眼前的這個人就是陷害我的姜環，你們一定要為我報仇雪恨。」姜皇后剛說完，就因傷勢過重去世了。

太子殷郊看母親慘死，拔出寶劍，不由分說把姜環砍成兩段。殷郊殺了姜環，又提著寶劍去找妲己報仇。黃貴妃怕殷郊惹出大禍，急忙讓殷洪把殷郊追回來。儘管如此，殷郊的行為還是讓紂王知道了。殘暴的紂王命晁田和晁雷兩位將軍去殺自己的親生兒子。

黃貴妃為了讓兩位皇子逃脫責難，讓他們到宮外躲避風頭。當兄弟兩人遇到黃飛虎和其他大臣們，就把遭遇詳細地說給群臣聽，引起大家的一致同情。鎮殿大將軍方弼和方相兄弟

很早就對紂王的無道很反感，現在聽說紂王竟然連妻子和兒子都要害，就當著其他大臣的面高喊：「紂王無道，誅妻殺子。從今天開始，我們兄弟要保護兩位王子離開朝歌，尋找反商的力量，推翻紂王，立太子為王。」說完，就每人背起一個孩子，衝出城門。兩個人都是身材魁梧的巨人，所以守城的官兵根本攔不住他們。滿朝文武都被方氏兄弟的舉動嚇得不知所措，只有黃飛虎十分鎮定，一言不發。比干問黃飛虎：「將軍，方弼造反，你為什麼不說話呢？」黃飛虎說：「方氏兄弟都是粗魯的莽漢，尚且不能容忍大王殘害妻子和兒子。這麼多的大臣竟然沒有一個敢伸張正義。我如果制止他們，他們和兩個王子都要被殺。我實在是不忍心殘害忠良啊。」

就在黃飛虎解釋的時候，晁田和晁雷提著寶劍來找兩個王子。黃飛虎把方氏兄弟背著王子反出朝歌的事告訴兩個人。晁田一聽說方氏兄弟造反了，驚得魂不附體，再加上方氏兄弟都是巨人，自己根本不是他們的對手，想來想去決定向紂王覆命。

紂王聽後，立刻命令黃飛虎去追捕方氏兄弟和兩個王子。

黃飛虎當然不想接這個差事，可畢竟是紂王下的命令，作為臣子就該服從命令。無奈之下，黃飛虎只好接旨。他的親信黃明、周紀、龍環、吳炎四個人也想跟隨黃飛虎，被他拒絕。黃飛虎跨上日行八百里的五色神牛去追趕方氏兄弟，沒過多久就追上了他們。兩個人希望黃飛虎能夠放走殷郊和殷洪，自己甘心受罰。殷郊和殷洪看到方氏兄弟如此俠肝義膽，就跪在黃飛虎面前懇求他放了四個人。黃飛虎左右為難。殷郊看黃飛虎拿不定主意，決定用自己的頭換取弟弟的性命。殷洪也爭著用自己換哥哥。黃飛虎被四個人捨己為人的精神感動，下定決心讓他們逃命。黃飛虎建議方弼背著殷郊去投奔東伯侯姜桓楚，方相背著殷洪去投奔南伯侯鄂重禹。方氏兄弟覺得自己目標過於明顯，不利於王子逃跑，就讓殷郊和殷洪單獨行動。五個人灑淚而別，黃飛虎回到朝歌覆命。

紂王聽說沒有找到人，派殷破敗和雷開兩個人繼續追捕。黃飛虎是全軍的最高統帥，所有的兵馬都要經過他調配。黃飛虎為了給王子們爭取到更多的時間，第二天才派兵，並且派出的都是老弱病殘。

殷洪年紀小，從小在宮廷裡嬌生慣養，哪裡經得起奔波勞累。一天夜晚，困頓的殷洪在松林裡看到一座古廟，就來到廟裡和衣而睡。

殷郊一路向東，天黑時看到一座規模很大的府邸。殷郊上前敲門投宿，沒想到府邸的主人竟然是剛剛告老還鄉的老宰相商容。商容看到是殷郊，也大吃一驚，急忙詢問原因。殷郊把事情的來龍去脈原原本本地告訴商容。聽完殷郊的話，商容氣得大叫：「真沒想到紂王這個昏君這麼滅絕人性，連自己的結髮妻子和親生兒子都要殺害。滿朝文武竟然沒有一個人規勸他，真是氣死我了。殿下請放心，老臣明天就回朝歌勸大王不要再胡作非為。」

第八回　商容之死

雷開帶著五十個老弱殘兵追捕目標，遇上了大雨。見不遠處有一座古廟，雷開就帶人到裡面避雨，沒想到看到了在廟裡睡覺的殷洪，就把殷洪抓回朝歌。

殷破敗向東追捕，路過商容老家，他曾經是商容的學生，就進去探望自己的師父。他剛一進府邸，看到殷郊竟然在屋裡和商容一起吃飯，大喜過望，命令士兵把殷郊帶走。商容大罵殷破敗助紂為虐，可又無計可施，只好眼睜睜看著殷郊被抓走。

殷破敗和雷開合軍一處，帶著兩個王子回來了。紂王聽說兩個兒子被抓到，立刻讓殷破敗行刑。殷破敗和雷開拿著聖旨剛走出宮門，被以黃飛虎為首的文武百官攔住。上大夫趙啟把紂王的聖旨撕得粉碎，大罵殷破敗和雷開。黃飛虎命令自己的四個親信把王子保護起來。

殷破敗和雷開被眾人阻止，不知所措，只好稟告紂王。妲己怕紂王一時心軟，聽信了群臣的諫言，就讓紂王發一道行刑的密旨。

這時恰好有兩位仙人路過此處，一個是太華山雲霄洞的赤精子，另一個是九仙山桃源洞

的廣成子。兩位仙人去聽師父元始天尊[1]講道，返回途中，忽然被兩道紅光所阻擋。二仙撥開雲頭，向下觀看。廣成子說：「道兄，殷商氣數已盡，西岐聖主馬上就要得到天下。這兩個王子紅光沖天，命不該絕。你我二人不如發發慈悲，救他們一命，再一人收一個弟子，將來可以為伐紂出一份力。」赤精子回答：「此話有理，事不宜遲，現在就動手吧。」於是廣成子命令黃巾力士[2]說：「你們把這兩個即將受刑的王子抓回咱們的山洞。」

黃巾力士領廣成子的法旨架起神風，頓時天昏地暗，飛沙走石。監斬殷郊和殷洪的人被大風吹得睜不開眼睛，各自抱頭鼠竄。等到大風停止後，兩位王子已經不見蹤跡。百官聽說王子不見了，心裡十分高興。殷破敗把情況告訴紂王。紂王聽了也覺得事情很怪。

隨後趕來的商容聽說兩個王子被大風吹走，心裡十分詫異。大臣們看到老宰相突然返回，都上前迎接。商容責備大臣說：「我辭官回家後，大王做了這麼多錯事，你們為什麼不去阻攔呢？」比干說：「老宰相，不是我們這些人不想勸大王，而是他已經很久沒有上朝了，我們根本沒有機會見到大王啊！」商容歎了口氣，說：「還好蒼天有眼，營救了兩位王子，否則先王就要斷子絕孫了。我這就擊鼓請求面見大王。」

紂王在後宮正為兒子的失蹤煩惱，聽到外面有人擊鼓，就來到前殿看是誰在搗亂。見擊鼓的人是商容，紂王好奇地問：「你不是告老還鄉了嗎，今天無緣無故回來幹什麼？」商容說：「老臣聽說大王最近沉迷於酒色，拒絕上朝，殘忍地殺害了姜皇后，還要殺了自己的親生骨肉。希望您能早點悔悟，痛改前非。」紂王勃然大怒，對左右說：「把這個老匹夫推出去金瓜擊頂。」商容面不改色地說：「我是三世老臣，又被先王託孤，倒要看看哪個人敢來抓我。」接著，就用手指著紂王大罵：「昏君啊，你被酒色所迷惑，不理朝政，濫殺無辜，真是有辱先王。姜皇后溫柔賢慧，母儀天下，你卻聽信妲己讒言，殘殺姜皇后。兩個王子都是你的親生骨肉，你竟忍心取他們的性命。可惜啊，我殷商數百年的基業就要毀在你這個昏君的手裡。你死以後，還有什麼面目去見列祖列宗啊！」紂王拍著桌案大叫：「快把這個胡言亂語的老匹夫拿下。」商容喝退來人，高聲說：「我死不足惜。只是沒有把你這昏君輔佐成合格的君主，實在愧對先王的囑託啊！」說完，商容一頭撞到宮殿的龍盤石柱上，腦漿四濺，死於殿前。

---

❶【元始天尊】又名「大上盤古氏天道元始天尊」。在道教神仙中排名第一。《歷代神仙通鑑》稱他爲「主持天界之祖」。

❷【黃巾力士】道教傳說中聽命於高級別神仙的仙吏。每位元神仙手下的黃巾力士數目不一樣。

第九回　姬昌收雷震子

百官看到商容撞死，無不動容。大夫趙啟忍無可忍，抱著商容的屍體，大罵紂王：「昏君，你根本就不是人，早晚會不得好死的。」紂王大怒，以炮烙之刑處死了趙啟。

紂王回宮後，生氣地對妲己說：「氣死我了，今天商容和趙啟兩個匹夫竟然當著滿朝文武的面辱罵我。看來炮烙已經不管用了，還要想個比炮烙更厲害的刑罰。另外，東伯侯姜桓楚如果知道自己的女兒慘死，一定會起兵造反。如果聞太師在，我就不怕諸侯們造反，可現在聞太師遠在北海，我不知道該怎麼辦了。」妲己裝模作樣地哭著說：「臣妾是女流，不懂得這些安邦定國的理論，還是問問費仲吧。」

費仲聽完紂王的問題，思考了一會兒，回答道：「大王，現在文武百官都有怨言。姜桓楚一旦知道朝歌的事，一定會起兵造反。為了免生禍患，咱們就要先下手為強，找個理由把四大諸侯[1]全都騙進朝歌。等他們一到朝歌，立刻把他們處死。到時候八百鎮諸侯群龍無首，就不敢造反了。」紂王聽了費仲的話，讚不絕口地說：「愛卿真是天下奇才啊。」於是

連發四道密旨，詔四大諸侯[1]到朝歌會合。

西伯侯姬昌接到聖旨，準備上路。姬昌是個占卜[2]的高手，他算到自己這次去朝歌凶多吉少，要七年後才能返回，於是把內政委託給散宜生，外事委託給南宮适，讓長子伯邑考照顧家眷並代替自己管理西岐。

姬昌帶領五十個隨從離開西岐，向朝歌進發。一行人走到燕山附近時，突然下起了大雨，姬昌帶人到樹林裡避雨。大雨下了半個時辰[3]後，姬昌說：「注意，要打雷了。」隨從們剛捂住耳朵，就響起了驚天動地的雷聲。雷聲響過，立刻雨過天晴。姬昌對隨從說：「這一聲巨雷預示著要有將星[4]出現，你們快和我一起尋找。」大家找來找去，在一個古墓邊找到了一個啼哭的孩子。姬昌抱著孩子，高興地說：「我命裡有一百個兒子，到現在為止有九十九個，算上這個嬰孩，剛好夠數，真是太好了。」然後吩咐隨從說：「我這次外出，凶多吉少，還是把這個孩子託付給當地的村民，等我七年後再帶他回西岐。」

---

❶【四大諸侯】指的是東伯侯姜桓楚，南伯侯鄂崇禹，西伯侯姬昌，北伯侯崇侯虎。

❷【占卜】指用龜殼、獸骨、銅錢、竹籤等工具推測未來吉凶禍福的活動。

❸【時辰】古人把一天劃分爲十二個時辰，每個時辰相當於現在的兩小時。

❹【將星】古人認爲人間的帝王將相與天上星宿相互對應，將星則是象徵大將的星宿。

就在姬昌抱著孩子尋找人家時，忽然迎面遇到一個相貌清秀的道人。這個道人看到姬昌，上前打了個招呼：「君侯，貧道有禮了。」姬昌急忙下馬還禮：「姬昌失禮了。敢問道長來自哪座仙山，為什麼來到此處？」道士笑著說：「貧道是終南山玉柱洞的雲中子。剛才雨過雷鳴，要有將星出現。貧道來到這裡，就是為了尋找將星。」姬昌一聽，急忙讓人把嬰孩抱過來。雲中子接過嬰孩，笑著說：「君侯，貧道打算收此嬰為徒，等到適當的時候，一定把他奉還給你，不知道你意下如何？」姬昌說：「道長能收他為徒，姬昌求之不得。只是以後我們父子相認時該以什麼為憑證呢？」雲中子想了想，說：「既然此子是雷後現身，就叫他雷震子吧。」說完，就懷抱雷震子駕雲返回終南山。

姬昌經過一路顛簸，終於來到朝歌，此時其他三位諸侯都已經趕到。四大諸侯正在猜測紂王召集他們的真實意圖時，一個叫姚福的人偷偷把最近朝中發生的事情原原本本講了一遍。姜桓楚聽說女兒慘死，痛不欲生。姬昌等人趕忙安慰姜桓楚。四個人決定第二天上朝為姜皇后申冤。

次日早朝，文武百官列隊而站。姜桓楚剛說了兩句，紂王就下令將其推出午門。

第十回　姬昌被困

三大諸侯見勢不妙，急忙諫言阻止紂王。紂王本就打算一舉剷除四大諸侯，趁機下令把四大諸侯全部拿下。因為崇侯虎平時經常和費仲、尤渾來往，所以兩個奸臣立刻出來為崇侯虎求情。紂王對兩個人一向言聽計從，赦免了崇侯虎。黃飛虎和比干等大臣紛紛勸說紂王法外開恩，留下其他諸侯的性命。紂王思考了許久，只赦免了姬昌，處死了姜桓楚和鄂崇禹。

紂王本打算放姬昌回國，可費仲對紂王說：「大王，姬昌外表看起來忠厚老實，但內心奸詐狡猾。他看到東伯侯和南伯侯被殺，回西岐肯定會興兵作亂。大王如果放他回去，就是放虎歸山。」紂王說：「可赦免他的詔書已經下了，眾臣皆知，怎麼能反悔呢。」費仲說：「明天姬昌臨行前，百官一定會為他餞行❶，臣會趁機打探虛實。如果他真心為國，就放他一馬；如

❶【餞行】送行。

果他欺騙大王，就把他斬首示眾。」

第二天，百官果然在西門外的十里長亭為姬昌餞行。正在歡飲之時，費仲和尤渾騎馬趕來，眾人不喜歡費、尤二人，就都走了。費仲拿出自帶的酒，和姬昌攀談起來。酒過三巡，費仲說：「我聽說大人擅長占卜之術，不知道是不是這樣？」姬昌點頭稱是，費仲又問：「大人算過國家的未來嗎？」姬昌由於喝了酒，一時間喪失了警惕，長歎一聲，說：「國家氣數已盡，現在是最後一世，而且不得善終。」費仲繼續問：「請大人為我們卜算一下最終的結果。」姬昌是個正人君子，不懂陰謀詭計，為兩個人推算之後歎道：「真是奇怪。」費、尤二人馬上問：「哪裡奇怪？」姬昌回答：「我以前見過各種死法，卻從來沒有見過你們二位這麼蹊蹺的死法。」兩人笑著問：「大人快說是什麼奇怪的死法？」姬昌說：「兩位將來不知道為什麼被封凍在冰雪裡。」兩個人不相信姬昌的話，又笑著問：「不知道大人有沒有給自己推算過未來？」姬昌說：「算過。我是壽終正寢。」費、尤假惺惺地向姬昌道賀，找機會回到宮中稟告。

紂王聽後大罵：「姬昌這個老匹夫，竟然敢在背後這麼侮辱我。傳我的旨意，讓晁田火速出兵抓捕姬昌回來問罪。」

姬昌走了一段路，逐漸清醒過來。他猛然醒悟，知道自己酒後失言，急忙對家將們說：「咱們加快速度回西岐，遲了恐怕要有災禍。」姬昌話音剛落，晁田的追兵就趕到了。晁田攔住姬昌，說：「大王有令，命令你馬上返回朝歌。」姬昌囑咐家將們趕快回西岐，自己跟隨晁田回到朝歌。

黃飛虎聽說姬昌返回朝歌，知道他凶多吉少，派人找到其他大臣保護姬昌。紂王看到姬昌，大罵道：「老匹夫，我之前對你網開一面，不僅沒有殺你，還同意你回西岐，你不但不知恩，還在背後侮辱我。」姬昌說：「不知道老臣什麼時候侮辱大王了？」紂王大怒：「你還敢強詞奪理。你不是說我不得善終嗎？」姬昌回答：「大王，老臣只是根據推演的結果實話實說而已。」紂王大喝一聲：「老匹夫還狡辯，來人啊，把姬昌推出去正法❷。」

黃飛虎等大臣急忙上奏：「大王，姬昌不能殺。」紂王說：「姬昌仗著自己的占卜術妖言惑眾，應該斬首示眾。」比干說：「大王，殺人不能沒有理由，為了讓天下百姓心服，不如給姬昌一個機會，讓他現場推算一下。如果應驗，就饒他不死；如果不靈，再殺他不遲。」紂王為了堵住大臣的嘴，就讓姬昌推算最近幾天的吉凶。姬昌拿出錢幣算了算，大吃一驚，對紂王說：「大王，明天太廟❸將有火災，建議馬上把裡面的物品拿出來保護。」紂王將信將疑地問：「明天什麼時候呢？」姬昌說：「午時。」紂王下令：「暫時把姬昌關押

❷【正法】執行死刑。

❸【太廟】是中國古代皇帝供奉先祖的地方。

起來，如果明天的確像他所說，再討論如何處置他。」

眾臣退出後，紂王問費仲：「如果姬昌的話應驗了，我們該怎麼辦？」費仲回答紂王：「大王派人把太廟裡所有容易引起火災的東西都撤走，再安排專人在太廟內外仔細檢查，這樣就可以避免火災了。」

第二天，紂王和費、尤都打算看姬昌出醜。到了午時，突然響起一聲霹靂。一個官員匆匆忙忙地稟告：「大王，太廟起火了！」紂王大驚失色，趕忙問兩個奸臣：「姬昌的話應驗了，我們該怎麼辦呢？」費仲說：「大王，既然姬昌的推測準確，就不能殺他了。但可以把他囚禁在朝歌，這樣就不會對我們造成什麼影響了。」

於是，姬昌被困在羑里❹，因為沒有別的事可做，就研究起伏羲❺的八卦❻。經過反覆推演和研究，姬昌把八卦發展成六十四卦，可以預測未來。

---

❹【羑（ㄧㄡˇ）里】商代的監獄。

❺【伏羲】與神農、黃帝並尊爲中華民族的人文始祖，所處時代大概是新石器時代中晚期。相傳是他根據天地萬物的變化，發明創造了八卦。

❻【八卦】中國古代一套有象徵意義的符號，用「—」代表陽，用「- -」代表陰，用三個這樣的符號組成八種形式叫做八卦。八卦包括乾、坤、震、坎、艮（ㄍㄣˋ）、巽（ㄒㄩㄣˋ）、離、兑。

第十一回　哪吒出世

陳塘關總兵名叫李靖。李靖在年輕時曾經向度厄真人學習道術，由於難以修成仙道，只好下山輔佐紂王，被封為總兵❶。李靖和夫人殷氏已經生了兩個兒子：長子名為金吒，次子名為木吒。殷夫人現在已經懷孕三年零六個月了，卻依然沒有生產。有一天，李靖對夫人說：「肚子裡的孩子懷了三年多還不出生，一定是個妖怪。」

當天夜晚，夫人睡得正香，忽然夢到一個鶴髮童顏的道人對她說：「夫人，快接貴子。」夫人被驚醒，覺得肚子疼痛。李靖在前廳焦急地走來走去，不知道夫人會生下什麼怪物。正在他胡思亂想的時候，一個侍女驚慌失措地說：「老爺，夫人生了一個妖精。」

李靖聽說，大驚失色，提著寶劍來到後房。剛推開門，就看到滿屋子的紅光，還瀰漫著奇異的香氣，一個肉球在屋子裡飛快地旋轉。李靖用劍把肉球砍開，從裡面跳出一個小孩。只見

❶【總兵】某一個地區的軍事長官。

李靖提著寶劍來到後房，看到一個肉球在屋子裡飛快地旋轉。

他右手套著一個金鐲子，肚子上圍著一塊紅綾。原來這不是一般的孩子，而是元始天尊的靈珠子化身。金鐲子叫「乾坤圈」，紅綾叫「混天綾」，都是很厲害的法寶。

過了幾天，李靖正在家中閒坐，忽然有人稟告有道人來訪。李靖本來出身道門，立即出門迎接。道人看到李靖，就自報家門，說自己是乾元山金光洞的太乙真人，聽說李靖又得了一個兒子，專程前來道喜。李靖很高興，讓人把孩子抱出來讓太乙真人看。

太乙真人看著小孩，問道：「將軍，這個孩子起名了嗎？」李靖回答：「還沒有。」太乙真人說：「貧道想收這個孩子為徒，不知道將軍願不願意？」李靖說：「真是求之不得啊！」太乙真人問：「將軍有幾位公子？」李靖回答：「有三個兒子。大兒子金吒，拜五龍山雲霄洞文殊廣法天尊為師；二兒子木吒，拜九宮山白鶴洞普賢真人為師；剩下的就是這個孩子了。」太乙真人想了想，說：「貧道就為這孩子起名哪吒，不知道將軍可否同意？」李靖趕忙拜謝：「多謝道長美意。」太乙真人哈哈大笑，告辭而去。

時間過得飛快，一轉眼七年過去了。這年夏天，天氣酷熱，哪吒為了避暑，來到不遠的東海玩耍。哪吒舞動混天綾在海裡洗澡，可他哪裡知道自己手裡的紅綾不是普通的紅布，他不經意的攪動，把東海龍宮攪了個天翻地覆。站立不穩的東海龍王敖光命令巡海夜叉❷去查看情況。

夜叉分開水路，看一個小孩在玩耍，大叫道：「你是誰家的孩子，用了什麼法術，把龍宮攪得天翻地覆？」哪吒正玩得高興，突然從海裡鑽出一個紅發藍臉、巨口獠牙的傢伙，頓時興趣全無，反問道：「你是個什麼東西，憑什麼來管我？」夜叉平時對別人橫慣了，哪裡受得了一個小孩的頂撞，舉起手裡的大斧砍向哪吒的頭頂。哪吒輕輕一跳，閃過夜叉的大斧，順勢舉起右手的乾坤圈，向夜叉的頭頂砸去。這乾坤圈是仙家寶貝，夜叉哪裡經受得住，當即腦漿迸濺，死在海岸上。

敖光正等著夜叉回來報告，可不一會兒，就有龍兵來報告：「大王，不好啦，夜叉被一個孩童打死了。」敖光大驚失色，說：「夜叉是玉皇大帝在靈霄寶殿❸欽點的，誰這麼大膽

---

❷【夜叉】佛教中一種形象醜陋凶惡的鬼，後來因爲受到佛祖的教化而成爲護法之神。

敢把他打死？」敖光剛要親自出馬，三太子敖丙站出來說：「何須父王親自去看，孩兒去把他抓來，讓父王發落。」說完，他帶領蝦兵蟹將去捉拿哪吒。

哪吒還在水裡嬉戲，忽然看到波濤襲來，情不自禁地說：「好大的水。」只見一個手持方天畫戟的人大叫：「是誰打死了我的巡海夜叉？」哪吒拍著自己的胸脯說：「是我。」敖丙問：「你是什麼人？」哪吒回答：「陳塘關總兵李靖的三兒子哪吒。剛才我在洗澡，那個怪物就來罵我。他實在太笨，被我一下就打死了。」敖丙大驚，說：「夜叉是天宮欽點的神將，你竟然敢把他打死。」說完，敖丙挺起畫戟就刺向哪吒。哪吒快速躲閃到一旁，問道：「你又是什麼人？」敖丙根本沒有把哪吒放在眼裡，輕蔑地說：「我是東海龍王三太子敖丙。」哪吒哈哈大笑：「原來是敖光的兒子啊。你不要妄自尊大，如果惹惱了我，把你這個泥鰍的皮剝下來。」敖丙平日養尊處優，哪裡受得了這樣的侮辱，勃然大怒，大叫一聲：「氣死我啦，大膽潑賊，如此無禮，吃我一戟。」哪吒把混天綾向空中一扔，把敖丙緊緊捆住，然後提起乾坤圈砸向敖丙的頭。這一下，敖丙的原身現了出來，原來是一條龍。哪吒看敖丙已死，就抽出龍筋想給李靖束鎧甲用。哪吒哪裡想到，他這次可闖下大禍了。

---

❸【靈霄寶殿】神話傳說裡玉皇大帝的宮殿。

第十二回　痛打老龍王

東海的龍兵見三太子被打死，急忙向敖光報告：「陳塘關李靖的兒子哪吒把三太子打死，連筋都抽了。」敖光聽完，大驚失色地說：「我兒子是行雲布雨的正神，怎麼可以被打死！李靖啊李靖，你我也曾有一拜之交，現在你縱子行凶，深仇大恨我怎麼能不報。」說完，敖光變成一個讀書人的模樣，來到陳塘關找李靖對質。

李靖聽說敖光來訪，喜出望外，整理好衣服出來迎接。李靖還沒開口，敖光就說：「賢弟，你生了一個好兒子啊！」李靖趕忙賠笑，問道：「兄長為什麼這麼說？小弟有三個兒子，都拜名山的仙人為師，不是市井無賴，兄長不要亂說。」敖光說：「賢弟，你的寶貝兒子不知道用什麼法術把我的龍宮搖晃得天翻地覆，打死了我的巡海夜叉，這都不算，還打死我的三太子，又抽了他的筋，你不要說不知道。」李靖趕忙解釋：「兄長一定是弄錯了。小弟的大兒子在五龍山，二兒子在九宮山，小兒子才七歲，都不可能做出這樣的事。」敖光說：「就是你的小兒子。」

李靖到後園找到哪吒。他還沒開口，哪吒就把自己打死敖丙的事告訴了父親。李靖聽完，嚇得臉都綠了，趕忙讓哪吒向敖光道歉。敖光當然不肯接受哪吒的道歉，臨走前留下狠話，要把李靖父子的罪行上報天庭，讓玉帝裁決。

李靖被敖光的話嚇得不知所措，對夫人說：「沒想到哪吒竟然犯了這麼大的錯。現在敖光要把我們告到天庭，三天之內，我們一定會成為刀下之鬼。」說完，李靖和夫人抱頭痛哭。哪吒看到父母很難過，就跪下說：「爹爹，母親，一人做事一人當，孩兒這就找師父想辦法，絕對不會連累你們的。」

哪吒藉土遁❶來到乾元山，一進洞就拜倒在太乙真人面前，把自己的所作所為說了一遍。太乙真人掐指一算，知道都是天數，就在哪吒的胸前畫了一道隱身符，並告訴哪吒對付敖光的辦法。

哪吒辭別師父，飛到南天門外等待敖光。因為哪吒有隱身符，所以敖光看不到他。當敖光來到南天門時，哪吒把他狠狠踢倒在地，一腳踏住敖光的後心。敖光被哪吒踩在腳下，才看到對方，惡狠狠地說：「你這個乳臭未乾的小子，打死夜叉，殺害我兒子，現在又在天庭毆打正神，實在是十惡不赦。」哪吒見敖光不服氣，就掀開他的衣服，撕下四五十片龍鱗。原來龍最怕鱗被撕扯，敖光忍受不住，只好求饒。哪吒說：「我可以饒了你，但你不許去見玉帝告狀。」敖光沒有辦法，只好答應。哪吒害怕敖光反悔，就逼著他變成一條小蛇，將其放在自己的衣袖裡。

哪吒剛回到陳塘關，李靖就問道：「你幹什麼去了？」哪吒回答：「孩兒剛從南天門回來，請敖光伯父不要告狀。」李靖不相信哪吒的話，生氣地說：「你又撒謊。天庭是什麼地方，也是你能去的？」哪吒笑呵呵地解釋道：「父親不用生氣，敖光伯父會向您解釋的。」李靖問：「伯父現在在哪裡？」哪吒說：「在這裡。」說完，把袖裡的小蛇扔在地上。敖光搖身一變，又變成讀書人的模樣。李靖連忙問：「兄長，這是怎麼回事？」敖光氣沖沖地把自己在南天門被打的事情告訴李靖，還拿出被撕下的鱗片給李靖看，然後指著李靖的鼻子說：「好你個李靖，竟然生出這樣一個小畜生。等我彙集四海龍王，一起去靈霄寶殿告狀，看你到時候怎麼辦。」說完，化成一陣清風離開了。

李靖跺著腳說：「這件事越來越不好辦了。」哪吒跪下安慰父親說：「爹爹，師父說我是奉元始天尊的法令才投胎的。我就是把四海龍王都得罪了也沒有關係，到關鍵時刻，師父會出面解決。」李靖畢竟學過道術，懂得一些玄機，聽哪吒這麼解釋，才稍微放下心來。

❶【土遁】古典神話小說裡經常出現的五遁之法的一種，就是能夠在土中遁形隱身的法術。

第十三回　太乙真人收石磯

哪吒在家中閒來無事，四處亂走。他無意中看到一張弓和三支箭。哪吒拿過弓箭，發現上面都刻著文字。原來這弓名為乾坤弓，箭名為震天箭，是軒轅黃帝[1]大破蚩尤[2]的時候流傳下來的，現在都是陳塘關的鎮關之寶。由於是上古的寶物，普通人根本拉不動弓弦，但哪吒天生神力，輕而易舉就拉開乾坤弓，向西南方射出一支震天箭。

在陳塘關西南方，有一座骷髏山白骨洞，裡面有一個叫石磯娘娘的女仙。她的碧雲童子挎著花籃正在山崖採藥，不幸被哪吒射出的箭射中喉嚨，當場就死了。和他在一起的彩霞童子急忙跑回洞裡報告石磯娘娘。

聽說弟子被射死，石磯娘娘出洞查看。她拔出箭仔細觀看，發現箭的翎花[3]上寫著「鎮陳塘關總兵李靖」幾個字，大罵道：「李靖，當年你修道不成，是我在你師父面前建議你下山享受人間富貴。你現在做了大官，不來報答我，反而射死我的弟子，真是恩將仇報。」說完，坐上自己的青鸞[4]，直奔陳塘關找李靖問罪。

石磯娘娘來到陳塘關上空，讓李靖出來見自己。李靖看到是石磯娘娘，倒身下拜：「弟子李靖不知道是娘娘駕到，有失遠迎，還望娘娘恕罪。」石磯娘娘生氣地說：「李靖，你別在這裡假仁假義了。黃巾力士，把李靖給我抓回洞府。」

回到白骨洞，李靖問：「娘娘，弟子不知道犯了什麼過錯。」石磯娘娘說：「你恩將仇報，用震天箭射死我的弟子，還敢不承認。」李靖問：「箭在哪裡？」石磯娘娘命人拿出震天箭。李靖看到的確是自己的箭，驚奇地問：「娘娘，乾坤弓和震天箭都是軒轅黃帝流傳下來的鎮關之寶，沒有人能拿得起，更不要說拉弓放箭了。希望娘娘讓弟子回去調查一下，免得被冤枉。」石磯娘娘想了想，認為李靖的話也有些道理，就放他回去調查。

李靖藉土遁之術回到陳塘關。他一路上思前想後，認為只有哪吒能拿動弓箭，因此一回

---

❶【黃帝】華夏始祖之一，與炎帝、蚩尤並稱爲中華始祖，遠古時期的部落聯盟首領，五帝之首。姓姬，號軒轅氏。傳說是黃帝播百穀草木，發明指南車，定算數，制音律，創醫學，發明文字。

❷【蚩尤】遠古時代九黎族部落酋長。黃帝戰勝炎帝後，與蚩尤的部落發生戰爭。蚩尤戰死後，他的部族融入了炎黃部族，形成了今天中華民族的主體。

❸【翎花】箭羽。

❹【青鸞】古代傳說中鳳凰類的神鳥。其中赤色的叫鳳，青色的叫鸞。通常都是神仙的坐騎。

到家，立刻讓人把哪吒找來質問。哪吒承認震天箭是自己射出去的。李靖氣得大叫一聲：「逆子，你和龍王的事還沒了斷，現在又去惹事。」哪吒當然不知道自己又闖了禍，就問：「爹爹，孩兒不知道又做了什麼錯事？」李靖說：「你剛才射出的震天箭射死了石磯娘娘的弟子，她剛才還來要我償命。你自己去和她解釋。」哪吒哈哈大笑：「爹爹息怒，石磯娘娘在哪裡？我這就去找她。」於是，父子二人藉土遁來到骷髏山。

石磯娘娘聽李靖說是自己的小兒子惹的禍，人正在洞外等候發落，就讓彩雲童子出去叫哪吒。哪吒聽見有人從洞裡走出，就先下手為強，用乾坤圈砸傷了彩雲童子。石磯娘娘見哪吒再次傷害自己的門人，勃然大怒，準備親自動手。哪吒不知道石磯娘娘的厲害，還像之前一樣使用乾坤圈。石磯娘娘用手把乾坤圈接住。哪吒又扔出混天綾，被石磯娘娘用袍袖收走。哪吒沒了法寶，只好逃跑。石磯娘娘在後面緊追不捨。

兩個人不一會兒就來到了乾元山。哪吒跑進金光洞，求師父救命。太乙真人聽說弟子又闖下大禍，讓哪吒在洞裡等著，自己到外面和石磯娘娘理論。太乙真人見石磯娘娘怒氣沖沖，趕忙道歉說：「道兄，貧道有禮了。」石磯娘娘說：「道兄，你的弟子仰仗著你教的道術，害了我兩個童兒，竟然還要用乾坤圈和混天綾來傷我。道兄如果把哪吒交出來，我立刻回山，咱們化干戈為玉帛，否則別怪我無禮。」真人說：「哪吒就在我的洞裡。道兄要他出來不難，但要經過我們闡教❺教主元始天尊的同意。」石磯娘娘冷笑著說：「拿你們的教主出來壓我，難道就可以縱容弟子行凶，殺我的徒弟嗎？難道我們截教就是好欺負的嗎？」真人說：「道兄。殷商氣數已盡，周室就要興起。哪吒將來要作為姜子牙的先鋒官為反商大業出力。希望你不要再追究這件事，回到洞府，這件事就此結束了吧。」石磯娘娘大怒，手執寶劍向太乙真人劈面砍去。太乙真人讓過寶劍，向崑崙山[6]方向下拜，自言自語說：「弟子今天要開殺戒了。」一說完，把自己的鎮洞法寶九龍神火罩拋到空中，把石磯娘娘罩在裡面。只見真人口中念念有詞，九條火龍盤繞在罩內，一聲巨雷，石磯娘娘的原形被逼出來，原來是一塊修煉多年的石頭。太乙真人見石磯娘娘已死，把乾坤圈和混天綾交給哪吒，說四海龍王已經來到陳塘關，讓他趕快回家搭救父母性命。

哪吒回到陳塘關，只見四海龍王已經彙聚到一起，正等著自己呢。哪吒為了不連累父母，就拔劍自刎[7]。四海龍王見哪吒已死，就放過了李靖夫婦。

---

❺【闡教】《封神演義》裡虛構的門派，教主是元始天尊，與通天教主的截教相對立。

❻【崑崙山】中國第一神山。由於高聳挺拔，成爲天然屏障，被古人認爲是世界的中心。崑崙山在中華民族的文化史上具有「龍脈之祖」的顯赫地位。

❼【自刎】用利刃割斷自己的頸動脈。自刎是中國古代武將絕望時經常使用的手段，例如西楚霸王項羽就是自刎而死。

第十四回　哪吒重生

哪吒的魂魄隨風來到乾元山向師父求助。太乙真人對哪吒說：「你託夢[1]給你的母親，讓她在陳塘關四十里外的翠屏山給你造一座行宮[2]。」

殷夫人被託夢後，把事情告訴了李靖。李靖因為哪吒三番四次地惹禍，氣還沒有消，聽說哪吒又在夢中相求，更是生氣，堅決不同意建造行宮的事情。殷夫人見李靖不同意，就背著他在翠屏山造了哪吒行宮。哪吒有了行宮，就顯靈為當地老百姓做了很多好事，漸漸地，哪吒的名氣越來越大，遠近百姓都來進香。

半年後的一天，李靖在翠屏山附近操練兵馬，看到有很多人扶老攜幼到山裡進香，問手下的副將：「為什麼有這麼多人來翠屏山呢？」副將回答：「半年前，有一個神仙在這裡顯聖，來這裡進香的百姓，願望都得到了滿足，因此名氣越來越大。」李靖很好奇，就騎著馬跟隨進香的人去看個究竟。

李靖來到行宮前，看到匾額上寫著「哪吒行宮」四個字，勃然大怒，把裡面供奉的哪吒

金身打得粉碎，還放火燒了行宮。

哪吒外出歸來，看到自己的行宮已經化為灰燼，質問行宮的鬼判❸。鬼判說明原因，哪吒十分生氣，認為自己已經和李靖脫離了關係，他就不該燒自己的行宮，思前想後，哪吒決定還是向師父求助。

太乙真人聽了哪吒的敘述，也認為是李靖做得不對。他知道姜子牙馬上就要下山了，哪吒需要一副軀體，就摘取了蓮花和荷葉，口中念念有詞，最後大喝一聲：「哪吒不成人形，更待何時！」再看這蓮花突然化身變成了哪吒的模樣。

哪吒重生後，要下山找李靖報仇。太乙真人雖然不希望他們父子變成仇敵，但知道可以趁這個機會磨練哪吒，就把火尖槍、風火輪、乾坤圈、混天綾和金磚交給哪吒，同時還傳授哪吒火尖槍的招式。哪吒學會之後辭別師父，找李靖報仇。

李靖當然不是哪吒的對手，幾個回合後就汗流浹背，只好騎馬逃跑。哪吒踏著風火輪在後面窮追不捨。李靖見勢不妙，就使用土遁術，可還是沒能甩掉哪吒。

---

❶【託夢】指死去的人出現在活人夢中，向活人提出某個要求。這是一種迷信的說法。

❷【行宮】古代京城以外供帝王出行時臨時居住的宅院或者供奉神仙的場所。

❸【鬼判】迷信中陰間的雜差。

太乙真人摘取了蓮花和荷葉，口中念念有詞，這蓮花化身突然化身變成了哪吒的模樣。

李靖跑著跑著，遇到了一個道童攔住自己，仔細一看，原來是二兒子木吒。木吒勸哪吒不要違背天理追殺父親，但哪吒根本聽不進去。於是兄弟二人各施法術，大戰起來。哪吒怕李靖跑遠了，就用金磚把木吒砸倒在地，繼續追趕李靖。

李靖拼命逃竄，知道自己打不過兒子，為了免遭侮辱，想拔劍自刎。他剛要動手，聽見有人讓他住手。李靖順著聲音的方向一看，原來是金吒的師父文殊廣法天尊，急忙躲到天尊身後避難。

哪吒看到李靖不見蹤影，卻有一個道人站在山坡上，上前詢問：「道長，你看見一個將軍從這裡過去嗎？」天尊說：「李將軍已經進我的雲霄洞了。」哪吒說：「你快點讓李靖出來，否則你就要代替他吃我三槍。」天尊笑道：「你是誰家孩子，竟敢在我面前口出狂言。」哪吒畢竟還小，不知道人外有人的道理，回答道：「我是乾元山金光洞太乙真人的徒弟哪吒，你趕快交出李靖。」天尊哈哈大笑：「我從來沒聽說太乙真人有個叫哪吒的徒弟，你要是再在我面前撒野，小心我把你吊上三年。」哪吒不知好歹，挺槍刺向天尊。天尊讓過槍頭，把袖裡的寶物遁龍樁扔向天空。頓時飛沙走石，黑雲蔽日。哪吒看不清方向，突然脖子和四肢分別被五個金環套住，身體靠在一個金柱子上，動也不能動。天尊看哪吒被法寶制伏，讓金吒取出扁拐❹，把哪吒一頓痛打。

就在哪吒挨打的時候，太乙真人駕雲來到。哪吒看到師父出現，急忙大喊救命。原來這些遭遇都是太乙真人為了去除哪吒的殺性而設計的。真人和天尊打了招呼，讓哪吒和李靖父子相認。哪吒顧及師父和師伯，只好勉強答應。真人知道哪吒不會善罷甘休，因此李靖剛走沒多久，就讓哪吒離開了。

哪吒下了山，繼續追趕李靖，不一會兒就追上了。李靖認為自己這次死定了，沒想到一個道人及時出現，把李靖擋在身後。哪吒剛吃過虧，這次比較小心，只是請道人把李靖交給自己。道人說：「你剛才答應放過李靖，現在卻繼續追殺，就是你的不對了。」哪吒氣急敗壞地說：「不關你事，今天抓不到李靖，難消我心頭之恨。」道人閃到一旁，對李靖說：

---

❹【扁拐】一種兵器。

「你現在就去和他打鬥。」李靖搖頭說：「這個畜生力大無窮，末將打不過他。」道人在李靖的肩膀上輕輕一拍，說：「不要怕，有我在此，你不會輸的。」

李靖只好硬著頭皮和哪吒打起來。可這次，李靖突然渾身充滿力量，哪吒漸漸體力不支。哪吒暗自思量，李靖明明不是我的對手，現在卻佔了上風，一定是這個道人暗中做了手腳。哪吒心中恨道人幫忙，突然將槍刺向道人。道人閃過槍頭，對哪吒說：「你這孽障，怎麼突然用槍刺我？」哪吒說：「就是你暗中幫助李靖，我才打不過他。」說完，又刺向道人。只見道人向天空拋出一個玲瓏塔，把哪吒困在塔中，雙手一拍，塔裡立刻燃起了熊熊大火，把哪吒燒得大喊救命。

道人哈哈大笑，說：「我是靈鷲山圓覺洞燃燈道人。你身上殺性太重，你師父請我來去除你的殺性。你還認不認父親了？」哪吒知道自己不是燃燈道人的對手，只好嘴上答應，打算等他離開，再找李靖報仇。哪知道燃燈道人把玲瓏塔交給李靖，還把使用方法傳授給他。哪吒這才死了心，認了李靖。李靖父子重新相認，等待即將出山的姜子牙，為興周滅商貢獻力量。

第十五回　姜子牙下山

這一天，崑崙山玉虛宮的元始天尊命令白鶴童子把徒弟姜子牙❶叫到身邊。姜子牙倒身下拜，天尊問：「你到這裡多少年了？」姜子牙說：「弟子三十二歲上山，今年已經七十二歲了。」天尊說：「你生來命薄，難以修成仙道，只能享受人間富貴。現在殷商氣數已盡，周室將興，到了你下山輔佐明主，成就事業的時候了。」姜子牙捨不得離開，哀求道：「弟子不貪戀人世間的榮華富貴，希望恩師准許我繼續留在山裡修煉。」天尊說：「這是你命中注定的，不要再推辭了，以後我還有更重要的任務要交給你完成。」姜子牙沒有辦法，只好收拾行李，辭別天尊和眾位道友，下山直奔朝歌。

姜子牙沒有親戚，只有一個叫宋異人的結拜兄弟，因此藉土遁術來到宋異人所在的宋家

---

❶【姜子牙】姜姓，呂氏，字子牙，也稱呂尚，俗稱姜太公。因爲輔佐周武王滅商有功，被封於齊，成爲齊國的始祖。是中國歷史上著名的政治家和軍事家。

莊。宋異人和姜子牙整整四十年沒有見面，這一相見，格外高興。兩個人邊吃邊談，說著說著，宋異人就要給姜子牙找個妻子。原來距離宋家莊不遠有個馬家莊，馬家莊的馬員外有一個六十八歲的女兒一直沒有出嫁。在宋異人的撮合下，姜子牙和馬氏成婚了。

婚後，由於有宋異人提供生活所需，姜子牙整日無所事事。馬氏見他自己不賺錢，認為不是長久之計，就讓他找個可以謀生的行當。可姜子牙四十年都在崑崙山修道，只會編笊籬，於是砍了些竹子，編成笊籬拿到集市上賣。可從早站到晚，一個笊籬也沒賣出去。馬氏認為姜子牙偷懶，和他吵起架來。宋異人看姜子牙夫妻吵架，出來勸解：「賢弟，不要說只養你們夫妻兩個人，就是再多二三十口人，我也養得起啊。這樣吧，我的糧倉裡還有很多麥子，你們不妨磨些麵粉拿到市場賣。」

姜子牙把用麥子磨好的麵粉挑到市場裡賣。從早到晚，一個向他買麵粉的人都沒有。就在姜子牙灰心喪氣，打算回家時，終於有人來買麵粉了。可這個人只要一文錢的麵粉。一文錢的麵粉實在是太少了，但姜子牙又不好不賣。可他剛剛把挑麵粉的擔子放下，就有一夥騎馬的士兵飛馳而過，裝麵粉的籮筐被撞翻在地。他回家後，又遭到馬氏的冷嘲熱諷。

宋異人讓姜子牙管理一家自己經營的飯館，結果飯菜都餿了，酒肉都酸了。講義氣的宋異人又出資讓姜子牙販賣家畜，結果所有的家畜都被官兵沒收。

姜子牙的生意全部賠了本，他為此悶悶不樂。宋異人為了安慰兄弟，陪他在自己的家中喝酒散步。兩個人走著走著就來到了後花園。姜子牙觀看了一會兒，對宋異人說：「仁兄，這裡應該建一座五間樓。」宋異人說：「實不相瞞，這裡已經建了七八次，可不知道為什麼都被火燒毀了。」姜子牙笑了笑說：「小弟為仁兄挑一個吉日建樓，保證平安無事。」

在姜子牙選好的日子，宋異人命人破土動工。當樓建到一半的時候，突然狂風大作，飛沙走石。姜子牙懂得法術，看到是五個精靈在作怪。於是他披髮仗劍，用劍一指，大喝一聲：「孽障還不現形，更待何時。」五個妖怪見姜子牙法術高強，跪倒在他面前，哀求說：「小畜們不知道上仙大駕光臨，希望您高抬貴手，饒恕我們。」姜子牙說：「你們這些孽畜，多次燒毀房舍，今天我要剷除你們。」妖怪說：「上仙，看在小畜們得道多年，沒有殘害生靈，饒過我們吧，否則我們多年的修煉就要付諸東流了。」說完不停地磕頭求饒。姜子牙歎了口氣，說：「我暫且放過你們，但你們要到西岐山搬運泥土，到時候自有用處。」五個小妖磕頭謝恩，去西岐山搬土去了。

第十六回　火燒琵琶精

宋異人找到姜子牙，問剛才發生了什麼事。姜子牙就把自己降妖的經過告訴了宋異人。宋異人聽後，笑著拍手說：「賢弟有這樣的道術，果然沒有白白修煉啊！我在城裡有很多空房，給你一間開個命館，一定會賺錢的。」

姜子牙挑選了一個吉日在朝歌城南門附近開張營業。一連過了四五個月，一個來算命的都沒有。有一天，一個叫劉乾的樵夫挑著柴經過南門，看到了姜子牙的命館。他抬眼一望，看到命館貼著這樣一副對聯：「袖裡乾坤大，壺中日月長」，就走進命館。姜子牙看到終於有人進來，問道：「您是要算命嗎？」劉乾說：「先生怎麼稱呼？」姜子牙回答：「在下姓姜，名尚，字子牙，別號[1]飛熊。」劉乾問：「先生的對聯是什麼意思？」姜子牙回答：「『袖裡乾坤大』是說我能知過去未來；『壺中日月長』是說我會長生不老的法術。」劉乾懷疑地說：「先生真會吹牛皮。既然你說能知過去未來，就來算算我吧。如果準確，我一定給你很多錢；如果不準，我就拆了你的命館。」姜子牙笑了笑，開始推算。算好後，對劉乾

說：「你一直往南走，會在柳樹下看到一位老者。他會送給你一百二十文錢，還有四塊點心和兩碗酒。」劉乾搖著頭說：「我打了二十多年柴，從來沒有人給我點心和酒。你算得太不準了。」劉乾一走，有些人就對姜子牙說：「先生，劉乾這個人不好惹，您還是快點離開這裡吧。」姜子牙只是淡淡一笑，說：「沒關係。」

劉乾挑著柴往南走，果然看到一個老人站在柳樹下。老人招呼他過去，打算買劉乾的柴。劉乾大吃一驚，為了讓姜子牙的推測錯誤，他故意少要了二十文錢。劉乾幫老人把柴挑回家，老人為了感謝他，讓孩子捧出四塊點心和兩碗酒送給劉乾。由於老人的家裡辦喜事，他一高興，又額外給了劉乾二十文，加上賣柴的一百文，剛好是一百二十文。劉乾對姜子牙心悅誠服，飛快地跑回他的命館。

劉乾看到姜子牙，稱讚他是活神仙。為了驗證姜子牙的本領，劉乾又從街上拉了一個陌生人來算命，結果和姜子牙的推算完全一致。從此以後，朝歌沒有人不知道姜子牙的命館，士兵和百姓都來找他算命。馬氏和宋異人都十分高興。

一天，和妲己一起被女媧召喚的玉石琵琶精到朝歌看望妲己。琵琶精駕著妖光經過南

---

❶【別號】中國古人於名字之外的自稱。一般來說，別號大多是自己起的，偶爾也有別人所起。在古代，別號常作爲稱呼之用。

姜子牙在琵琶精的頭頂貼上符咒，鎮住妖怪的原形。然後把女屍放在鋪好的木柴上，點燃了木柴。

門時，看到姜子牙的命館人聲鼎沸，一時好奇，打算進去試探一下姜子牙的眼力。琵琶精變成一個婦人的模樣，來到姜子牙面前，讓他為自己算命。姜子牙看破了她的真身，決定藉機除妖。他掐住琵琶精的脈門，用元氣定住她的妖光。妖怪知道不好，大喊姜子牙打算非禮自己。圍觀的群眾紛紛要求姜子牙鬆開手，可姜子牙知道一旦鬆手，再想除妖就很難了，為了徹底除妖，姜子牙用硯台砸死了琵琶精的化身。

比干這時候剛好路過命館，聽見裡面有人喊「殺人了」就帶人進入命館查看。他聽完了百姓的敘述，看到血肉模糊的女屍，命人把姜子牙拿下。比干讓姜子牙鬆手，姜子牙說：「大人，這不是普通女子，而是一個修煉多年的妖怪，我現在掐住她的脈門才能控制住她。如果我鬆開手，妖怪逃跑，我就無法解釋清楚了。」比干就命人押著姜子牙和女屍一起到摘星樓等待紂王發落。

妲己聽說琵琶精遇害，心裡十分難過，打算為她報仇，要求和紂王一同到摘星樓觀看。紂王看著姜子牙和女屍，好奇地問：「你是何人？」姜子牙回答：「大王，小民叫姜子牙。年輕時曾經跟隨仙人學了一些道術。這個妖怪不知深淺讓小民算命，小民趁機除掉這個妖孽。」紂王說：「我看這個女人不是妖怪啊，你怎麼能證明呢？」姜子牙回答：「大王不必著急，只需派人取來木柴，小民可以讓此妖現出原形。」

姜子牙在琵琶精的頭頂貼上符咒，鎮住妖怪的原形。然後把女屍放在鋪好的木柴上，點燃了木柴。大火燒了兩個時辰，女屍渾身上下一點變化都沒有。紂王對比干說：「這具屍體燒了這麼久都沒有被燒焦，果然是個妖怪。」比干說：「大王，看來這個姜子牙的確是個有法術的高人，不妨讓他把妖怪逼出原形。」

第十七回　紂王濫殺無辜

姜子牙知道普通的火焰無法使琵琶精現出原形，便使用法術，從眼睛、鼻孔和嘴裡噴出三昧真火。這下琵琶精可受不了了，她在火焰中站起來，大罵道：「姜子牙，我和你無冤無仇，你為什麼用三昧真火來燒我？」在場觀看的人聽見死屍變成的妖精說話，都嚇得大驚失色。姜子牙對紂王說：「大王，請注意，雷來了！」

姜子牙張開雙臂，念起咒語。只聽一聲雷響，火立刻熄滅，現出了一面玉石琵琶。紂王驚慌失措地對妲己說：「妖怪現出原形了。」妲己見自己的姐妹遇害，心如刀絞，對姜子牙恨之入骨。為了方便找機會報仇，妲己裝模作樣地對紂王說：「大王，這個玉石琵琶看來不是凡間之物，不如讓臣妾為它配上琴弦，早晚為大王彈琴取樂。姜子牙看起來有些法術，不妨給他個官職，讓他為大王保駕。」紂王點頭同意，封姜子牙為下大夫，在司天監任職。

妲己把玉石琵琶放在摘星樓上，採天地靈氣，受日月精華，使琵琶精再次復活。

一天，紂王和妲己飲酒作樂，三宮六院的妃嬪和宮女都在一旁喝采。但有七十多個宮人

非但不跟著喝采，反而偷偷地流眼淚。妲己看見後，立即停止歌舞，查問原因。原來這些人從前都是跟隨姜皇后的。妲己大怒，說：「你們的主人因為密謀造反，已經被殺，你們心懷不滿，早晚會成為後宮的禍患。」紂王聽了妲己的蠱惑，下令把這些宮人金瓜擊頂。可妲己認為金瓜擊頂不足以洩憤，對紂王說：「大王，先把這群亂黨關起來。咱們在摘星樓下挖一個大坑，限令每家都交納四條毒蛇，全都放進大坑。把這群逆賊扔進坑裡餵毒蛇。就把這個刑罰叫『蠆盆』❶怎麼樣？」紂王對妲己的壞主意讚不絕口，下旨要求全城百姓獻蛇。大臣們看到榜文都莫名其妙，不知道紂王的意圖。

當蛇全部交齊後，妲己讓紂王把宮人們剝光衣服，扔到蠆盆裡。大夫膠鬲聽說這件事後，怒不可遏，來到摘星樓制止紂王。紂王和妲己正興高采烈地看著宮人們痛苦掙扎，突然遭到膠鬲劈頭蓋臉的辱罵，立即火冒三丈，讓人把膠鬲也投入蠆盆。膠鬲大罵紂王昏庸無道，從摘星樓上一躍而下，摔得粉身碎骨。紂王不解恨，又命人把他的屍體扔進蠆盆。

妲己又想到了一個壞主意，對紂王說：「大王，我們不妨在蠆盆兩邊各挖一個池子，一個裡面種上樹，在樹枝上掛滿肉片；另一個池子裝滿美酒。」紂王很喜歡這個「肉林」和「酒池」的主意。

---

❶【蠆（ㄔㄞˋ）盆】古代的一種酷刑。將人推到裝著毒蛇的大坑裡。

妲己為了陷害姜子牙，設計了一張圖紙，上面畫著一個極其奢華的樓臺，將其命名為「鹿台」。妲己說鹿台建好後，讓仙人來這裡作客，保佑紂王長生不老。紂王聽了妲己的話心花怒放，問妲己該派誰來監造鹿台。妲己當即推薦了姜子牙。

這個時候，姜子牙正在比干家裡，他早已經算定這天沒有好事。姜子牙臨行前，對比干說：「大人，你一直都很照顧我，今天即將告別，不知道什麼時候才能回報你。」比干聽了姜子牙的話，感到很意外，就問：「先生為什麼這麼說？」姜子牙回答：「我今早占卜，發現凶多吉少。」比干笑著說：「大王派人來找你，一定是要重用你，這是好事啊。」姜子牙沒有說明原因，只是神秘地對比干說：「大人，我這裡有個帖子，壓到你書房的硯台下面。如果大人日後大難臨頭，可以觀看我的帖子，按照上面所寫的去做，也許可以幫助你擺脫厄運。」

第十八回　姜子牙到西岐

姜子牙來到摘星樓，看了鹿台的設計圖，知道妲己故意要害自己。當紂王問他需要多久能建好時，姜子牙為了打消紂王的念頭，回答要三十五年。紂王剛要取消，妲己連忙說：「大王，姜子牙一派胡言。鹿台根本用不了三十五年，他這是欺君之罪，應當用炮烙處死。」

來摘星樓前，姜子牙已經做好了逃離朝歌的準備，因此列舉出紂王的種種暴行。紂王大怒，命令士兵處死姜子牙。可紂王的人還沒行動，姜子牙早已跑上九龍橋，跳進水裡，不見了蹤影。

大夫楊任聽說姜子牙投河，向紂王詢問原因，當他知道了鹿台的事情後，勸紂王要多為老百姓考慮，不要再興師動眾興建奢侈的宮殿。紂王十分生氣，打算處死楊任，但考慮到他功勞很大，就讓人挖出楊任的雙眼。

楊任的怨氣直沖雲霄，驚動了從此路過的青峰山紫陽洞清虛道德真君。真君知道自己

姜子牙來到城下，對守城門的士兵說：「告訴總兵，朝歌下大夫姜子牙求見。」

和楊任有緣，就派黃巾力士把楊任救到青峰山。真君從葫蘆裡取出兩粒仙丹，在楊任的眼眶裡各放了一枚，然後吹了口仙氣。只見楊任的眼眶裡長出了兩隻小手，每隻手的手心都有一隻眼睛。這雙神眼上可以看到天庭，下可以看到地底，中間能看到人間萬象。楊任拜謝真君，跟著真君學習武藝，等待日後幫助武王伐紂。

紂王見姜子牙投河，就向妲己詢問監造鹿台的合適人選，妲己推薦了崇侯虎。崇侯虎為了討好紂王，制定了極為苛刻的條令，要求各個州府的百姓，每三個人就要抽出兩個來建造鹿台。士兵挨家挨戶地抓人，一時間萬民驚恐，很多人都攜老帶幼逃離殷商轄地。

姜子牙藉水遁術逃回家裡，把詳細經過原原本本地告訴馬氏和宋異人。馬氏聽說姜子牙不做官了，大罵他沒有出息。當她聽說姜子牙打算離開殷商，投奔西岐時，堅決不肯和他一起走，夫妻倆激烈地爭吵起來。宋異人看兩個人吵得難解難分，沒有勸解的餘地，就把姜子牙拉到一邊，說：「賢弟，馬氏既然去意已決，就不要再強留，以你的本領何愁找不到伴侶。」姜子牙說：「馬氏畢竟和我夫妻一場，實在不忍心離開她。」宋異人說：「心去意難留，你還是隨她去吧。」姜子牙沒有辦法，對馬氏說：「娘子，我寫了封休書，如果我拿著，日後還有相聚的機會；如果你拿去，咱們就再也不會相見。」馬氏對姜子牙已經沒有任何感情，接過休書，頭也不回地離開了。

姜子牙辭別宋異人，一路向西，當他來到臨潼關時，看到七八百個從朝歌逃出來的百姓都在痛哭。姜子牙上前詢問原因，其中有一些人認識姜子牙，哭著對他說：「姜大人，因為崇侯虎督造鹿台，到處抓苦力，很多人都累死在施工現場。我們沒有辦法，只好背井離鄉打算投奔西岐。可這裡的守軍說什麼也不打開關門，放我們西進。如果我們被趕回朝歌，早晚要死在鹿台。」姜子牙歎了口氣說：「你們不要難過。我去見見守城的將軍，勸他開門放你們西去。」姜子牙來到城下，對守城門的士兵說：「告訴總兵，朝歌下大夫姜子牙求見。」鎮守臨潼關的總兵叫張鳳，因為同朝為官，就同意和姜子牙見面。

張鳳看到姜子牙一身道家的裝扮，好奇地問：「大夫來我這裡幹什麼？為什麼沒穿官服？」姜子牙回答：「大王聽信妲己的讒言，造炮烙、蠆盆、肉林、酒池，現在又建造鹿台，導致民不聊生，百姓怨聲載道。現在有難民打算逃往西岐避難，希望將軍能高抬貴手，放過他們。」張鳳大怒說：「你這個江湖騙子，不報效大王，卻來幫助這群難民。你還是聽我的勸告，馬上回朝歌，不要再管閒事。」說完，就讓士兵把姜子牙推到外面。

難民看到不能過關都絕望地哭了，姜子牙於心不忍，安慰百姓說：「你們不要難過，我會送你們過五關[1]的。」有難民不相信，問道：「大人您怎麼能幫我們過關呢？」姜子牙哈哈大笑：「我自有方法。」

黃昏時分，姜子牙念動咒語，不一會兒就把所有的難民全部用土遁術移出五關。等到姜子牙讓難民們睜開雙眼時，眾人已經來到泗水關西面的金雞嶺，屬於西岐管轄。老百姓對姜子牙千恩萬謝。

[1]【五關】爲臨潼關，潼關，穿雲關，界牌關，汜水關。是從朝歌到西岐必須經過的五個關隘，臨潼關是第一關。

第十九回　伯邑考遇害

姬昌的長子伯邑考想到父親被關押了七年，實在忍無可忍，他把散宜生叫到身邊，說自己打算到朝歌懇求紂王釋放姬昌。

散宜生知道姬昌關押七年後要回西岐，阻止伯邑考去朝歌，以免遭到不測。可伯邑考救父心切，根本聽不進散宜生的勸告。他把政事交給弟弟姬發，自己備上禮品，來到朝歌營救父親。

伯邑考先找到比干，說明了自己的來意，請比干為自己說些好話。比干是忠心耿耿的大臣，對姬昌一向很欽佩，自然答應幫忙。比干把伯邑考帶來的禮單交給紂王閱覽。

紂王看到伯邑考來見自己，又帶著厚禮，知道是為了救姬昌。紂王問伯邑考：「你這些禮物都是什麼？」伯邑考回答：「七香車是軒轅黃帝大破蚩尤的時候遺留下來的，人坐在上面，不用外人推拉，自己想去哪裡，車子就奔向哪裡；醒酒氈，無論一個人喝得多醉，只要躺在醒酒氈上，用不了多久就能清醒過來；白面猿猴非常聰明，能歌善舞，還會演奏樂

器。」紂王聽了伯邑考的介紹，心裡很高興，對伯邑考說：「你能來朝歌代父贖罪，說明是個孝子。」伯邑考見紂王高興，趁機請求釋放姬昌。

在紂王猶豫不決的時候，妲己從簾子後面偷偷觀看伯邑考。原來伯邑考是當時著名的美男子，眉清目秀，唇紅齒白，還是個彈琴的高手。妲己被伯邑考的外表所吸引，打算勾引他，就對紂王說：「大王，臣妾聽說伯邑考擅長彈琴，今天不妨把他留在宮裡為咱們演奏。」紂王欣然同意。

妲己把紂王灌醉之後，不斷用言語和動作挑逗伯邑考，最後乾脆倒在他的懷裡。伯邑考是個正人君子，滿臉嚴肅地說：「娘娘是國母，希望維護尊嚴，不要做超越禮法的事情。」妲己被伯邑考批評得滿臉通紅，讓他先回去了。

伯邑考走後，妲己對他恨之入骨，決定找機會害死他。紂王酒醒後，妲己謊稱伯邑考用淫靡的琴聲來調戲自己。紂王大怒，讓伯邑考當著自己的面彈琴。伯邑考為人坦蕩，琴聲表達的都是忠君愛國的意思，沒有一點淫邪，紂王的氣逐漸地消退了。妲己見紂王心軟，對紂王說：「大王，咱們還沒有欣賞白面猿猴的表演呢。」於是紂王吩咐左右把白面猿猴牽出來。

白面猿猴演奏的音樂讓在場的所有人都如癡如醉，連妲己都被唱得現出了原形。白面猿猴是個千年得道的神猴，已經修成了火眼金睛。它看到妲己現出原形，就揮舞手臂向妲己抓去。紂王力大無窮，上前一拳把白面猿猴打倒在地。妲己趁機污蔑伯邑考是罪魁禍首，要求從重發落。伯邑考知道自己早晚要死在妲己的手裡，就唱起歌來指責妲己和紂王的暴行。紂王很生氣，命令左右把伯邑考捆綁起來，扔進蠆盆。可妲己為了報仇，要求把他交給自己處置。

妲己命人取出四枚長長的釘子，把伯邑考的手腳釘在木板上，然後讓人將其碎屍萬段。伯邑考臨死前大罵妲己，妲己氣急敗壞，產生了一個更殘忍的想法。她對紂王說：「大王，臣妾聽說西伯侯姬昌被百姓稱為聖人，說他能夠識陰陽，明禍福。既然姬昌是聖人，就不會吃自己兒子的肉。伯邑考已經被我砍成肉泥，不如把他的肉做成肉餅讓姬昌吃。如果他吃了，說明他的占卜之術根本不準，咱們就釋放他回西岐；如果他不吃，就立刻殺了他，免除後患。」紂王也正有此意，於是讓人立刻把伯邑考的肉做成肉餅，送到關押在羑里的姬昌手裡。

第二十回　釋放姬昌

姬昌整天只是研究卦象，在被關押的七年中完成了《周易》❶。這一天，姬昌閒來無事，彈琴解悶，忽然從琴聲裡感到了殺氣。姬昌大驚，連忙取出錢幣占卜，得知兒子已經慘死。姬昌老淚縱橫，自己如果不吃兒子的肉就難逃殺身之禍；如果吃肉餅，實在難以下嚥。

姬昌正在難過的時候，有人提著肉餅來到羑里。來者說：「賢侯在這裡關押七年，毫無怨言。大王昨天外出狩獵，收穫了不少獵物，做成了肉餅。今天大王特意把肉餅賜給賢侯品嘗。」姬昌掩蓋住心裡的悲痛，一連吃了三塊，不住地稱讚肉餅的美味，要求來者向紂王轉達自己的謝意。

送肉餅的人回宮覆命，當時紂王正在和費仲、尤渾下棋，紂王聽完後，對費、尤說：「都說姬昌最擅長推演天數，占卜吉凶禍福，今天他竟然不知道吃了兒子的肉，看來那些傳言都是假的。他已經被關押了七年，我打算放他回西岐，你們怎麼看？」費仲說：「大王，姬昌的推算一向準確，一定知道自己吃的是伯邑考的肉。他忍辱負重只是想得到大王的赦

免。」紂王說：「姬昌是個大賢，如果知道是伯邑考的肉，他一定不會吃。」費仲說：「姬昌表面上忠誠，其實內心奸詐，大家都被他迷惑。現在東、南伯侯的兒子率領四百鎮諸侯造反，如果把姬昌放回西岐，早晚會成為我們的禍患，不如繼續囚禁他。」紂王聽信了費仲的話，打消了釋放姬昌的念頭。

伯邑考被害的消息傳到西岐，大家都萬分悲痛。大將軍南宮适建議姬發出兵討伐紂王。散宜生知道這時造反只會害了姬昌，建議姬發再準備厚禮，通過賄賂費仲和尤渾來解救姬昌。姬發經過反覆考慮，接受了散宜生的建議，立即著手準備。

姬發派出兩個親信帶著厚禮偷偷地前往朝歌。費仲和尤渾看到禮物，都答應幫忙。有一天，兩個人陪紂王下棋。紂王連勝兩局，心情很好，和兩個人閒聊起來，不知不覺就說到了姬昌。費仲趁機對紂王說：「大王，臣最近派人到羑里探聽虛實，發現當地人都對西伯侯讚不絕口，他每月都會為大王焚香祈福。七年之中一點怨言都沒有，真是個忠君愛國的賢臣啊。」尤渾不甘落後，也搶著說：「大王，路遙知馬力，日久見人心。西伯侯的確是仁德君子。現在東南兩路的諸侯紛紛造反，不如放西伯侯回西岐，藉助他的名望使叛臣歸順。」紂

❶【《周易》】中國古代的哲學書籍，是建立在陰陽二元論基礎上，對自然萬物運行規律進行論證的書籍，相傳是周文王姬昌所編著。

王聽了兩個人的話，當即下令赦免姬昌。

當地百姓聽說姬昌要離開羑里，都拿出酒肉為他送行。姬昌十分感動，和百姓們灑淚而別。

姬昌一到朝歌，文武百官都出宮迎接。紂王看到姬昌，高興地說：「愛卿在羑里七年，毫無怨言，還時刻不忘為國家社稷祈福，真是個了不起的人。今天特赦愛卿無罪，加封百公的首領，每個月加祿米一千石❷，派文官武將各兩名送愛卿回西岐。另外，獎勵愛卿在朝歌遊街三天。」姬昌叩頭謝恩。

姬昌在朝歌城百姓的簇擁下，興高采烈地遊街。到了第三天，姬昌正在遊街時，黃飛虎突然把他叫到一邊，偷偷地說：「現在大王聽信讒言，荒於酒色，東南諸侯都起兵造反。賢侯現在被赦免，應該立即返回西岐，免得夜長夢多。」姬昌恍然大悟，對黃飛虎說：「感謝將軍及時提醒。可我要回西岐，就要經過五關，恐怕難以通過。」黃飛虎帶著姬昌回到自己家裡，把過關的銅符交給他。姬昌拿到銅符，立刻偷偷地逃出了朝歌。

---

❷【石】此處讀ㄉㄢˋ，容量單位，十斗爲一石。

第二十一回　雷震子救父

紂王得知姬昌逃跑，勃然大怒，立即派出殷破敗和雷開率三千飛騎兵追趕。

姬昌離開朝歌，連夜過了孟津，渡過黃河，經過澠（ㄇㄧㄢˇ）池，一直來到臨潼關。他看到身後塵土飛揚，知道追兵快要趕到了，心中十分著急。

雲中子算定姬昌正在遭難，把雷震子叫到身邊。雷震子已經七歲，聽說師父找自己，興沖沖地跑進山洞。雲中子說：「徒兒，今天你父王有難，你要下山營救。」雷震子說：「弟子沒有兵器啊。」雲中子說：「你到虎兒崖下去取兵器，我傳授你法術。」

雷震子跑到虎兒崖，東張西望，沒看到什麼兵器。就在他四處尋找時，一陣香氣撲鼻而來。雷震子順著香氣的方向尋找，看到了兩枚紅杏，於是摘下紅杏，吞進肚中。

可紅杏剛進肚子，雷震子就聽見左肋下面有聲響，竟然長出了翅膀。雷震子嚇壞了，急忙用手去拔，可右邊又長出了翅膀。雷震子跑到河邊，看見自己的倒影變成了紅髮藍臉、暴眼獠牙的模樣，身體也長到二丈。雷震子被自己的容貌嚇傻了，呆呆地坐到地上。金霞童

子來到雷震子面前，說：「師兄，師父叫你。」雷震子說：「師弟，你看我變成這副模樣了。」金霞童子好奇地問：「你是怎麼變的？」雷震子說：「師父剛才讓我來虎兒崖找兵器。我找了許久都沒找到，只看到了兩枚紅杏，我吃了紅杏就變成這樣了。」金霞童子說：「你快點去見師父吧。」

雷震子垂頭喪氣地找雲中子想辦法，可雲中子卻拍手大笑：「變得好。」說完，帶著雷震子來到桃園。雲中子取出一條金棍傳給雷震子，還傳授給他一套棍法。等他棍法嫺熟，雲中子又用筆在他左翅膀上寫下「風」，在右翅膀上寫下「雷」，寫好後，對著兩個翅膀念起咒語。只見雷震子猛然間展開雙翅，揮舞金棍上下飛騰，空中不時傳來風雷的聲音。雲中子很滿意，對徒弟說：「你這次下山，不許傷人，救你父王飛過五關就要立即返回。以後自然有你們相會的時候。」雷震子領命而去，不一會兒就飛到了臨潼關。

雷震子在臨潼關附近的山頭落下，仔細查看，並沒看到有人經過。雷震子開始責怪自己：「都怪我魯莽，忘記了向我師父打聽父王是什麼模樣，這叫我如何辨認？」正在胡思亂想的時候，一人頭戴粉青色氈笠，身穿皂服號衫，乘著一匹白馬飛奔而來。雷震子自言自語地說：「此人莫非就是父王？」

姬昌正在束手無策時，忽然聽見有人問：「山下的人是西伯侯嗎？」姬昌聽見有人問自己，就四處尋找，沒有找到。雷震子飛到姬昌面前，又問：「您就是西伯侯吧？」姬昌見眼前是一個紅髮藍臉、巨口獠牙的怪物，以為看到了鬼，忐忑地說：「這位英雄，你怎麼知道我是姬昌？」雷震子立刻倒身下拜，說：「父王，孩兒來遲讓您受驚，恕孩兒不孝之罪。」姬昌驚訝地說：「英雄，我不認識你，為什麼要叫我父王？」雷震子說：「孩兒就是您七年前在燕山收的雷震子啊。」姬昌恍然大悟，高興地說：「孩子，你怎麼會在這裡？」雷震子回答：「我師父算定父王有難，就派我下山幫助父王過五關。」

姬昌想：「我是私自潛逃，已經得罪了朝廷。雷震子學過道術，如果打死了追兵，我的罪名就更大了。」於是就對雷震子說：「孩子，你千萬不要傷害了紂王的追兵。我不聽大王的命令，私自逃跑，已經辜負了他的好意。你如果傷害了追兵，就不是救我，而是害我。」雷震子笑著說：「父王放心，我師父也交代我不要濫殺無辜，只把你背出五關。」說完，張開雙翅，向東飛去。

雷震子飛到追兵前面，用金棍攔住他們，大喊：「你們不要過來。」士兵們抬頭一看，只見半空中飛著一個青面獠牙的怪物，都嚇得魂不附體。一個士兵急忙報告殷破敗和雷開。兩個人催馬上前，來會雷震子。

第二十二回　文王回西岐

殷破敗和雷開看到雷震子，心裡都暗吃一驚，但還是壯著膽子質問說：「你是何方神聖，為什麼阻攔我們？」雷震子高聲說：「你們聽好了，我是西伯侯的第一百個兒子，叫雷震子。我父王是正人君子，四海聞名。紂王昏庸無道，把我父王囚禁了七年。紂王既然釋放我父王，為什麼又要派人追趕，實在是反覆無常的昏君。我奉師命下山接我父王回西岐，一家人團聚。本想一棍打死你們，但我父王和師父都叮囑我不要傷人，你們不要再追趕了，否則性命難保。」

殷破敗根本沒把雷震子放在眼裡，大笑道：「你這醜陋的怪物，竟然敢在本將軍面前口出狂言，還不快快投降。」說完，揮刀向雷震子砍去。雷震子用金棍架住殷破敗的大刀，說：「識相的就快點收兵，我答應師父不殺人才不與你糾纏。如果你一定要和我決一雌雄，就先讓你看看我的厲害。」說著，雷震子展開風雷二翅，飛到山頂，舉起金棍向下砸去，山被砸下了一半。

店主立刻倒身下拜，說：「大王千歲！只怪我肉眼凡胎，不識尊容，望大人恕罪。小人願意把您送回西岐。」

雷震子哈哈大笑，說：「怎麼樣，是你們的頭結實，還是這座山結實？」殷破敗和雷開從來沒見過這樣的場面，嚇得魂不附體。他們商量了一下，知道不是雷震子的對手，就率領騎兵返回朝歌。

雷震子看到追兵撤退，對姬昌說：「父王，孩兒已經把追兵打退，可以帶您過五關了。」姬昌說：「孩子，武成王黃飛虎已經把過關的銅符給了我。」雷震子笑著說：「您已經七年沒看到家人和故鄉，更何況後面還會再有追兵，就讓我背您飛過五關吧。」姬昌說：「孩兒說得有理，但這匹老馬已經和我患難七年，實在捨不得它。」雷震子說：「父王，事到如今，馬匹事小，過關事大。」姬昌沒有辦法，只好放開自己的白馬。雷震子背起姬昌不一會兒就到了金雞嶺。

雷震子對姬昌說：「父王，您多多保重，孩兒就此告別。」姬昌驚奇地說：「孩子，你為什麼不和我一起回家，卻要在這裡扔下我？」雷震子說：「孩兒奉師命把父王送到此處，還要回山繼續修煉。師命不敢違。等到孩兒學好了道術，就會下山和父王相見。」說完，父子二人灑淚而別。

姬昌沒有馬匹，只好獨自一人向西行走。由於他年事已高，見天色已晚，就到一家小店吃飯借宿。姬昌因為急於脫身，身上沒有帶錢，打算賒帳。店小二說：「這裡可不是別的地方。西伯侯以仁義教化百姓，路不拾遺，夜不閉戶。你現在拿出錢來，就放你離開，否則就把你押到散宜生大人那裡去。」這時，店主人聽到外面的聲音就出來查看，他見姬昌相貌不凡，就客氣地說：「老先生，我們不認識你，當然不能賒欠。如果你說清楚自己的來歷，才可以賒欠。」姬昌說：「我就是西伯侯啊。被關在羑里七年，今日剛到故土。因為急於趕路，所以沒有帶足錢財。等我回到西岐，立刻派人來送錢。」

店主立刻倒身下拜，說：「大王千歲！小人姓申名傑，只怪我肉眼凡胎不識尊容，望大人恕罪。小人願意把您送回西岐。」姬昌大喜，問：「你有沒有馬匹？」申傑說：「我是小戶人家，沒有馬匹，煩勞大王騎我家磨麵的毛驢吧。」

姬昌的母親太妊也懂得占卜之術，她在宮裡聽到風聲怪異，取錢幣推演，得知兒子已經回來。老夫人急忙讓文武百官一起出城迎接。姬昌騎著毛驢，在申傑的陪護下趕回故鄉。他看著一路上熟悉的風土人情，不禁感慨萬千。突然，一隊人馬隨著炮聲出現在面前。姬昌定睛一看，只見為首的三個人，正中的是次子姬發，左右是散宜生和南宮适，後面跟隨著文武百官。

姬昌看著兒子和大臣，禁不住老淚縱橫。在返回西岐的路上，老百姓夾道歡迎，家家焚香結彩。姬昌看著九十八個兒子相隨，想到了伯邑考，頓時淚如雨下。姬昌為伯邑考作了一首歌，唱完歌，姬昌大叫一聲：「疼死我了！」說著就從馬上摔了下來，眾人趕忙扶起姬昌。過了許久，姬昌甦醒過來，肚子裡咕嚕一響，一連吐出三塊肉餅。這三塊肉餅在地上一滾，變成了三隻兔子，向西跑去。

姬昌痊癒後，把散宜生和南宮适叫到身邊，向他們講述了自己在朝歌和過五關的經歷。兩位大臣建議姬昌招兵買馬，打起反商的旗號。姬昌堅決不同意，認為自己作為臣子，即使紂王昏庸無道，也要效忠紂王。兩人見說不過姬昌，只好暫時停止了反商的想法。

姬昌為了預知吉凶禍福，保佑西岐百姓安居樂業，打算建一座靈台。可他擔心工程浩大，損害了百姓的利益。於是散宜生建議拿出錢財來招募百姓，不想參與的絕不強迫，參與工程建設的則賞賜財物。告示貼出後，西岐的百姓一呼百應，爭先恐後地參與靈台的建造，結果不到一個月就把靈台建好了。

第二十三回 文王夢飛熊

靈台造好後，姬昌十分高興，帶領大臣們到靈台參觀。可他走了一圈後，突然悶悶不樂。散宜生問：「大王，靈台已經竣工，你為什麼還不高興？」姬昌說：「我不是嫌靈台不好，而是想到『水火既濟、合配陰陽』。如果能在台下再挖一個水池就好了。可又要勞民傷財，因此內心煩惱。」散宜生笑著說：「大王，連靈台都建好了，還差一個水池嗎？咱們還是像靈台那樣，讓百姓自由選擇，絕不強迫他們勞動。」公告貼出後，西岐百姓還是踴躍回應，都搶著到工地勞動。

天黑後，姬昌感到睏倦，在靈台臨時搭了一張床休息。三更時分，他突然夢到一隻長著翅膀的金額老虎從東南方向自己撲來。姬昌被夢驚醒，出了一身冷汗。

第二天，散宜生聽完姬昌的夢，立刻恭喜姬昌，說：「恭喜大王。這個夢是個吉兆，暗示大王即將得到棟梁之臣，這個人的才能絕不會遜於風后[1]和伊尹[2]。」姬昌有點不敢相信，問道：「愛卿為什麼這麼說呢？」散宜生回答：「昔日商高宗武丁[3]夢到飛熊，結果得

到傳說❹輔佐。恭喜大王就要得到治世能臣了。」姬昌大喜，從此開始留心尋找賢才。

姜子牙自從用土遁術救了逃難的百姓後，就隱居起來，整天在河邊垂釣。有一天，一個樵夫扛著一擔柴經過河邊，和他攀談起來。樵夫問：「老先生，您怎麼稱呼啊？」姜子牙說：「姓姜名尚字子牙，道號飛熊。」樵夫聽了，哈哈大笑。姜子牙問：「你姓甚名誰？為什麼笑我？」樵夫說：「我叫武吉。我笑您是因為道號。自古以來，有道號的人大都是聖賢。你每天在這裡無所事事，實在不像個有見識的人。」姜子牙笑了笑，說：「有智不在年高，無謀空言百歲。」武吉見姜子牙的魚鉤是直的，就說：「你這直鉤，恐怕一輩子也釣不上魚。你應該把它做成彎的，才能釣上大魚。」姜子牙說：「你只知其一，不知其二。老夫在這裡不是為了釣魚，而是等待做王侯的機會。這就叫『寧在直中取，不在曲中求』。」武吉大笑說：「你還想做王侯。看你的模樣不像王侯，倒像是個活猴。」姜子牙笑著說：「我

---

❶【風后】又叫風伯，軒轅黃帝的宰相。

❷【伊尹】商初大臣，是中國歷史上第一個有確切記載的賢臣。

❸【武丁】商朝第二十三位國王。武丁在位時使商朝再度強盛，在歷史上被稱爲「武丁中興」。

❹【傅說（ㄩㄝˋ）】武丁的宰相，殷商時期卓越的政治家、軍事家、思想家及建築學家。他輔佐武丁安邦治國，形成了歷史上著名的「武丁中興」。

姬昌感到睏倦，在靈台臨時搭了一張床休息。三更時分，他突然夢到一隻長著翅膀的金額老虎從東南方向自己撲來。

看你的面相才不好啊。」武吉說：「我是年輕人，面色紅潤，哪裡不好了？」姜子牙說：「你左眼青，右眼紅，一會兒進城會殺人。」武吉生氣地說：「你這個老頭，我剛才是和你開玩笑，你怎麼出口傷人呢？」說完，就氣沖沖地走了。

武吉背著柴來到西岐南門，剛好遇到姬昌帶領一夥士兵去靈台占卜吉凶。由於人多，空間又狹窄，武吉的扁擔尖不小心刺到一個士兵的太陽穴，士兵立刻倒地而亡。武吉當場就被抓到姬昌面前。姬昌問：「你為什麼要殺人？」武吉說：「小人為了躲閃大王的隊伍，不小心誤傷了士兵。」姬昌說：「殺人就要償命。」說完，在地上畫了一個圈，讓武吉到圈裡等候發落。

在殷商時，有畫地為牢的做法。當時東、南、北和朝歌都建起了牢房，只有西岐一直沿用畫地為牢的做法，因為姬昌能推演吉凶，所以即使無人看管，犯人也不敢潛逃。如果有人逃跑，一旦被抓捕回來就要加倍處罰。

武吉被囚禁了三天，不能回家，他想到自己年邁的母親就大哭起來。散宜生經過南門，看到武吉痛哭，就好奇地問：「你犯了罪，理應受罰，為什麼大哭？」武吉哭著說：「小人不是因為償命才哭，只因家裡有七十多歲的老母親，小人又沒有其他兄弟姐妹，等我償命後就沒有人照顧她了。」散宜生想了想，認為武吉的確不是故意殺人，就把消息告知姬昌。姬昌知道後，批准武吉回家為母親置辦生活用品和死後的喪葬品。

武吉回到家，把事情的來龍去脈詳細地告知母親。老人聽了兒子的遭遇，想到兒子即將死去，不禁淚如雨下，可當她聽到姜子牙的事情後，立刻對兒子說：「孩子，這個垂釣的老者一定是個世外高人，你去好好求他，或許可以死裡逃生。」

第二十四回　文王聘子牙

武吉跑到溪邊，恭敬地叫道：「姜老爺。」姜子牙扭頭看了看，說：「你不是那天的樵夫嗎？」武吉趕忙回答：「正是小人。」姜子牙說：「你不是殺了人嗎，怎麼還能跑到這裡？」武吉哭著說：「小人是個肉眼凡胎的粗人，不知道您是神機妙算的高人，觸犯了您，希望您不要記恨我。小人家裡只有一個七十多歲的老母親，如果我償命，她就沒有人照顧了。懇請您幫助小人免除這次災難，小人日後一定效犬馬之勞。」姜子牙看武吉態度誠懇，說道：「你要我救你，就要拜我為師。」武吉倒頭便拜。姜子牙說：「你馬上回家，在床前挖一個能容下你的坑。到黃昏時，你睡在坑裡，讓你母親在頭頂點一盞燈，腳下點一盞燈，再抓兩把米撒到你身上。」武吉謝過師父，回家按照姜子牙的吩咐一一照辦。

三更時分，姜子牙披散頭髮，仗劍做法，驅趕武吉的霉運。第二天，武吉來拜師。姜子牙說：「打柴不是長久之計，從今天開始，你每晚都來和我學習兵法。現在東伯侯姜文煥領兵大戰遊魂關；南伯侯鄂順率軍大戰三山關。我前天仰觀天象，知道西岐馬上也要興兵

姜子牙起初再三推辭，但見姬昌態度誠懇，就答應出山，幫助他治理西岐。

反商。你學成武藝，將來就可以出人頭地了。」於是，武吉白天打柴，夜晚習武，在姜子牙的指導下學習兵法。

姬昌聽說武吉自從回家探母，過了半年也沒有返回，就取出錢幣推演。由於姜子牙做法，姬昌推出的結論是武吉已經跳崖自盡。

姬昌自從做了飛虎撲面的夢，就一直在四處探訪賢人。有一天，他正四處尋訪，忽然看到迎面走來一個樵夫，此人正是武吉。姬昌大吃一驚，質問道：「你這個狡猾的奸賊，用了什麼詭計躲過了我的卜算？」武吉跪倒在地，說：「大王，小民是奉公守法的好人，不敢欺騙您，是我的師父認為我罪不至死，應該建功立業，才施法術救了我。」姬昌很驚奇，問道：

「你師父是什麼人？」武吉回答：「我師父叫姜尚，字子牙，道號飛熊。」散宜生趕忙對姬昌說：「恭喜大王！這個道號飛熊的隱士正應了您的靈台之夢。您應該馬上赦免武吉，讓他帶領咱們去拜訪他的師父。」姬昌大喜，跟隨武吉前往姜子牙的住處。

姬昌敲了敲門，從裡面走出一個小童。姬昌笑著問：「師父在家嗎？」小童回答：「家師剛剛和道友一起出去。」姬昌問：「他什麼時候能回來？」童子說：「這可就沒準了。也許馬上就回來，也許是一兩天，三五天，如果和朋友聊得投機，可能會更久。」散宜生對姬昌說：「大王，聘請賢人就要心誠，今天我們來得匆忙，不宜拜訪高人。古代的帝王在聘用能人時都要沐浴齋戒，選擇吉日上門拜訪。」南宮适是個粗人，不服氣地說：「這個姜子牙沒準就是徒有虛名，看到我們來找他就偷偷跑了。我明天來找他，如果名副其實，主公再來也不遲啊！」散宜生生氣地說：「將軍不要胡言亂語。現在天下大亂，賢人君子大多隱居在深山幽谷。況且飛熊正應大王的夢兆。我們應該效仿古人求賢的精神，你不要再亂說話了。」姬昌說：「大夫說得太對了。」於是姬昌帶人回城，齋戒三天，為拜訪姜子牙做準備。

第四天，姬昌沐浴更衣，備上厚禮，帶領大隊人馬浩浩蕩蕩來到姜子牙的住處。沿途很多老百姓都被驚動，紛紛跟隨姬昌來看熱鬧。還沒到地方，姬昌就命令隊伍停下休息，自己從馬上下來，讓散宜生陪同自己步行前往。

姬昌看到姜子牙在垂釣，畢恭畢敬地站在他的身後等候。過了許久，姜子牙放下魚竿，姬昌才彬彬有禮地說：「先生辛苦了。」姜子牙趕忙行禮：「不知道賢王駕到，有失遠迎，希望您恕罪。」姬昌扶起姜子牙說：「我仰慕先生很久了，上次來得匆忙，實在是對您不敬，今天特意齋戒沐浴來拜訪先生。今天能夠見到先生，真是幸運啊！」

兩個人攜手走進姜子牙的茅舍，談天說地，評古論今。姬昌表達了自己希望百姓安居樂業的願望；姜子牙則闡述了很多治國興邦的道理。兩個人談得非常投機，姬昌提出要聘請姜子牙輔佐自己治理西岐。姜子牙起初再三推辭，但見姬昌態度誠懇，就答應出山，幫助他治理西岐。姬昌大喜。

回到西岐，姬昌封姜子牙為丞相，百官都紛紛祝賀。姜子牙治國有方，把西岐治理得欣欣向榮，國富民強。

第二十五回　群妖赴宴

由於崇侯虎慘無人道強制勞作，鹿台僅僅用了兩年零四個月就提前竣工了。紂王十分高興，重賞崇侯虎。

紂王和妲己來到鹿台遊玩，看到鹿台極其華麗，猶如仙境。紂王便問妲己：「美人，你曾經說鹿台建好會有神仙降臨。現在鹿台已經竣工，神仙們什麼時候才來呢？」妲己這麼說是為了陷害姜子牙，哪知道不僅沒害死姜子牙，鹿台還這麼快就建好了，只好撒謊說：「大王，神仙清虛有道，必須要等到滿月那天才會光臨。」紂王說：「今天是初十，還有五天就是滿月，到時候神仙們就會來鹿台遊玩了。」妲己有苦不能說，沒有辦法，只好先胡亂應承。

妲己當然請不到神仙，為了欺騙紂王，她趁紂王沉睡，自己元神出竅，駕著妖風來到距離朝歌三十五里的軒轅墳。眾妖怪看到妲己回來，紛紛出來迎接。九頭雉雞精好奇地問：「姐姐今天不在皇宮裡享樂，為什麼跑回家來？」妲己說：「妹妹，我為了替琵琶精報仇，欺騙紂王建鹿台就能和神仙一起玩樂。哪知道姜子牙那個老匹夫竟然跑了。現在鹿台已經建

好，紂王非要等神仙光臨。我到哪來去找神仙啊，於是就想請姐妹們變成神仙的樣子，在滿月那天到鹿台上玩耍。」雉雞精想了想說：「我那天有事不能去。除了我，現在還有三十九個會變化的。」妲己說：「好，那就由你來安排她們。」

十五日那天，紂王早早按妲己所說準備了三十九個席位，置辦了無數的美酒佳肴。為了符合禮儀，紂王還讓比干到鹿台陪酒。

圓圓的月亮從東方升起，紂王高興地來到鹿台，等候神仙駕到。妲己怕紂王看出破綻，對他說：「大王，咱們不能出現，否則洩露天機，他們以後就再也不會來了。」紂王聽信了妲己的話，和妲己在遠處的帳幔後面偷偷觀看。

四更時分，風聲響起。軒轅墳裡的狐狸，採天地靈氣，受日月精華，都有幾百年的道行。它們變成神仙和仙女的模樣，出現在鹿台上空。妲己輕聲對紂王說：「大王，仙子們來了。」紂王從縫隙向鹿台觀看，只見這些神仙穿著青、黃、紅、白、黑五種顏色的衣服，打扮都不一樣。其中一個說：「眾位道友，貧道有禮了。」眾仙答禮：「今天紂王設宴款待我們，真是個聖明的君主，我們一定要保佑他長生不老。」

比干看到眼前的神仙個個仙風道骨，也不敢懷疑，就上前行禮。一個道人問：「先生是誰啊？」比干趕忙回答：「卑職是比干，奉旨陪宴。」道人說：「既然是有緣人，就賜你一千年的壽命。」比干聽完，半信半疑，只好陪著大家飲酒。

這些妖怪雖然在外形上變得和神仙差不多，但卻無法掩蓋身上的狐臊味兒。比干想：「神仙都是六根清淨的有道之士，身上怎麼會有一股臭味呢？」隨著酒越喝越多，一些酒力不強的妖怪就忘乎所以，露出了狐狸尾巴。比干藉著滿月的光輝看得清清楚楚，不禁暗自惱怒，把妖怪恨得咬牙切齒。妲己見狀急忙編個理由讓比干離開。

比干回家時，遇到帶兵巡邏的黃飛虎，就攔住他的隊伍。黃飛虎好奇地問：「您有什麼要緊事嗎？」比干說：「我奉大王的命令到鹿台陪酒，哪知道來的根本就不是神仙。」黃飛虎問：「那是什麼東西？」比干生氣地說：「都是些狐狸精。它們原本隱藏得很好，可酒喝多了，就露出了狐狸尾巴。」黃飛虎大吃一驚，急忙命令手下的四名副將分別到每個城門把守，準備跟蹤妖怪找到它們的老窩。

妖怪們喝多了酒，駕不起妖風，互相攙扶著從南門離開。負責把守南門的是周紀，他看到妖怪，派幾個機靈的士兵跟隨，得知妖怪們來自三十五里外的軒轅墳。周紀把消息告知黃飛虎，黃飛虎當即下令：「火速帶領三百家將，帶上足夠的柴薪堵住軒轅墳的石洞，把妖怪全部燒死。」周紀領命去燒軒轅墳。

黃飛虎和比干一起到軒轅墳查看，發現妖怪全部被燒死。比干為了警示妲己，讓人把沒有燒焦的狐狸皮做成大衣送給紂王。

第二十六回　比干剖心

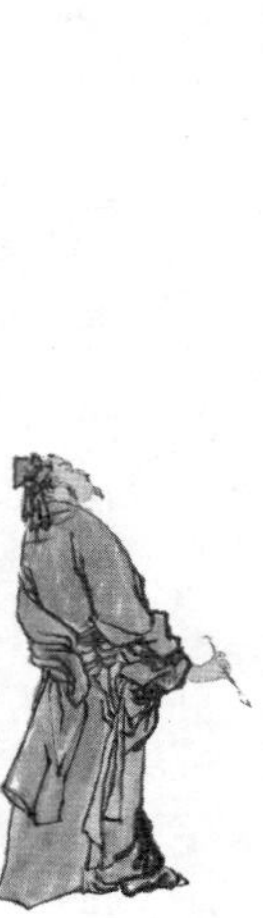

冬天來到，比干把狐皮大衣獻給紂王。紂王看大衣用料上乘，不禁大喜，對比干說：「皇叔年事已高，本來應該自己留著用，現在卻把它獻給我，真是個不折不扣的忠臣啊。我雖然是一國之主，天下的財物都是我的，但一直缺少一件禦寒的大衣。皇叔的功勞是世間少有的啊！」說完下令重重獎賞比干。

妲己看著大衣，知道這都是自己子孫的皮，不禁心如刀絞，暗罵：「比干老賊！我的子孫們不過是喝了點酒，關你什麼事。你現在來獻大衣，明明是想欺負我。我如果不把你的心剜出來，就白白修煉千年了！」妲己左思右想，一時想不出什麼好主意，就打算把九頭雉雞精找來一起盤算。

有一天，妲己和紂王飲酒作樂，兩個人說到了天下的美女。妲己趁機說：「大王，臣妾有一個結義的姐妹，她叫胡喜媚，長得比我漂亮一百倍。」紂王一聽有這樣的美女，急忙說：「那你快把她找來啊！」妲己說：「喜媚現在在紫霄宮出家，哪能說來就來啊。」紂王懇求說：「美人，求你想個辦法，讓我早點看到她。」妲己裝模作樣地想了想，說：「臣妾離開冀州時，喜媚曾經對我說『姐姐，我要拜仙人為師，學習五行之術。你想我時，只需要燃燒信香，妹妹就會立即出現。』臣妾入宮後，整日和大王恩愛就忘記了妹妹。」紂王連忙說：「那美人還不趕快取出信香，讓喜媚出現。」妲己說：「大王不要著急。喜媚學習仙道，不是凡人，等明天我沐浴焚香，才可以迎接喜媚。」

三更時分，妲己原形來到軒轅墳。雉雞精看到妲己，就哭著說：「都怪你的酒宴，害得子孫們都被活活燒死，連皮都被剝了。」妲己咬牙切齒地說：「妹妹，我這次回來就是為了報仇雪恨的。你現在孤身一人在這裡也沒什麼意思，不如和我一起入宮，享受宮人的血肉。」雉雞精連忙拜謝妲己。兩個人經過一番商量，定好了除掉比干的奸計。

第二天夜晚，紂王逼著妲己焚香。妲己說：「大王，你雖然是國君，但對喜媚來講是個外人。我先和她解釋清楚，你再出來相會。」紂王一口應承。妲己裝模作樣地焚香禱告。過了一會兒，突然颳起大風，天空烏雲密布，月亮被黑雲遮住。雉雞精變成一個道姑的模樣，出現在鹿台之上。紂王藉助月光，看到雉雞精膚色雪白、楚楚動人，比妲己還要美麗。

妲己說紂王想見胡喜媚，問她是否願意，胡喜媚則假裝以不合禮法為藉口，再三推辭。兩個妖怪演了半天的戲，胡喜媚才同意見紂王。還沒等妲己召喚，紂王就急沖沖地走出來和胡喜媚見面。紂王想把胡喜媚留在宮中，胡喜媚半推半就地同意了。從此，兩個妖精就整日陪著紂王飲酒作樂，而滿朝文武根本就不知道紂王又多了一個寵妃。

紂王自從有了胡喜媚，更不把國家大事放在心裡。有一天，三個人正在玩樂，妲己突然大叫一聲，跌倒在地上，不省人事。紂王大驚失色，不知所措地說：「妲己跟隨我多年，從來沒得過這樣的病啊，這是怎麼回事？」其實這是妲己和胡喜媚早就商量好的詭計，胡喜媚裝出悲傷的樣子，對紂王說：「姐姐的舊病復發了。」紂王馬上問：「你怎麼知道的？」胡喜媚說：「當初在冀州時，姐姐曾經得過這個病，幾乎就要死了。好在有一個叫張元的神醫，用玲瓏心煎了湯藥，姐姐才倖免於難。」紂王急忙讓人去冀州接張元。胡喜媚急忙說：「大王，從朝歌到冀州，來回就要一個多月，姐姐早就不在了。您還是在朝歌尋找一個有玲瓏心的人，做成湯藥，姐姐才能復活。」紂王說：「去哪兒找有玲瓏心的人呢？」胡喜媚裝模作樣地掐指計算，說：「朝中倒是有一個人有玲瓏心，只怕他捨不得獻給大王。」紂王急忙問：「這個人是誰？快說！」胡喜媚說：「是宰相比干。」紂王笑著說：「我還以為是誰呢，比干是我叔叔，怎麼會捨不得用自己的玲瓏心救我的愛妻呢。」說完，立刻差人去叫比干入宮。

比干正在家裡為國事擔憂，忽然接到了紂王的聖旨，而且一連接到六張。比干從來沒見過紂王這麼著急，就向來人詢問原因。來人說明緣由後，比干大吃一驚，知道自己必死無疑。他向家人囑託了後事，準備進宮。比干剛要走，他的兒子急忙說：「父王，您還記得姜子牙曾經留下的帖子嗎？」比干恍然大悟，急忙來到書房打開帖子觀看。比干讀完帖子，用火點燃，把燒成的灰撒到水裡，一口氣喝下去之後急沖沖離開了家。

紂王看到比干，說：「皇叔，妲己突發急病，急需玲瓏心煎湯才能痊癒。到時候你就是第一功臣。」比干輕蔑地說：「不知道大王要哪顆心？」紂王說：「當然是皇叔身體裡的心了。」比干大怒，說：「心是生命的根本，一旦拿出，人就死了。我丟了心倒是小事，但商朝的江山卻要毀在你這昏君的手裡。」紂王罵道：「君叫臣死，不死就是不忠。你這老東西竟然敢罵我。來人，把老匹夫的心挖出來。」比干說：「我實在沒臉去見先帝。不用別人動手，我自己取。」比干接過刀子，對著太廟拜了八拜，哭著說：「請先王不要怪我不忠。」然後把刀插入胸膛，把手伸入身體，摘下心臟，扔在地上，自始至終沒有留下一滴血。

比干整理好衣服，一言不發地走出皇宮。黃飛虎看到比干，詢問情況，可比干什麼也沒有說，只是低著頭快速向前走。

黃飛虎看比干的行動很怪異，就讓黃明和周紀偷偷跟隨。

第二十七回　聞太師回朝歌

比干出宮後，騎上自己的馬向北飛奔。快到北門時，比干突然把馬停在一個賣無心菜的婦人面前。比干開口問：「你賣的是無心菜嗎？」婦人說：「是無心菜。」比干問：「人如果沒有心，會怎麼樣？」婦人回答：「人沒有心，當然就死了。」比干大叫一聲，從馬上一頭栽下去，吐血而亡。

原來姜子牙在留下的帖子裡畫著符印，把符印燒成灰用水吞服，可以保護比干的五臟不受損害。如果賣無心菜的女人說「人沒有心也能活」，比干就不會死。

比干死後，滿朝文武都十分傷心，一個叫夏招的大臣批評紂王荒淫無度、聽信讒言、濫殺忠臣，結果被紂王扔下了鹿台。

沒過多久，一直在外征討的太師聞仲班師回朝，百官出城十里迎接。聞仲騎著自己的墨麒麟經過北門，看到有紙幡飄蕩，就問左右是誰死了，聽說是比干，不禁大吃一驚。

聞仲進入皇宮，看到宮殿東面立著幾根銅柱子，就好奇地問：「這是什麼東西，幹什麼

沒過多久，一直在外征討的太師聞仲班師回朝，百官出城十里迎接。

用的？」一個大臣急忙解釋：「這是新的刑具，叫炮烙。」聞仲又問：「炮烙怎麼使用？」大臣把炮烙之刑詳細地告訴聞仲。聞仲聽完，勃然大怒，眼睛射出一道白光。

紂王聽說聞仲回來，急忙命人迎接。聞仲是三朝元老，在商朝屬於「一人之下萬人之上」的人物，為人正直，又會道術，連紂王對他都畏懼三分。聞仲數落了紂王的種種暴行，紂王不敢得罪聞仲，只好狡辯。

退朝後，聞仲把文武百官都叫到自己家裡了解詳情，大家一致推舉黃飛虎作為代表。於是，黃飛虎把紂王納妲己，殺妻滅子，斬杜元銑，炮烙梅伯，囚禁姬昌，建蠆盆、鹿台，造酒池肉林，挖楊任雙眼，剖比干之心等行為詳細地說了一遍。

聞仲聽完，氣得拍桌子大叫：「老夫長期在北海征討叛逆，朝歌竟然發生了這麼多反常的事情！」眾人離開後，聞仲下令封閉府門，連續三天閉門謝客，在家整理了十道針對紂王逆行的奏章。

次日早朝，紂王像往常一樣，對百官說：「眾位卿家，有奏章出班，無事退朝。」聞仲站出來，當著紂王和百官的面，誦讀了自己的十條建議：

一、拆掉鹿台，保障老百姓生活安定；二、廢掉炮烙，使大臣們敢於諫言；三、用土填滿蠆盆；四、去掉酒池肉林；五、廢掉妲己，重新選合適的人做皇后；六、立刻把費仲和尤渾斬首示眾；七、開倉賑濟災民；八、派遣安撫使招安東、南兩路諸侯；九、聘請天下賢才；十、歡迎納諫，廣開言路。

紂王聽完十條建議，考慮了很久，覺得十分為難，不高興地說：「鹿台已經建成，已經浪費了無數的人力物力，俗話說成工不毀，拆除實在可惜，第一條先放下再說；炮烙可以拆除；蠆盆和酒池、肉林也可以照辦；第五條，妲己賢淑，又沒有做出什麼傷天害理的事情，沒有理由廢掉；費仲和尤渾兩人對社稷有功，不能無緣無故地誅殺；最後的四條可以通過。」

聞仲見紂王並不想徹底悔改，繼續說：「大王，鹿台勞民傷財，拆除才能減弱百姓的怨氣；妲己想出了那麼多的酷刑，導致眾多無辜的人慘死，廢掉她才能讓那些慘死的怨靈安息；費仲和尤渾兩個奸賊搬弄是非，嫉妒忠良，擾亂朝政。這十條老臣希望大王都能執行。」紂王還是不肯同意，說：「太師所奏，我已經同意了七件，不要再說了。」聞仲還是不甘心，說：「大王，這三件關係到國家安危，不能不做啊！」

費仲不識時務，出來阻攔聞仲。聞仲不認識費仲，問道：「你是什麼人？」費仲回答：「卑職費仲。太師雖然位極人臣，但也不能逼著大王執行你的諫言。您現在的所作所為就是以下犯上，欺君之罪，真是大不敬。」聞仲大怒，睜開眉心的眼睛，大罵道：「你這逆賊，現在還敢胡言亂語。」說著，一拳把費仲打倒在地。尤渾不知好歹，對紂王說：「太師在大王面前打大臣，就是在打大王您啊！」聞仲問：「你又是誰？」尤渾說：「我就是尤渾。」聞仲大笑：「你們兩個奸賊，狼狽為奸，讓老夫好好教訓你們。」說完，把尤渾一腳踢倒，然後對武士說：「把兩個狗賊推出去斬首。」

紂王心裡責怪費仲和尤渾自取其辱，但實在捨不得殺他們，安慰聞仲說：「老太師息怒。費仲和尤渾不知好歹，冒犯了您，千萬別和他們一般見識。剩下三條再讓我回去仔細考慮，一定會讓太師滿意的。不如先把費仲和尤渾投入牢獄等候發落。」聞仲想了想，覺得自己畢竟是個大臣，不宜把國君逼得過急，也就勉強同意了。

這個時候，東海的平靈王起兵造反。聞仲和黃飛虎商量了一下，決定自己親自出馬。紂王正巴不得聞仲離開朝歌，看了他的奏章，立刻同意。聞仲臨行前，囑託黃飛虎及時諫言，不要讓紂王胡作非為。可聞仲剛離開朝歌，紂王就立即下令釋放了費仲和尤渾。

第二十八回　討伐崇侯虎

自從聞太師離開，紂王又像往日一樣尋歡作樂。有一天，紂王高興，設宴款待百官。妲己和胡喜媚趁機現出原形到後花園吃人，興起了一陣怪風。

紂王和百官正在驚奇，突然聽見有人高呼：「妖精來了。」黃飛虎聽說有妖精，飛快地衝到後花園，剛好遇到妖怪，妖怪看到黃飛虎向他撲過去。黃飛虎手裡沒有武器，對侍衛說：「快把北海的金眼神鷹放出來。」神鷹伸出像鋼鉤一樣的爪子把狐狸的臉抓傷了。狐狸叫了一聲，鑽進了假山。紂王命令左右在假山附近都挖了一遍，挖出很多骷髏，才相信後宮有妖怪的謠言。

妲己被抓傷，心裡十分煩惱。天亮後，紂王看到妲己臉上的傷痕，關切地問：「愛妻，你臉上的傷是怎麼來的？」妲己撒謊說是被後花園的樹枝刮傷的。紂王把後花園有妖怪的事告訴妲己，還讓她不要到後花園遊玩。妲己心中暗恨黃飛虎，尋找機會向他報復。

姜子牙聽說崇侯虎最近勾結費仲、尤渾，在朝歌又做了很多危害百姓的壞事，決定出兵

西岐大軍沿途對百姓秋毫不犯，
得到了百姓的擁護。

討伐。姬昌聽說姜子牙要攻打崇侯虎，猶豫地說：「丞相，我和崇侯虎同朝為官，爵位相同，不適宜出兵攻打他吧。」姜子牙說：「主公，你為人慈悲，不忍攻打同僚。但崇侯虎為非作歹，十惡不赦，如果不除掉他，早晚會惹出更大的禍患。我們攻打他，是為了天下百姓的利益。」姬昌想了想，終於點頭答應，問道：「讓誰擔當主將呢？」姜子牙說：「老臣願意為主公效犬馬之勞。」姬昌怕姜子牙濫殺無辜，說：「我願意和丞相一起去。」姜子牙說：「主公御駕親征，天下群雄一定群起響應。」

西岐大軍沿途對百姓秋毫不犯，得到了百姓的擁護。當軍隊來到崇侯虎的崇城時，崇侯虎正在朝歌沒有回來，崇侯虎的兒子崇應彪自作主張帶兵迎戰。

姜子牙派出南宮适打頭陣，崇應彪派出手下大將黃元濟。兩個人大戰三十回合，黃元濟知道自己不是南宮适的對手，撥轉馬頭逃跑，南宮适在後面緊追不放，把黃元濟一刀斬於馬下。

第二天，崇應彪點名要姬昌和姜子牙上前答話。姜子牙看到崇應彪，勸說道：「你們父子作惡多端，罪惡滔天。我家主公為了除暴安良，專門來討伐你們。」崇應彪罵道：「姜子牙，老匹夫。你不過是個會算命的老頭，竟敢在本將軍面前信口開河。」他話音未落，姬昌騎著馬來到陣前，說：「崇應彪，本王在此，還不快快投降。」崇應彪指著他大罵：「姬昌，你不思悔改，派兵進犯我們，是不是想造反！」姬昌說：「你們父子惡貫滿盈，現在投降，我可以保證崇城百姓不受侵犯，否則生靈塗炭，不要怪我。」

崇應彪大怒，派手下的猛將陳繼貞去抓姬昌，姜子牙則派出了西岐的猛將辛甲。兩個人打了二十回合，崇應彪見無法取勝陳繼貞，又派了兩員大將助陣，姜子牙則派出了六員大將攔截。經過一番激戰，崇應彪大敗而歸。

崇應彪兵敗後，緊閉四門，與手下的將領研究退兵對策。大家想來想去，不知道該怎麼辦，最後決定堅守不出。姜子牙看崇應彪拒絕應戰，打算下令攻城。姬昌害怕攻城會使無辜的百姓受到連累，對姜子牙說：「丞相，崇侯虎父子作惡，和老百姓沒有關係。我們全力攻城，恐怕會玉石俱焚。請你想個兩全其美的辦法，智取崇應彪。」姜子牙經過考慮，決定找崇黑虎幫忙。

第二十九回　文王託孤

南宮适奉命來到曹州，把姜子牙的親筆信交給崇黑虎。崇黑虎把信仔細看了一遍，認為很有道理，自言自語地說：「崇侯虎的確作惡多端，天理不容。我現在寧可得罪祖宗，也不能得罪天下百姓。況且我大義滅親，就是將功折罪，還可以為家族留下血脈。」於是答應幫忙。

崇黑虎帶上兩員副將，點了三千飛虎兵，直奔崇城。崇應彪聽說崇黑虎來到，以為是來幫助自己，趕忙出城迎接。崇黑虎看到崇應彪，說：「賢侄，我聽說姬昌老匹夫來攻城，急忙來援助你們。」崇應彪大喜，把崇黑虎接進了崇城。

第二天，崇黑虎帶著自己的三千飛虎兵來到周營挑戰。南宮适帶兵迎戰。兩個人裝模作樣地打了起來，崇黑虎趁機對南宮适說：「將軍你先敗走，我等到崇侯虎回到崇城，把他們父子一塊綁起來交給你們。」南宮适假裝打不過崇黑虎，回到周營。崇黑虎沒有追趕，帶兵回城。

崇應彪問崇黑虎：「叔叔，你怎麼不用你葫蘆裡的神鷹對付南宮适？」崇黑虎說：「賢

侄，姜子牙在崑崙山修煉過，我用法寶，他一定會破解。不要急，咱們慢慢收拾他們。你還是寫信告訴你父王，讓他快點回來。」

崇侯虎收到兒子的信，得知姬昌發兵征討自己，氣得暴跳如雷，大罵道：「老匹夫，你當初逃跑，我還向大王替你求情。你卻恩將仇報，我絕不會善罷甘休。」於是就把消息告知紂王。紂王聽了也很生氣，下令說：「姬昌擅自逃脫，已經是欺君之罪。現在又征討朝廷命官，實在可恨。愛卿快把逆賊抓來見我。」崇侯虎領命而去。

崇黑虎聽說崇侯虎馬上就要到達崇城，對心腹愛將高定說：「你領二十名刀斧手，藏在城門兩邊，等到我拔出寶劍，你立刻派人把崇侯虎父子抓獲，帶到周營。」然後又對另一個心腹沈岡說：「你偷偷把崇侯虎的家眷帶到周營。」

崇侯虎看到弟弟，高興地說：「賢弟能來幫我，我很高興。」於是和崇黑虎一同入城。他們剛進城門，崇黑虎就拔出寶劍。隱藏的刀斧手一擁而上，把崇侯虎父子五花大綁。崇侯虎大叫：「你這個叛徒，為什麼幫助外人？」崇黑虎說：「你作惡多端，殘害百姓，監造鹿台，惡貫滿盈。我今天要替天行道，把你獻給西伯侯。」崇侯虎無話可說，只好低頭。

崇黑虎押著崇侯虎父子來到周營，姬昌見崇黑虎大義滅親，不禁讚賞有加。姜子牙下令把兩個人斬首，把首級呈現給姬昌。姬昌從來沒有看過人的頭顱，嚇得魂不附體，急忙命人把頭掛到帳外。

姜子牙雖然把崇侯虎父子斬首，卻釋放了其他家眷，並把崇城交給崇黑虎管理，從此以後，北方也脫離了朝歌的管轄。

姬昌自從看到崇侯虎的頭之後就魂不守舍、心神不定，整天茶不思飯不想，坐臥不安。回到西岐後，姬昌的病情越來越重，他知道自己氣數已盡，就把姜子牙叫到身邊，說：「我蒙先王洪恩，坐鎮西岐，統領二百鎮諸侯。現在東、南兩路諸侯已經公開反商，北方的崇黑虎也宣布獨立，我作為殷商的大臣，不能跟他們學。我死後，丞相一定不要聽信其他人的拉攏，反抗朝廷。」

正說著，姬發來看望父親。姬昌對姬發說：「孩子，我死後，你就是西岐的主人了。即使大王再壞，你也不要反抗，否則就要背上弒君的罪名。你現在拜丞相為亞父，凡事聽從他的教導。」姬發連忙拜姜子牙為亞父。姜子牙趕忙謝恩：「老臣受大王重託，就是肝腦塗地、粉身碎骨也無法報答大王的恩情。」姬昌長歎一聲：「可憐我再也不能報效大王，推演八卦教化百姓了。」說完，姬昌就咽氣了，享年九十七歲。

西周為姬昌舉行了隆重的葬禮，四方諸侯紛紛派人悼念。料理完後事，姬發被尊為武王，拜姜子牙為相父。

紂王聽說姬發接替父親鎮守西岐，認為他就是個年輕人，根本沒有重視，繼續沉湎於酒色之中。

第三十回　激反武成王

元旦那天，百官都入宮向紂王朝賀，官員的夫人們則到後宮拜見妲己。每年，黃飛虎的夫人賈氏都會入宮朝拜皇后，然後順路去看望黃飛虎的妹妹黃貴妃。

妲己聽說賈氏是黃飛虎的妻子，立刻想起了自己被黃飛虎弄傷的往事，打算趁機報仇。她假惺惺地與賈氏結為姐妹，故意拖延時間，等紂王駕到。

賈氏聽說紂王來到，一時間驚慌失措，妲己讓她先藏到後宮。

紂王看到屋裡有宴席，好奇地問：「美人在和誰飲酒呢？」妲己說：「和武成王的夫人賈氏。大王，您應該見一見他的夫人。」紂王說：「不行，禮法上說『君不見臣妻』，我還是不見了。」妲己說：「君王當然不能見大臣的妻子，但賈氏是黃貴妃的嫂子，就是外戚。既然不是外人，大王就可以見。再說賈氏天姿國色，嫵媚動人，大王不見會遺憾的。」紂王一時鬼迷心竅，同意了妲己的話，到摘星樓等候。

賈氏向妲己告辭，妲己假裝說：「姐姐，我們一年才能相聚一次，就陪我到摘星樓觀賞

美景吧。」賈氏不敢抗命，只好跟著去了。賈氏從摘星樓向下看到了蠆盆裡有無數的蛇蠍和白骨，酒池肉林又夾雜著血腥氣，嚇得魂不附體。正在賈氏驚慌失措的時候，紂王來到摘星樓。賈氏見自己這次無處藏身，只好靠著欄杆站著。

紂王上樓，看到賈氏，明知故問道：「靠著欄杆的是誰？」妲己解釋：「大王，是武成王的夫人賈氏。」賈氏沒有辦法，只好過來行禮。紂王看賈氏果然儀態端莊，就賞賜了座位，賈氏急忙推辭。妲己說：「姐姐坐下，沒關係的。」紂王好奇地問：「美人為什麼稱賈氏為姐姐呢？」妲己說：「大王，我們剛剛結拜為姐妹。因此就是皇姨了。」賈氏這個時候才知道自己中了妲己的奸計。紂王調戲說：「我敬皇姨一杯酒吧。」賈氏面紅耳赤，知道自己今天凶多吉少，就把杯裡的酒潑到紂王臉上，大罵：「昏君，我丈夫為你的江山建立了無數功勳，你今天聽信妲己的讒言，侮辱大臣的妻子，真是不知廉恥。」紂王大怒：「把這賤人拿下。」賈氏大喝一聲：「誰敢拿我。」然後走近欄杆，仰天長歎：「可憐我三個孩子要變成孤兒了。」說完，縱身一躍，摔得粉身碎骨。

黃貴妃在自己的宮裡等著嫂子，可左等右等都不見動靜。正在著急的時候，宮人稟報：「娘娘，大事不好了，賈夫人和蘇皇后一同上了摘星樓，墜樓而死。」黃貴妃猜到是妲己從中搞鬼，急沖沖跑上摘星樓，指著紂王大罵：「昏君，我哥哥為了你的江山社稷南征北戰，赤膽忠心；我父親鎮守界牌關，勞苦功高。我們黃家一門忠烈，你卻逼死了我的嫂嫂。」紂王理虧，只好低頭不語。黃貴妃又罵妲己：「賤人，你淫亂後宮，迷惑大王，就是罪魁禍首。」說完，動手打了妲己。妲己雖然是妖怪，但在紂王面前不敢發威，只能大叫：「大王救命啊！」紂王來勸架，黃貴妃一不小心打到紂王臉上。紂王大怒，舉起黃貴妃，把她從摘星樓上扔了下去。

消息很快傳到黃飛虎府中。黃飛虎的三個兒子都還小，聽說母親慘死，放聲大哭。黃飛虎手下的四員猛將早就對紂王不滿，紛紛對黃飛虎說：「大哥別再猶豫了。紂王是個無道的昏君，他一定看到嫂子有姿色，打算侮辱她。嫂子是個烈性女子，一定不從，為保名節才墜樓而死。黃娘娘見嫂子慘死，找紂王理論，被昏君扔到樓下。咱們兄弟為了紂王的江山，不知流了多少血汗，到頭來卻得到這樣的結果。大丈夫怎麼能忍受這樣的羞辱。我們從今天開始，不再為紂王賣命。」四個人越說越氣，打算造反。

黃飛虎是個忠臣，看到副將要造反，急忙講了一番忠君愛國的大道理。四人知道不能說服他，決定採用激將法，於是笑著說：「大哥，你說得太對了。反正這又不關我們的事，何苦替你煩惱。」說完，就大吃大喝起來，還時不時發出笑聲。黃飛虎被四個人的笑聲和三個兒子的哭聲擾得心神不寧，生氣地說：「你們四個怎麼這麼開心？」黃明說：「今天是元旦，我們四個飲酒作樂，關你什麼事。」黃飛虎說：「我家裡剛發生這麼大的事，你們還笑？」周紀回答：「不瞞大哥，我們笑的就是你啊！」黃飛虎問：「笑我什麼？」周紀說：「大哥現在位極人臣，知道內情的不用說了，不知道的還以為你是依靠大嫂的姿色來取悅紂

黃飛虎知道自己已經沒有退路，也騎著五色神牛大戰紂王。

王，才得到今天的榮華富貴。」黃飛虎大怒，下令手下人收拾行囊，反出朝歌。

黃飛虎的頭腦正在混亂中，問四個人：「咱們投奔哪裡？」黃明說：「現在西岐的武王廣施仁政，賢人紛紛投靠，三分之二的天下已經歸附西岐，當然去投奔武王了。」周紀怕黃飛虎反悔，為了讓他徹底斷絕歸路，就鼓動黃飛虎說：「大哥，咱們臨走前應該先找紂王為大嫂和黃娘娘報仇。」黃飛虎心情激動，沒有多想便立即答應下來。

紂王聽說黃飛虎在宮外向自己挑戰，提著寶刀迎戰。還沒等黃飛虎動手，黃明和周紀先催馬和紂王交戰。黃飛虎知道自己已經沒有退路，也騎著五色神牛大戰紂王。紂王雖然驍勇，但黃飛虎也不是等閒之輩，再加上有黃明和周紀做幫手，紂王逐漸體力不支敗下陣來，跑進城裡。

第三十一回　聞太師追擊

黃飛虎剛剛離開朝歌，聞仲就帶領大軍返回。他聽說黃飛虎造反，大吃一驚。得知詳情後，聞仲知道錯在紂王，但他認為無論如何，黃飛虎作為大臣都不應該和紂王動手，急忙下令封鎖沿途所有關隘，自己帶領大軍向西追趕。

黃飛虎率領家將過了孟津，渡過黃河，來到澠池縣。鎮守澠池的是張奎，頗有道法。黃飛虎知道張奎厲害，偷偷地繞過澠池，前往臨潼關。可一行人還沒到臨潼關，就看到了臨潼關總兵張鳳的人馬。這時，身後喊聲大作，黃飛虎仔細觀察，原來是聞仲的追兵。佳夢關的魔家四將和青龍關的張桂芳也從兩側包圍過來。黃飛虎知道自己這次死到臨頭了。

清虛道德真君這天剛好經過臨潼關。他見這裡殺氣騰騰，就撥開雲霧，看到是黃飛虎有難。道德真君讓黃巾力士用自己的混元幡把黃飛虎等人轉移到一個偏僻的地方。

四路人馬彙集到一起，都說沒有看到黃飛虎。聞仲很納悶，決定把軍馬駐守在這裡等候黃飛虎。

道德真君見聞仲沒有返回，就取出自己的葫蘆，從裡面倒出神砂，向東南方撒去。神砂變成黃飛虎等人的樣子，向朝歌的方向逃跑。聞仲聞訊，急忙帶領兵馬向東南方追趕。這時，道德真君才讓黃巾力士把黃飛虎送回原地。

黃飛虎等人如夢方醒，揉了揉眼睛，發現自己又回到原來的地方，四路人馬全都不見蹤跡，於是繼續西行。

張鳳聽說黃飛虎來到關前，帶領人馬出關攔截。黃飛虎看到張鳳，上前行禮：「老叔，小侄是逃難之臣，恕我不能行禮了。」張鳳說：「黃飛虎，我和你父親是結拜兄弟，你是大王器重的大臣，又是國戚，今天為什麼造反？聽我的忠告，快點下馬受降，讓我把你押回朝歌。大王看在你的功勞上，還能饒你們一家人的性命。」黃飛虎說：「老叔，小侄的品行你是了解的。紂王沉湎酒色、顛倒黑白、濫殺無辜、殺妻滅子。希望老叔開恩，放小侄過關。」張鳳大怒：「大膽逆賊，吃我一刀。」兩個人大戰三十回合，張鳳不是黃飛虎的對手，只好緊閉關門。

張鳳回到殿裡，命令手下的副將蕭銀帶來三千弓箭手射殺黃飛虎。蕭銀曾經是黃飛虎的手下，得到過黃飛虎很多幫助，他決心趁這個機會報答黃飛虎的恩情。蕭銀偷偷地找到黃飛虎，據實相告，兩個人商議後，決定裡應外合。

黃飛虎帶領眾人悄悄地來到城門下，蕭銀打開城門放他們通過。張鳳聽說黃飛虎過關，

得知詳情後，聞仲急忙下令封鎖沿途所有關隘，自己帶領大軍向西追趕。

上馬追趕，被藏在暗處的蕭銀一戟刺死。

黃飛虎離開了臨潼，走了八十多里來到潼關。潼關守將叫陳桐，曾經是黃飛虎手下的將領，因為觸犯軍紀，受到過黃飛虎的嚴厲處罰，一直懷恨在心，聽說黃飛虎要過關，正打算報仇雪恨。

陳桐看到黃飛虎，說：「黃將軍，我奉聞太師之命，在此等你。你要是識相，就乖乖地下馬投降，饒你不死。」一說完，兩個人大戰起來。單憑武力，陳桐不是黃飛虎的對手，但陳桐會使用一種叫火龍鏢的暗器，出手生煙，百發百中。陳桐用火龍鏢把黃飛虎打下五色牛。等到黃明和周紀來搶救時，黃飛虎已經死了。

兩個人把黃飛虎的屍體抬回去，所有人都痛哭起來。沒有了統帥，眾人都不知道怎麼辦。

道德真君回到洞裡，掐指一算，知道黃飛虎已經遭難，急忙讓童子把自己的徒弟黃天化找來。

黃天化興沖沖地跑到師父面前，問：「師父，找弟子有什麼吩咐？」真君說：「你父親今天有難，你要下山去救他。」黃天化詫異地問：「弟子的父親是誰？」真君回答：「你的父親就是殷商的武成王黃飛虎。他現在在潼關被陳桐的火龍鏢打死。你今天下山，一是救他，二是父子相認，以後一起隨姜子牙反商。」黃天化問：「那弟子是怎麼到這裡的？」真君說：「你三歲那年，我從崑崙山返回，被你頭頂的殺氣阻攔。我知道你以後必成大器，就把你帶回山修煉，到今天已經十三年了。」說完，把一個花籃和一把寶劍交給黃天化，並教給他使用法寶的方法。道德真君又叮囑黃天化說：「你把你父親送出潼關就要立刻返回，日後自然有你下山和父親團聚的日子。」黃天化領命而去。

第三十二回　黃天化救父

黃天化藉土遁術來到潼關，看到一群人圍著黃飛虎痛哭，就騎著玉麒麟來到近前，對黃飛虎的弟弟黃飛彪說：「我來自青峰山紫陽洞，是專程前來救黃將軍的。」說完，黃天化從花籃裡拿出仙藥，用水化開，倒入黃飛虎的嘴裡。一個時辰後，黃飛虎大叫一聲：「疼死我了！」

黃飛虎醒過來，趕忙拜謝說：「多謝道長救命之恩。」黃天化「撲通」一聲跪在地上，哭著說：「父親，我不是別人，是你十三年前丟失的黃天化啊！」大家一聽，都仔細觀看，發現他與黃飛虎極為神似。黃飛虎高興地問：「我的孩子，你在哪座名山修道？」黃天化說：「孩兒在青峰山紫陽洞拜清虛道德真君為師。他算定父親有難，因此命我下山相救。」

黃天化和兄弟們相認，發現沒有母親，就詢問原因。黃飛虎把賈氏和黃貴妃遇害的事情告訴黃天化。黃天化聽完，悲傷地昏死過去。

等到黃天化醒過來，咬牙切齒地說：「父親，咱們這就去朝歌找紂王報仇。」這時，陳

桐在外面挑戰，黃飛虎披掛上陣。

陳桐看到黃飛虎安然無恙，心裡充滿疑惑，可又不敢問，只好大叫：「逆賊快來受死。」黃飛虎跨上五色神牛迎戰。兩人打了十五回合後，陳桐又掏出火龍鏢打算偷襲。可黃天化早已經準備好。陳桐的鏢剛飛出，就被黃天化的花籃收去。陳桐看到黃天化助陣，就用方天畫戟刺向黃天化。黃天化拔出寶劍，指向陳桐，劍頭發出一道星光，陳桐的頭顱就滾落下來。原來這把寶劍是道德真君的鎮山之寶，名叫「莫耶」，星光一閃，對方的人頭就會落地。

黃飛虎過了潼關，黃天化戀戀不捨地說：「父親，孩兒告辭了。」黃飛虎急忙問：「孩子，你要去哪裡，為什麼不和我們一起去西岐投奔武王？」黃天化說：「孩兒奉師命下山，幫助父親過了潼關就要立刻回山。」黃飛虎問：「那我們要什麼時候再相會？」黃天化說：「等到武王伐紂時，孩兒就會下山。」說完，父子二人灑淚而別。

過了潼關，就到了穿雲關。鎮守穿雲關的守將叫陳梧，是陳桐的親哥哥。他聽說弟弟被殺，氣得暴跳如雷，打算和黃飛虎拼命。可他手下一個叫賀申的人說：「將軍，黃飛虎勇冠三軍，黃明、周紀等人又都是猛將，如果力拼，咱們恐怕不是他們的對手。以末將之見，不如智取。」陳梧聽完他的計策，喜出望外。

黃飛虎一到穿雲關，陳梧立刻打開城門迎接。黃飛虎不知是計，說：「黃飛虎是朝廷欽犯，今天將軍以賓客之禮接待，真是感激不盡。只是我誤傷了你的弟弟，實在過意不去。」陳梧說：「我向來欽佩將軍的忠勇，是紂王無道，將軍不得已才背棄殷商。我那弟弟不知好歹，為難將軍，實在是咎由自取。」說完，命人準備了一桌豐盛的宴席，並安排一行人留宿。

黃飛虎等人旅途勞頓，躺在床上立刻鼾聲如雷。三更時分，黃飛虎突然看到一隻手掐滅燭光，然後聽見夫人賈氏對自己說：「黃將軍，妾身不是妖魔，你快點帶人離開這裡，否則性命不保。」黃飛虎猛地睜開眼睛，看到燭光又重新亮起來。

黃飛虎急忙把人全部叫醒，把賈氏託夢的事告訴大家。黃飛彪說：「寧可信其有，不可信其無。我去查看一下。」可他推了幾下門，發現房門已經被人從外面上鎖。於是幾個人用武器劈開房門，看到外面堆滿了柴薪，知道陳梧要燒死他們，就向關外跑去。

陳梧聽說黃飛虎等人逃跑，急忙率兵追趕。黃飛虎看到陳梧，大罵：「陳梧，我以為你是個君子，原來是個陰險的小人。」陳梧回罵：「反賊，你反叛朝廷，殺我弟弟，我豈能饒了你。」黃飛虎大怒，挺槍刺向陳梧。不到十個回合，黃飛虎一槍把陳梧刺死。眾人趁勢衝過了穿雲關。

過了穿雲關，下一關就是界牌關。黃明哈哈大笑說：「大哥，這次咱們不用廝殺了。界牌關是太老爺鎮守，畢竟是自家人，不會為難咱們。」

界牌關的守將是黃飛虎的父親黃滾。他聽說兒子反了朝歌，一路上又殺了三個守關的總兵，心裡不是滋味。聽說黃飛虎來到城下，就傳令守軍出城擺開陣勢。

第三十三回　大戰汜水關

黃明看到黃滾擺開陣勢，對黃飛虎說：「大哥，老爺布開人馬，準備了囚車，恐怕不是好兆頭啊。」龍環說：「咱們先看看老爺怎麼說，再研究對策。」黃飛虎來到黃滾近前，行禮說：「父親，不孝兒子向你行禮了。」黃滾說：「你是什麼人？」黃飛虎說：「父親，你這是什麼意思？」黃滾罵道：「我們黃家七代人都受到殷商的重用，從來沒有出過你這樣的逆賊。你竟敢背叛朝廷，毀了我們黃家的聲譽，你讓我有什麼面目到地下去見列祖列宗。你這個無恥之徒，還有臉來見我。」黃飛虎被黃滾罵得啞口無言，低頭不語。

黃滾看兒子不回話，大罵道：「畜生，你想不想做忠臣孝子？」黃飛虎問：「父親這麼說是什麼意思？」黃滾說：「你如果還是忠臣孝子，立刻投降，我把你押解回朝歌；如果不是，你就把我刺死。」黃飛虎聽了父親的斥責，打算投降。黃明提醒道：「大哥千萬不能投降。國君不以身作則，敗壞朝綱，做臣子的就可以另投明主。」黃飛虎又猶豫起來。黃滾大怒，認為正是黃明等人的挑撥，黃飛虎才反商，舉刀砍向黃明。周紀三人也一擁而上，把黃

滾圍在當中。黃明趁機對黃飛虎說：「大哥，你們還不趕快趁機出關？」黃飛虎急忙帶領兒子和家將過了界牌關。

黃滾見自己沒有攔住兒子，就要拔劍自刎。黃明急忙說：「老爺，您有所不知，是您兒子堅決反商，我們根本攔不住他。您現在就去追他回來，只說要收拾好物品和他一起投奔西岐，就可以趁飲酒的時候捉住他。」黃滾信以為真，急忙命令手下把黃飛虎叫回界牌關。

黃滾在關內安排酒宴招待兒孫的時候，黃明讓周紀偷偷地把黃滾的家當全部收拾好，又讓龍環和吳謙放火燒了界牌關的糧草。黃滾看到火起，才知道自己又中了計。黃飛虎趁機勸父親一起降周。黃滾知道事到如今，已經沒有退路，只好朝著朝歌的方向拜了八拜，把帥印掛在殿中，帶領界牌關的三千士兵一起跟隨黃飛虎離開界牌關。

一行人來到了最後一關汜水關。汜水關的守將為韓榮，副將為余化。余化是蓬萊島道人余元的弟子，會法術，被稱為「七首將軍」。

韓榮聽說黃飛虎一行人來到城下，命令余化前去阻攔。黃飛虎看到余化騎著火眼金睛獸，知道對方是個會法術的人，就親自迎戰。兩人大戰了三十回合，余化體力逐漸不支，從戰袍底下取出法寶「戮魂幡」。余化舉起法寶，只見一團黑氣把黃飛虎團團圍住，余化一聲令下，把黃飛虎捉回關裡。

第二天，余化又出關挑戰，黃明和周紀披掛迎敵。三十回合後，余化故伎重演，用戮魂幡捉住二人。隨後黃飛彪和黃飛豹也相繼被捉。

第三天，余化用戮魂幡捉住龍環和吳謙。黃飛虎的二兒子黃天祿雖然只有十四歲，但武藝出眾，出陣迎戰余化。余化根本沒把他放在眼裡，結果被黃天祿的槍刺中了左腿。余化一怒之下，用法寶捉回黃天祿。

黃滾見勢不妙，收拾好所有的金銀珠寶，打算用財寶為黃家留一條血脈。

韓榮聽說黃滾到城下請罪，同意他上城樓。黃滾懇求說：「我們一家犯了國法，應當伏法，但我求你高抬貴手，放了我的孫子們。」韓榮說：「現在所有人都知道我抓住了你們，如果我偷偷地放走您的孫子，大王會認為我是你們的同謀。」黃滾再三請求，可韓榮堅決不肯放人。黃滾大罵韓榮鐵石心腸。韓榮大怒，命人把黃滾和黃飛虎關到一起。黃飛虎看到父親和兒子都被抓住，萬分難過。

韓榮抓了黃家父子，設宴慶祝，讓余化負責押送黃飛虎等人回到朝歌領賞。

第三十四回　黃飛虎降周

太乙真人在洞中閒坐，突然心神不寧。他掐指一算，知道黃飛虎父子有難，於是對哪吒說：「黃飛虎父子在汜水關被韓榮抓住，現在已經被押送到穿雲關，你去救他們。把他們送出汜水關後，你要立刻回來。」哪吒欣然領命，駕上風火輪直奔穿雲關。

余化看到有人攔路，催開火眼金睛獸，挺方天畫戟刺向哪吒。

余化當然不是哪吒的對手，幾個回合就取出了戮魂幡。哪吒看到戮魂幡，把手一搖，黑氣全部被收走。余化見哪吒破了自己的法術，只好硬著頭皮迎戰。哪吒無心戀戰，取出金磚砸傷余化，然後砸開囚車，釋放了眾人。

黃飛虎十分感激哪吒，上前施禮。哪吒解釋了自己的來由，就對黃飛虎說：「黃將軍帶人在後面慢慢趕路，我先把汜水關拿下，好方便你們出關。」說完，踏上風火輪前往汜水關。

韓榮正在府裡飲酒慶賀，忽然聽說余化返回，知道出了事。余化把自己的遭遇講述了一遍，韓榮十分懊惱。正在他不知所措時，城下有人挑戰。

韓榮問：「是什麼人挑戰？」哪吒報上姓名，勸韓榮趕快開城投降。韓榮大怒，親自出馬迎戰。哪吒用金磚砸傷韓榮，用槍刺傷余化，輕而易舉地拿下了汜水關。哪吒把一行人一直送到金雞嶺，才辭別眾人回了乾元山。

黃飛虎見西岐風景優美，社會安定，百姓彬彬有禮，和朝歌截然不同，不禁暗暗稱讚。他安排妥當後，便來到丞相府拜見姜子牙。姜子牙立刻放下手裡的政事，親自到門外迎接。兩人寒暄起來。姜子牙聽說黃飛虎要歸順西岐，大喜過望，讓黃飛虎先在府裡等待，自己急忙入宮向姬發稟報。

姜子牙一見姬發，就高興地說：「恭喜大王，殷商的武成王黃飛虎棄紂來投奔大王，這是西岐興旺的預兆啊！」姬發急忙讓人把黃飛虎請入宮中。

黃飛虎看到姬發，倒身下拜，說：「殷商逃難之臣黃飛虎拜見大王。」姬發急忙扶起黃飛虎，高興地說：「久聞將軍德行天下，義重四方，是個真正的正人君子。今天相會，實在是三生有幸啊！」黃飛虎趕忙說：「承蒙大王錯愛，末將願意為大王效犬馬之勞。」姬發問姜子牙：「黃將軍在朝歌擔任什麼官職？」姜子牙說：「官拜鎮國武成王。」姬發笑著說：「既然黃將軍到了西岐，改一個字就可以了，叫開國武成王，怎麼樣啊？」黃飛虎謝恩。

姬發設宴款待黃飛虎。姬發命人挑選吉日建造武成王府。第二天，黃飛虎對姬發說自己的家人和手下都在城外等候自己。姬發就派人把一行人請入西岐。

西岐自從有了黃飛虎，士兵訓練有素，軍力迅速增強，已經具備了抵抗朝歌的實力。

第三十五回　晁田探西岐

聞仲被道德真君的神砂戲耍後，一直非常惱火。他召集文武百官，討論如何對付西岐。總兵官魯雄說：「現在東伯侯姜文煥出兵遊魂關，南伯侯鄂順進攻三山關。黃飛虎雖然逃出五關，現在也不必憂慮。即使日後姬發造反，中間有五關阻攔，左右又有青龍關和佳夢關，黃飛虎就算有天大的本事，恐怕也無法攻入朝歌。咱們應該把主力部隊派往東、南兩路。」聞仲說：「但西岐一向是民心所向，文有散宜生，武有南宮适，現在又有姜子牙和黃飛虎助陣，我實在放心不下。」魯雄說：「太師可以派人去西岐打探消息。」晁田和晁雷接受了這個任務，帶上三萬人馬，浩浩蕩蕩直奔西岐。

姜子牙和姬發聽說朝歌大軍來犯，立即派南宮适出城迎戰。南宮适撥馬上前，與晁雷拼戰起來。三十回合後，南宮适故意露出破綻，把晁雷拿下，捉回城中。

南宮适把晁雷押到姜子牙面前，晁雷惡狠狠地瞪著姜子牙，堅決不肯下跪，大罵道：「你不過是個編笊籬賣麵粉的小人，我是天朝上國的命臣，今天不幸被你們抓住，我寧死也

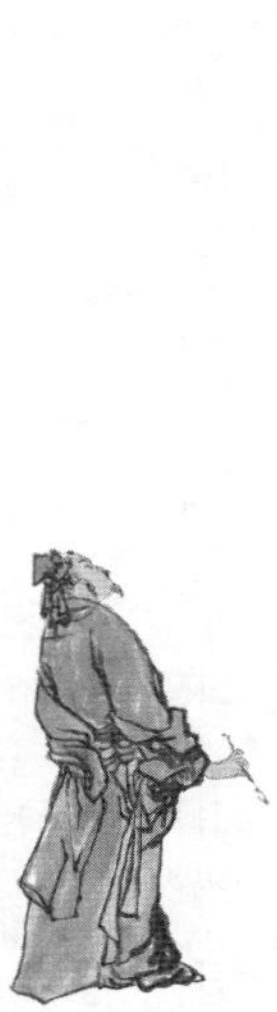

不投降。」姜子牙下令把晁雷推出去斬首。

晁雷剛被帶出去，黃飛虎急忙上前求情：「丞相，晁雷只知有商，不知有周。末將願意說服他歸降。」

黃飛虎對晁雷說：「現在天下三分之二都歸順西岐，紂王的暴行你也知道，為什麼還要死心塌地地為他賣命？周武王樂善好施，廣施仁義，正是建功立業的大好時機。你若執迷不悟，一定會後悔的。」晁雷覺得黃飛虎說得不無道理，便同意歸降。

晁雷拜服在地，說：「末將一時魯莽，冒犯了丞相。現在丞相寬宏大量，原諒末將，實在無以為報。」姜子牙說：「將軍真心為國，赤膽忠心，精神可嘉。既然已經歸順，可以把城外的人馬接入城中。」晁雷說：「我哥哥晁田還在城外，末將願意說服他帶兵歸降。」

晁田正一籌莫展，聽說晁雷回來，就好奇地問：「你被西岐抓去，怎麼又回來了？」晁雷把經過告訴哥哥。晁田聽完，大罵：「黃飛虎說了兩句話你就投降了，以後有什麼面目再見聞太師。」晁雷說：「紂王無道，眾叛親離，我投降西岐是大勢所趨。」晁田說：「你投降了，那家裡的人怎麼辦？」晁雷問：「那咱們該怎麼辦？」晁田把自己的想法告訴晁雷，讓他依計而行。

晁雷回到城裡，對姜子牙說：「丞相，家兄已經同意歸降，只是要求丞相派人出城去請，才可以保存顏面。」姜子牙讓黃飛虎出城去請。

黃飛虎剛進營門，晁田就大喝一聲：「拿下！」黃飛虎大罵：「你這個恩將仇報的逆賊。」晁田哈哈大笑：「真是踏破鐵鞋無覓處，得來全不費工夫。」晁田抓住了黃飛虎，立刻下令返回朝歌。

晁田兄弟走了三十五里，看到前面有一隊人馬，為首的正是西岐大將辛甲。辛甲大喝一聲：「晁田，早早放開武成王。我奉姜丞相之命，在這裡等候你們多時了。」晁田二話不說，舞刀上前迎戰。辛甲的副將辛免舉起斧頭砍向晁雷。士兵趁機救出了黃飛虎。黃飛虎得救，對晁田恨得咬牙切齒，親自捉拿晁田，兩個回合就把他擒到馬下。晁雷看哥哥被抓，落荒而逃，沒跑多遠，就被埋伏好的南宮适抓獲。

姜子牙下令將晁田兄弟二人斬首。晁雷高喊冤枉。姜子牙笑著問：「明明是你們暗算我們，為什麼還說自己冤枉？」晁雷說：「丞相，不是我們兄弟不願意降周，只是父母妻兒都在朝歌，害怕他們受到牽連，才不得已而為之。」姜子牙說：「既然如此，為什麼不和我說。我可以想辦法救出你們的家人。」兩個人急忙叩頭謝恩。姜子牙為了防止兩個人再次背叛，留下晁田做人質，讓晁雷回朝歌救人。

第三十六回　張桂芳伐西岐

晁雷回到朝歌，立即來見聞仲，說：「太師，我們和西岐人馬大戰三天，糧草缺乏。汜水關的韓榮卻不肯借給我們糧食。末將迫不得已才來求太師立刻分配糧草和士兵，用作援助。」聞仲立刻分撥糧草和士兵給晁雷，讓他火速趕回，自己幾天後就親自帶兵征討。晁雷領命，點了三千士兵和一千糧草，偷偷地帶上家眷，離開朝歌。

晁雷走了三四天，聞仲突然覺得這件事有蹊蹺，就卜了一卦，才知道自己被騙。聞仲大怒，派青龍關的總兵張桂芳去西岐討伐。

張桂芳得到聞仲的令箭，點兵十萬，任命風林為先行官，大軍浩浩蕩蕩地殺向西岐。

姜子牙找黃飛虎商議對策，黃飛虎說：「丞相，張桂芳可不是等閒之輩。他年輕時曾學過幻術，他喚誰的名字，誰就會束手就擒。丞相一定要吩咐各位將軍，遇到張桂芳千萬不要報上姓名。」姜子牙聽說，面露憂色。西岐的很多將軍卻不以為然，認為黃飛虎小題大作。

張桂芳率領大軍來到西岐，先鋒官風林奉命打頭陣。姬發的弟弟姬叔乾性如烈火，自

姬叔乾來到城下，兩個人大戰了三十回合，姬叔乾一槍刺傷風林的大腿。

從聽了黃飛虎的話，心裡很不服氣，主動請戰。

姬叔乾來到城下，看到敵方將領長得赤髮藍臉，齜著獠牙，手持狼牙棒，十分凶惡，問道：「你就是張桂芳嗎？」風林說：「我是張總兵的先行官風林，奉旨捉拿叛賊。你趕快下馬投降。」姬叔乾大罵：「紂王無道，現在天下諸侯都歸附西岐。你還是趕緊收兵，免得性命不保。」風林大怒：「反賊不知道我的厲害。」

兩個人大戰了三十回合，姬叔乾一槍刺傷風林的大腿。風林騎馬逃回軍營，姬叔乾在後面緊追不放。風林嘴裡念念有詞，把嘴一張，一道黑煙噴出，變成了一張大網，網中有一粒碗口大小的紅珠，迎面打向姬叔乾。姬叔乾跌落馬下，風林回馬把姬叔乾一棒打死。

姜子牙聽說姬叔乾陣亡，悶悶不樂。周營將士都對風林恨得咬牙切齒。第二天，姜子牙親自帶兵出戰。張桂芳大聲說：「姜尚，你原本是殷商的大臣，現在背叛朝廷，幫助姬發作亂，又收納叛臣黃飛虎，拉攏晁田降周，實在是欺君叛國的逆賊。」姜子牙笑著說：「自古賢臣擇主而仕，良禽擇木而棲。紂王失道寡助，天下英雄紛紛造反，又不是西岐一家。你還是立刻收兵，才是上策。」張桂芳說：「聽聞你在崑崙山修道多年，本以為你是個高人，今天看來，和凡夫俗子沒有任何區別。」說完，對風林說：「把姜尚拿下。」

風林走馬出陣，南宮适舞刀迎敵。張桂芳猛然間看到黃飛虎，大罵：「逆賊，快快受死！」黃飛虎催開五色神牛相迎。兩個人打了十五個回合，張桂芳大喊：「黃飛虎，不下坐騎更待何時。」黃飛虎一頭栽下，被張桂芳的士兵活捉。周紀出馬搶救，也被張桂芳喚下馬束手就擒。

張桂芳第二天又到城下挑戰，姜子牙害怕他的幻術，命人掛出「免戰牌」。

太乙真人算定西岐有難，就對哪吒說：「此處不是你久留之地。現在你師叔姜子牙遭遇強敵，你火速下山，到西岐為師叔解困。」哪吒聽了，滿心歡喜，辭別師父，駕風火輪來到西岐。

姜子牙正在煩惱，聽說有道童求見，就讓人請進來。哪吒進了相府，看到姜子牙倒身下拜，說明了自己的來歷。姜子牙心中大喜，命哪吒摘下免戰牌。

張桂芳聞訊，讓風林挑戰。哪吒看風林長相凶惡，問：「你就是張桂芳嗎？」風林說：「我是張總兵手下先鋒官風林。」哪吒說：「饒你不死，快叫張桂芳出來見我。」風林大怒，舉起狼牙棒砸向哪吒。打了二十回合，風林吐出黑煙。哪吒笑著用手一指，黑煙就散開了。風林見哪吒破了自己的法術，扭頭就跑。哪吒取出乾坤圈，砸傷了風林的右肩。

張桂芳見風林受傷，勃然大怒，親自披掛上馬。他看到哪吒，問：「踏風火輪的就是哪吒嗎？」哪吒說：「正是你家小爺。」張桂芳說：「你打傷我的先鋒官，吃我一槍。」

張桂芳和哪吒大戰了三十回合，見不能取勝，大喊道：「哪吒，不下輪更待何時。」哪吒正在打鬥，突然聽見張桂芳大喊，不禁吃了一驚，但並沒有下風火輪。張桂芳看哪吒安然無恙，大吃一驚。又連喊三聲。哪吒哈哈大笑：「你的法術不靈了。」張桂芳大怒，挺槍就刺。哪吒抵住張桂芳的槍，用乾坤圈把張桂芳的左臂砸得筋斷骨折。

第三十七回　姜子牙上崑崙

張桂芳受了傷，逃回軍營。哪吒也不追趕，回相府向姜子牙彙報。姜子牙關切地問：「你和張桂芳對陣，結果如何？」哪吒說：「張桂芳被弟子的乾坤圈打傷了。」姜子牙又問：「他喊你的名字了嗎？」哪吒說：「他連喊了幾次，弟子也沒有掉下風火輪。」周營的人聽了都十分詫異。原來張桂芳的幻術只能對付有三魂七魄的人，哪吒是蓮花化身，他的法術對哪吒一點都不起作用。

哪吒雖然贏了一局，但姜子牙擔心這樣不是長久之計，就讓哪吒負責守城，自己辭別武王，到崑崙山找元始天尊幫忙。

元始天尊看到姜子牙上山，高興地說：「你來得正是時候。一會南極仙翁會把『封神榜』給你。你回到西岐，在岐山建造一座封神台，把封神榜掛到台上。」姜子牙說：「弟子謹遵師命。現在張桂芳用旁門左道之術征討西岐，弟子道行淺，不是他的對手，希望師父指點。」元始天尊說：「你被姬發尊為相父，享受國家俸祿。凡間的事我也管不過來。你放心，到為難的時候，自然會有高人相助，你回去吧。」

姜子牙不敢再說，只好出宮。可他剛跨出門檻，就被白鶴童子叫了回去。元始天尊說：「你一會兒下山，會有人叫你，千萬不要回應，否則就會多三十六路大軍討伐西岐。另外，東海還有一個人在等你，務必小心。」姜子牙下山時，南極仙翁再次叮囑他不要回應喊他的人。

姜子牙捧著封神榜下山，聽見有人在身後喊：「姜子牙。」姜子牙沒有理睬。後面的人又喊：「子牙公。」姜子牙還是不回應。「姜丞相。」……這個人喊了三五次，姜子牙都不言語，那個人忍不住，大喊：「姜尚，你也太薄情了。你現在位極人臣，就不念舊情，忘記和你一起學道四十年的師兄弟了。」姜子牙心中納悶，停下腳步，扭頭觀看。只見此人穿著道袍，騎著一隻老虎，是他的師弟申公豹。

姜子牙見是師弟，說道：「我不知道是你叫我。師父叮囑我不能回應叫我的人，所以才沒有回頭。多有得罪。」申公豹問：「師兄手裡拿的是什麼？」姜子牙回答：「封神榜。」申公豹又問：「師兄下山輔佐誰？」姜子牙笑著說：「當然是周武王了。」申公豹說：「那我偏偏要去輔佐紂王，和你作對。」姜子牙聽了申公豹的話，就拉下臉一本正經地說：「兄弟此言差矣。你如果幫助紂王，就是違背師父的命令。」申公豹輕蔑地說：「姜子牙，你只不過修道四十年，也就會一些五行之術，有什麼本事和我對抗？我可以把頭割下來，扔到空中遊遍萬里，再把頭安在脖子上。你不如燒了封神榜，和我一起去朝歌，我保你做丞相。」姜子牙不相信，說：「你如果真能把頭割下來，還能復原，我就燒了封神榜，和你投奔紂王。」

申公豹拔出寶劍，割下了自己的頭，把它拋到空中，頭盤旋著越飛越高。南極仙翁在宮門外休息，看到申公豹的頭在天上盤旋，知道姜子牙已經上了他的當，命令白鶴童子現出原形，把申公豹的頭銜走。姜子牙看到白鶴銜走了申公豹的頭，急得大喊，突然有人拍了他一下。姜子牙回頭一看，原來是南極仙翁。南極仙翁對姜子牙說：「你這個呆子！申公豹心術不正，用這些小幻術來欺騙你。他的頭只要一時三刻不回到身體上，他就會流血而死。師父叮囑你不要應答叫你的人，你偏偏不聽。你這一回應，他日後就會尋找三十六路兵馬討伐你。」姜子牙懇求說：「道兄，看在他與我一起修道多年的情分上，就饒了他這一次吧。」南極仙翁說：「你肯饒他，他卻不會饒你。到時候不要後悔。」姜子牙說：「我寧可有人來討伐，也不願意不仁不義。」

南極仙翁拍了拍手，白鶴童子把嘴張開，申公豹的頭落回到身體上。申公豹的頭落反了，他扯著兩隻耳朵，把頭轉正。南極仙翁大喝一聲：「你這孽障，還不快走。」申公豹害怕南極仙翁，不敢頂撞，指著姜子牙說：「姜尚，我會讓西岐血流成河，白骨如山。」說罷氣呼呼地下了山。

姜子牙駕土遁來到東海，忽然看到巨浪分開，一個人赤身裸體向他大喊：「大仙請留步！我的靈魂在這裡已經千年，道德真君讓我在這裡等您，請您帶我脫離苦海。」姜子牙問：「你是什麼人？在這裡興風作浪。」這個人回答：「我是軒轅黃帝的總兵柏鑑。在攻打蚩尤時，被火器打到海裡，千年都沒有逃出劫難。我願意跟隨法師修成正果。」姜子牙說：「既然如此，你就去岐山負責督造封神台吧。」柏鑑謝恩，去岐山造封神台。

姜子牙回到西岐，大家紛紛詢問情況，姜子牙只推說天機不可洩露。

當天夜裡，姜子牙派兵遣將，率領周軍偷襲張桂芳的軍營。張桂芳正在療傷，忽聞有人突襲，只好和風林倉皇應戰，商軍損兵折將，死亡不計其數。張桂芳對風林說：「我自從帶兵，就沒有吃過這樣的敗仗。」說完立刻寫了一封密信，請求聞仲派兵支援。

聞仲收到信，本打算親自出征，可一想到東、南兩路軍情緊張，朝中又沒有合適的人坐鎮，思考再三，決定請自己的道友幫忙。

第三十八回　姜子牙大戰四聖

聞仲最先想到的幫手是西海九龍島上的四聖：王魔、楊森、高友乾、李興霸。他跨上墨麒麟，駕雲來到西海。四位道人急忙讓童子把聞仲請進來。

聞仲說明了自己的來意，四人當即同意幫忙。五人駕水遁來到朝歌。

紂王聽說有海外的高人來幫助自己，連忙把四人請進宮殿，設宴款待。紂王在酒宴中聽了四個人的介紹，心中大喜。

四聖辭別聞仲，來到張桂芳的軍營。張桂芳把自己的遭遇告訴四聖。王魔從葫蘆裡取出兩枚丹藥給張桂芳和風林服下，他們的傷立刻痊癒了。

第二天，四聖跟隨張桂芳到西岐城下挑戰。有哪吒幫助，姜子牙沒有把張桂芳放在眼裡，他騎著青鬃馬，提著寶劍喝道：「敗軍之將有什麼臉面來挑戰。」姜子牙還沒說完，四聖就騎著各自的坐騎來到陣前。

除了黃飛虎，西岐的所有將士都從馬上摔了下來。原來王魔穿著青色道袍，騎著狴犴❶；

楊森穿著黑色衣服，騎著狻猊[2]；高友乾穿紅色的衣服，騎著花斑豹；李興霸穿黃衣，騎著猙獰，普通的戰馬因為抵擋不住四個異獸的惡氣，都被嚇得骨軟筋酥，只有黃飛虎騎著神獸五色神牛，安然無恙。

四聖看到姜子牙人仰馬翻，哈哈大笑：「你們不要慌張，慢慢爬起來。」姜子牙整理好衣冠，施禮問道：「四位道友在哪座仙山修煉？到西岐幹什麼？」王魔說：「我們是九龍島的四聖，受聞仲所託，前來解圍。你我並沒有仇恨，只要你答應我三件事，一定不會為難你們。」姜子牙說：「別說是三件事，就是三十件也會依你，請問是哪三件事？」王魔說：「一，要武王稱臣；二，開西岐庫藏，犒賞商軍；三，把黃飛虎交出來，讓張桂芳押回朝歌。」姜子牙為了拖延時間，說道：「請道兄給我三天時間考慮。三天後一定回覆。」

姜子牙收兵後，知道自己根本不是四聖的對手，再次來到崑崙山。元始天尊把自己的坐騎四不像[3]和法寶「打神鞭」借給姜子牙使用，還交給他一面旗並傳授他使用方法。

---

❶【狴犴（ㄅㄧˋ ㄢˋ）】外觀和老虎相似，是龍九子之一，排名第七。由於狴犴喜歡訴訟，善於明辨是非，又有威力，古代獄門多使用狴犴來裝飾。

❷【狻猊（ㄙㄨㄢ ㄋㄧˊ）】外觀和獅子相似，是龍九子之一，排行第五。由於狻猊好靜不好動，又喜歡煙火，因此佛座上和香爐上多使用狻猊來裝飾。

姜子牙騎上四不像，輕輕一拍，就駕起一道紅光，奔向西岐。半路上，一個怪物攔住了姜子牙的去路。它頭似駱駝，脖子像鵝，手長得像鷹爪，腳像老虎，唇邊飄髮像蝦，眼睛向外突出，渾身上下都是鱗片。怪物大喊：「吃姜尚一塊肉，延壽一千年。」姜子牙嚇得魂不附體，問道：「我和你無冤無仇，為什麼要吃我？」怪物說：「廢話少說，別想逃過今天的劫難。」姜子牙把元始天尊的旗插到地上，說：「孽障，你只要能把這面旗拔出來，我就讓你吃。」怪物費了九牛二虎之力，也沒能把旗子拔出。姜子牙嘴裡念念有詞，妖怪的手就長到了旗杆上。怪物求饒，姜子牙說：「你到底是誰，為什麼要吃我？」怪物說：「我是龍鬚虎。少昊[4]時出生，採天地靈氣和日月精華，修成不死之身。前幾天申公豹路過這裡，對我說吃你一塊肉可以與日月同壽。我一時愚昧，上了他的當。請高抬貴手，放過我吧！」姜子牙說：「你如果願意拜我為師，我就放了你。」龍鬚虎點頭同意，姜子牙問他有什麼特長。龍鬚虎說：「弟子能隨手扔出磨盤大小的石頭。」姜子牙大喜，認為龍鬚虎很適合劫營。

四聖等了五天，也沒看到西岐有動靜。張桂芳說：「四位師父，姜尚五天都沒有消息，其中一定有詐。」於是，四聖來到城下找姜子牙。

姜子牙率眾人來到城下。王魔一眼就看到了四不像，大罵道：「姜尚，你原來欺騙我們，到崑崙山找你師父幫忙。」說完，和其他三聖衝向西岐軍。哪吒踏著風火輪，舉槍擋住王魔，大喊：「有我在此，休想傷我師叔。」哪吒和王魔大戰的過程中，楊森出來幫忙，他取出開天珠，把哪吒打下風火輪。王魔拔劍要割掉哪吒的頭，黃飛虎及時救出了哪吒，自己卻被開天珠打下牛來。龍鬚虎見哪吒和黃飛虎都受了傷，奮不顧身地上前迎戰，被高友乾的混元珠打中脖子，敗下陣來。李興霸見姜子牙沒了幫手，用劈地珠打中他的前心。姜子牙帶著傷向北逃跑，王魔在後面緊追不捨。王魔見狴犴追不上姜子牙的四不像，就掏出開天珠打死了姜子牙。

❸【四不像】學名麋鹿。因為頭臉像馬、角像鹿、頸像駱駝、尾像驢，因此被稱為四不像，在古代被視為神獸。

❹【少昊】傳說中的東夷族領袖，五帝之一。

第三十九回　冰凍岐山

王魔跳下坐騎，打算割姜子牙的頭，突然聽見腳步聲。王魔抬頭一看，原來是文殊廣法天尊。王魔問：「道兄來這裡幹什麼？」天尊說：「姜子牙不能殺！貧道奉元始天尊之命在此等你多時了。姜子牙保武王反商有五個原因：第一是殷商氣數已盡；第二是西岐真主降臨；第三是因為我們闡教犯了殺戒；第四是姜子牙該享受人間富貴；第五他要代表玉虛宮封神。你截教逍遙自在，不要蹚這渾水。否則，你會後悔的。」王魔大怒：「你不要說大話。難道你闡教有名師，我截教就沒有教主？」說著，拔劍刺向天尊。天尊的弟子金吒用劍擋住王魔，兩個人打得難解難分。文殊廣法天尊取出法寶「遁龍樁」，只見三個金環從空中落下，把王魔牢牢地套在樁上。金吒手起劍落，斬了王魔。王魔的靈魂飛向封神台，到柏鑑那裡報到。

文殊廣法天尊救活姜子牙，把金吒留下輔佐武王反商，自己回了洞府。

其他三聖掐指一算，知道王魔死於非命，怒髮衝冠。第二天，他們氣勢洶洶地找姜子牙

到了夜晚，姜子牙披髮仗劍，施展法術。只見狂風大作，氣溫驟降，三天後下起了鵝毛大雪。

報仇。

金吒和哪吒兄弟兩個各施神通，和三個道人殺在一處。姜子牙猛然想起師父賜給自己的打神鞭，於是把神鞭扔在空中。伴隨著一聲霹靂，打神鞭把高友乾打得腦漿迸裂，死於非命。與此同時，金吒用遁龍樁斬了楊森。張桂芳和風林見兩位道士身亡，縱馬出陣援助李興霸。只聽西岐城裡一聲炮響，一員小將殺出陣來，原來是黃飛虎的四子黃天祥。黃天祥武藝高超，一槍把風林挑下馬去。張桂芳知道難以取勝，急忙收兵回營。李興霸生氣地對張桂芳說：「我們兄弟四人來幫你討伐西岐，現在只剩下我一個。你立刻寫信給聞仲，讓他派大軍來援助。不抓住姜子牙，難解我心頭之恨。」

第二天，姜子牙向張桂芳挑戰。黃天祥一人大戰張桂芳，兩個人大戰三十回合不分勝負。姜子牙又派出十幾個周營的大將，把張桂芳圍在當中。張桂芳不愧是一員猛將，在十幾個人圍攻之下，毫不畏懼。

哪吒和金吒合戰李興霸，也殺得難解難分。李興霸看到姜子牙舉起打神鞭，知道自己難以招架，急忙騎著狰獰逃跑。

張桂芳見自己孤軍奮戰，知道寡不敵眾，無奈之下自殺了。

李興霸突圍後，在一座小山上休息。他剛跳下狰獰，就看到一個道童背著兩把寶劍向自己走來。道童問：「師父在哪座仙山修道？」李興霸說：「我是九龍島的李興霸，你是誰？」道童笑著說：「我是九宮山白鶴洞普賢真人的弟子木吒，我奉師父之命下山，幫助師叔姜子牙立功滅紂。我臨行前，師父說可以把你捉到周營作為見面禮。」李興霸大罵道：「孽障，不要欺人太甚！」說完，就舉起雙鐧砸向木吒。木吒閃到一旁，左肩輕輕一搖，寶劍飛出，把李興霸的頭割了下來。原來木吒背著的寶劍叫「吳鉤」，分為雌雄兩把，剛才斬李興霸的是雄劍。

木吒埋好李興霸的屍體，來到西岐拜見姜子牙。姜子牙看到木吒，又看了看金吒和哪吒，笑著說：「你們兄弟三人一起輔佐明主，實在了不起啊！」

聞仲看完張桂芳的信，拍著桌子大叫：「幾個道兄為了幫我，死於非命。」他立即召集大臣，挑選征討西岐的合適人選。魯雄自告奮勇，接下帥印，又請聞仲挑選兩個參軍❶幫助自己。聞仲一直就想剷除費仲和尤渾，就推薦他們兩個。兩個奸臣不敢違抗，只好硬著頭皮接下命令。

魯雄帶領大軍過五關向西行進。這個時候正好是夏末秋初，天氣悶熱，人人都大汗淋漓。大軍剛走到西岐山，魯雄收到了張桂芳陣亡的消息，就把士兵駐紮在西岐山。

姜子牙為了保護封神台，派南宮适和武吉帶領五千人馬到西岐山頂安營。兩個人都不理解姜子牙的命令，因為天氣酷熱，在山頂沒有樹蔭遮擋，時間長了都要熱死。他們沒有想到，姜子牙又派人送來棉衣。魯雄聽說以後，也暗笑姜子牙的愚蠢。

到了夜晚，姜子牙披髮仗劍，施展法術。只見狂風大作，氣溫驟降，三天後下起了鵝毛大雪。商軍沒有禦寒的衣物，全部失去了戰鬥力，被打得潰不成軍。姜子牙下令把俘虜的魯雄和費、尤三人斬首。

❶【參軍】古代軍隊的軍事參謀。

第四十回　楊戩大戰魔家四將

聞仲聽說魯雄等人被斬，勃然大怒，命鎮守佳夢關的魔家四將出征。

黃飛虎聽說魔家四將兵臨城下，不由得大驚失色。

姜子牙問：「黃將軍為什麼這麼害怕？」

黃飛虎說：「魔家四將曾經得到異人傳授法術，都有厲害的法寶。老大魔禮青，用一把叫『青雲』的寶劍，劍上有符印，分別是地、水、火、風，以風為例，風裡藏著無數利刃，人如果遇到這風，四肢立刻變成粉末；老二魔禮紅，持一把『混元傘』，上面由各種寶珠穿成，這把傘撐開時天昏地暗，日月無光，轉一轉天地晃動，還能收各種法寶；老三魔禮海，有一面琵琶，上面有四條弦，也分地、水、火、風，撥動琴弦，風火齊至，和青雲劍一樣；老四魔禮壽，有一隻叫『花狐貂』的寶物，花狐貂放到空中，變成白象大小，脅生飛翅，可以吃人。現在四人一起來西岐，我們恐怕不能取勝。」

姜子牙聽完，知道自己遇到了強大的敵人，心中鬱鬱不樂。

第二天，魔家四將帶兵挑戰，姜子牙派出哪吒、南宮适、武吉、辛甲四人迎戰。八個人分成四對，殺得天昏地暗。哪吒用乾坤圈對付魔禮紅，結果被混元傘收走。金吒看弟弟的法寶被收，取出遁龍樁，也被收走。姜子牙舉起打神鞭，可打神鞭只能打神，魔家四將都是人，因此也被收進混元傘。魔禮青和魔禮海舉起青雲劍和琵琶，一時間天昏地暗，火光沖天，飛沙走石。魔禮壽看到三個哥哥都使用了法寶，也摸出花狐貂。花狐貂飛在空中，見人就吃。西岐將士死傷無數。

姜子牙回到城裡，立刻掛出免戰牌。整個西岐的將士，只有哪吒兄弟、黃飛虎和龍鬚虎沒有受傷，負責守城。兩個月過去了，西岐的糧草所剩無幾，姜子牙憂心忡忡。

魔家四將見姜子牙堅守不出，決定用法寶把西岐變成一片汪洋。姜子牙看到風聲大作，旗杆被折成兩半，掐指一算，知道了魔家四將的打算，嚇得面如土色。他急忙作法，把北海的水運到西岐，海水像罩子一樣把西岐城蓋得嚴嚴實實。魔家四將不知道姜子牙已經調北海水來幫忙，各自使出法寶扔到西岐上空。三更過後，四人才收法寶回營。姜子牙把海水退回北海。

第二天天亮後，四人來到西岐城下觀看，發現西岐城安然無恙。四人沒有更好的辦法，只好繼續包圍。

西岐的督糧官對姜子牙說：「我們的糧食只夠維持十天。」姜子牙聽了萬分焦急，卻無計可施。

七天後，兩個道童求見姜子牙。姜子牙問：「你們是誰？」兩個道童倒身下拜，說：「師叔，我們是金庭山玉屋洞道行天尊的弟子韓毒龍和薛惡虎，奉師父之命為師叔送糧。」姜子牙問：「糧食在哪裡？」韓毒龍拿出一個盛著米的碗。西岐的將士見只有這一碗米，以為他們在開玩笑。姜子牙知道這裡面一定有奧妙，就讓韓毒龍把裝米的碗拿到糧倉。結果，令人驚訝的是，兩個時辰後，三個空空如也的糧倉裡都堆滿了糧食。

一天，一個眉清目秀的青年來到西岐找姜子牙。姜子牙問：「你是哪裡來的？」來人說：「弟子是玉泉山金霞洞玉鼎真人的徒弟楊戩。奉師命下山幫助師叔。」姜子牙大喜，把西岐被魔家四將圍攻的情況告訴楊戩。楊戩說：「請師叔摘去免戰牌，弟子去會會魔家四將。」

魔家四將等了一年，看西岐摘下了免戰牌，就氣勢洶洶地出來挑戰。四個人看到一個似道非道，似俗非俗的人，好奇地問：「你是什麼人？」楊戩說：「我是姜丞相的師侄楊戩。你們有什麼本事在這裡害人？」

魔禮壽舉起花狐貂，花狐貂在空中張開血盆大口，把楊戩的上半身吞進肚子。哪吒見楊戩被吃，急忙關閉城門向姜子牙彙報。姜子牙聽說楊戩剛出戰就喪了命，心裡十分鬱悶。

魔家四將得勝回營，設宴慶祝。魔禮壽說：「小弟不如把花狐貂放進城裡，讓他吃了姜子牙和姬發，咱們就不用在這裡浪費時間了。」其他三人點頭同意。

楊戩練過九轉元功，會七十二變。他在花狐貂肚子裡聽到魔家四將的鬼主意，暗自笑道：「你們也不知道我的厲害。」等到魔禮壽放出花狐貂，楊戩就施展神通，把花狐貂裂成兩半，自己現原形去找姜子牙。

姜子牙正在和哪吒商議對策，聽說楊戩回來，大驚：「楊戩死了，怎麼會死而復生？」楊戩說明了情況，姜子牙大喜，讓他取回魔家四將的法寶。

楊戩變成花狐貂的樣子回到商營，魔禮壽不知道楊戩的法術，以為是自己的寶貝，就放入皮囊裡。等到四人睡熟，楊戩躡手躡腳地去偷寶貝，一不小心把架子碰倒，只拿到了一把混元傘。

哪吒兄弟從傘裡取出各自的法寶，對楊戩感激不盡。楊戩完成任務，又偷偷地回到商營。

天亮後，魔禮紅發現自己的傘不見了，帶人四處尋找，他哪裡知道混元傘已經到了姜子牙的手裡。

清虛道德真君算好黃天化已經到了下山的時候，就把自己的玉麒麟交給黃天化，讓他下山解西岐之圍。

黃飛虎父子相聚，喜不自勝，設宴讓兒子飽餐。黃天化出自道門，在山吃齋，今日竟忘乎所以地吃起葷來，被姜子牙狠狠地批評了一頓。

第四十一回　降服四天君

黃天化騎著玉麒麟向魔家四將挑戰，魔禮青迎戰。

兩個人大戰了二十回合，難分勝負。魔禮青取出白玉金剛鐲，打中黃天化的後心，舉起寶劍正要割下他的頭，關鍵時刻，哪吒及時趕到。魔禮青用白玉金剛鐲打哪吒，被哪吒的乾坤圈打得粉碎。魔禮海見大哥吃虧，拿著琵琶來對付哪吒。哪吒手疾眼快，還沒等他動手就先跑進了城裡。

黃飛虎撫抱著黃天化的屍體大哭，姜子牙也很難過。就在大家傷心時，道德真君派白雲童子把黃天化背回紫陽洞將其救活，罵道：「你這畜生，剛下山就吃葷。我如果不是看在你師叔的面上，一定不會救你。」黃天化趕忙承認錯誤。真君取出法寶「鑽心釘」，說：「此寶可以助你打敗魔家四將。」黃天化謝過恩師，再次下山。

黃天化看到魔家四將，取出鑽心釘扔到空中。鑽心釘正中魔禮青的心臟。之後魔禮紅和魔禮海相繼被鑽心釘釘死。魔禮壽看到黃天化一連殺死三個哥哥，勃然大怒，掏出花狐貂要吃黃天化。花狐貂是楊戩變的，他一口咬下魔禮壽的手。黃天化趁機殺了魔禮壽。楊戩和黃天化高興地回到城裡向姜子牙覆命。

聞仲本以為魔家四將可以消滅姜子牙，聽到他們陣亡的消息，不禁大吃一驚，眉心的眼睛射出白光。這個時候，東伯侯和南伯侯的軍隊都被殷商的軍隊打敗，聞仲就決定自己親自出馬。

墨麒麟長時間沒有出戰，把剛剛騎上後背的聞仲摔到地上。一個大夫說：「太師從坐騎上摔下，實在是不祥之兆，請太師選其他人代替您出征吧。」聞仲也知道這是不祥之兆，但還是說：「我作為大臣，就該為主人分憂，不能相信預兆這樣的東西。都怪我長久沒有操練，才摔落下來。」說完，帶上三十萬大軍離開朝歌。

聞仲為了早日到達西岐，從青龍關抄近路。青龍關附近有一座黃花山，大軍剛走到這裡，就看到有人在操練軍馬。聞仲見這些人訓練有素，心裡暗喜，打算收為己用。帶兵的人騎馬來到近前，大喝一聲：「你是什麼人？好大膽子，竟敢偷看我的軍營。」說完，舉起手中的大斧砍向聞仲。兩個人打了十個回合，聞仲認為這個人雖然派不上大用場，但可以做個先鋒官，於是決定降服此人。聞仲念動咒語，變成一道金牆，把這個人困在牆裡。

聞仲正在休息之時，看到山中還瀰漫著幾道殺氣，不由得提高了警惕。果然，一隊人馬向聞仲殺過來，為首的兩員猛將指著聞仲大罵：「你把我家兄長藏到哪裡了？」聞仲說：

「剛才那個藍臉的人觸犯了我，被我打死了。」二人大怒，和聞仲動起手來。聞仲使用水遁和木遁困住兩個人。

沒過多久，突然飛來一個怪人。聞仲抬頭一看，只見此人肋生雙翅，尖嘴獠牙，一手拿鑽，一手握錘。聞仲稱讚說：「真是個好漢啊！」他知道不能用五遁之術來對付這個飛人，就念起咒語，命令黃巾力士舉起一座山把飛人壓在山下。

聞仲舉起鋼鞭，裝出要打死飛人的樣子。飛人急忙求饒。聞仲說：「我是殷商的太師聞仲，要去討伐西岐，路過這裡。你那三個朋友無緣無故觸犯我，我才用法力降服了他們。」飛人大叫：「弟子叫辛環，之前的三個叫鄧忠、張節和陶榮。我們不知道是太師駕到，冒犯天顏，望太師恕罪。」聞仲說：「我可以放了你，但你要拜我為師，幫我去征討西岐。」辛環說：「弟子願意。」聞仲就讓黃巾力士移走了大山。

聞仲問辛環：「黃花山有多少人馬？」辛環回答：「此山方圓六十里，有一萬多人，還有數不清的糧草。」聞仲非常高興，釋放了辛環的三個兄弟。

三個人不知道情況，舉起武器對付聞仲。辛環急忙上前阻止：「兄弟們不要放肆，這位是聞太師。」一聞言，三個人立刻下馬叩拜。四個人後來都上了封神台，被封為雷部天君。

第四十二回　聞仲征西岐

聞仲得到四個助手，心中大喜，對辛環說：「願意跟隨我的人就編入朝廷的軍隊，不願意的也不強求。」最後，辛環命手下士兵放火燒了山寨，七千多人跟隨聞仲離開黃花山。

大軍在行進途中，路過一座險峻的山峰，石碣上面刻著「絕龍嶺」三個字。聞仲正興致勃發，看到石碣突然拉下臉來。鄧忠好奇地問：「太師為什麼不高興？」聞仲說：「我當年拜碧遊宮的金靈聖母為師，學藝五十年。師父說我應該享受人間富貴，命我下山輔佐殷商。我下山前，師父說一生最好不要遇到『絕』字。這座山峰叫絕龍嶺，我才想起了師父的囑咐。」鄧忠四人哈哈大笑，說：「太師，你竟然也相信這個。大丈夫怎麼會被一個字限制住終身的禍福。」聞仲只是默默不語，催促兵馬加快行進速度。

姜子牙聽說聞仲安營紮寨，就上城觀看。只見聞仲的軍營井然有序，無懈可擊。姜子牙暗自欽佩，知道自己遇到了一個強勁的對手。

聞仲派鄧忠進城向姜子牙下戰書，姜子牙同意三天後對陣。

聞仲只是默默不語，催促兵馬加快行進速度。

三天後，兩軍對壘。姜子牙欠身施禮，說：「太師，恕姜尚不能向你行全禮。」

聞仲說：「姜丞相，我早就聽說你是崑崙山修煉的名士，為什麼不識大體呢？」

姜子牙淡淡一笑，說：「太師此言差矣。卑職上尊王命，下順軍民，奉公守法，守護西岐，這怎麼叫不識大體呢？」

聞仲說：「你不聽王命，私自擁護姬發為武王，這是欺君之罪！你收留叛臣黃飛虎，這是叛君之罪！你還拒不認罪，屠戮我的人馬，還有臉狡辯。」

姜子牙笑著說：「太師又說錯了。我主是繼承了先王的爵位，先王是文王，兒子稱武王有什麼不妥？紂王倒行逆施，殺妻滅子，濫殺無辜，導致民怨沸騰，才引起四方起兵造反。武成王對紂王忠心耿耿，妻子和妹妹卻死於紂王之手，他才不得不另投明主。我西岐對朝歌秋毫無犯，你卻屢次三番地派兵討伐，我不得已只好想辦法退敵。他們自取其辱，逆天行事，不能怪我不仁不義。請太師三思，不要再盲目討伐了。」

聞仲被姜子牙的一席話說得面紅耳赤，命令鄧忠、張節和陶榮三人出戰，姜子牙則派出黃飛虎、南宮适和武吉迎戰。六個人殺得天昏地暗，難解難分。辛環見三人不能取勝，展開雙翅，直奔姜子牙飛來。周營眾將看到對面飛起一個面相恐怖的人，都嚇得大驚失色。黃天化騎著玉麒麟護住姜子牙。聞仲見黃天化騎著玉麒麟，知道他是個修道之士，就催開自己的墨麒麟，揮舞兩條金鞭上前助陣。姜子牙騎著四不像奮力抵擋。

聞仲武藝出眾，久經沙場，姜子牙根本打不過他。聞仲的鞭是由兩條蛟龍變成的，分為雌雄兩條。聞仲舉起雄鞭，把姜子牙打下四不像，剛要割他的頭顱，哪吒蹬著風火輪急忙擋住聞仲。五個回合後，聞仲一鞭擊中哪吒的肩頭。聞仲越戰越勇，一連打敗了金、木二吒和韓毒龍。楊戩見師兄弟們都敗給聞仲，騎著銀合馬，大戰聞仲。聞仲見楊戩相貌非俗，心裡想：「西岐有這麼多的奇人，難怪會造反。」他一鞭砸中楊戩的頭頂，只迸出幾個火星，不禁暗暗稱讚楊戩的道行。

經過一番大戰，聞仲的軍隊大獲全勝，眾將回營後都向他慶祝首戰告捷。

姜子牙收拾殘兵回城，見眾多弟子受傷，心中悶悶不樂。楊戩建議休戰兩天，再趁機劫營。

第三天，西岐炮聲響起，周營眾將一起殺出。姜子牙舉起打神鞭直奔聞仲。聞仲的雙鞭雖然是寶物，但終究敵不過打神鞭，被打成兩半。聞仲見兵器被毀，大罵道：「好你個姜尚，今天毀了我的寶貝，我與你誓不兩立。」姜子牙又舉起打神鞭把聞仲從墨麒麟上打下來。聞仲畢竟不是等閒之輩，急忙藉土遁逃跑。商營沒了主帥，被周軍打得落花流水，大敗而歸。

回城後，楊戩對姜子牙說：「師叔，我們今晚劫營，一定能大獲全勝。」姜子牙大喜，就調兵遣將，給各位弟子安排了各自的任務。

晚上，聞仲正在自己的帳篷裡生悶氣，忽然覺得殺氣瀰漫，他掐指一算，知道姜子牙要來劫營，急忙讓將士做好迎敵的準備。

半夜時分，周營眾將從四面八方包圍商營，與準備好的商軍打成一團。雙方正殺得難解難分時，忽然火光沖天。楊戩趁兩軍混戰，偷偷用三昧真火點燃了聞仲的糧草。

聞仲見糧草被燒，知道大勢已去，只好向岐山撤退。

第四十三回　兵困十絕陣

雲中子在洞中掐指一算，知道聞仲帶兵討伐西岐，對雷震子說：「到了你去西岐幫助你兄長姬發反商的時候了。你在途中如果遇到長著翅膀的人，就可以立功。不要辜負了我傳授給你的風雷二翅。」雷震子謝過師父，離開終南山，不一會兒就飛到西岐山。他看到正在撤退的商軍，心中大喜，舉起金棍砸向聞仲。

聞仲猛然看到天上飛來一個怪人，急忙讓辛環迎戰。雷震子和辛環扇動雙翅，在天空大戰了五十回合。辛環體力逐漸不支，抽身逃進西岐山。雷震子也不追趕，而是向西岐城飛去。

雷震子見到姜子牙，倒身下拜，說明了來意。姜子牙帶他去拜見姬發。

姬發看到雷震子，高興地說：「御弟，先王多次提起你，當初多虧御弟，先王才能逃脫。今天我們兄弟終於見面了。」說完命人設宴款待雷震子。

聞仲吃了敗仗，十分惱火，仰天長歎道：「我帶兵東征西討從來沒有失敗過，今天竟然敗給姜子牙。」辛環說：「太師不必憂慮，三山[1]五嶽[2]到處都有您的道友，請幾個出來，就可以打敗姜子牙。」聞仲拍著頭說：「老夫一時懊惱，竟然給忘了。」他命令辛環看守軍營，自己跨上墨麒麟，尋找朋友助陣。

聞仲來到東海金鰲島，見島上的道友們都不在家，心裡暗暗稱奇。他剛要離開，聽見身後有人說話：「聞道兄，要到哪裡去？」聞仲回頭一看，原來是菡芝仙，急忙行禮，問道：「其他道友們都去了哪裡？」菡芝仙笑著說：「道友們都在白鹿島為你演練陣法呢。」聞仲一愣，問：「為我演練什麼陣法？」菡芝仙回答：「前些天，申公豹來到金鰲島，請我們去西岐幫你。我八卦爐裡還有東西沒有煉成，等煉成了，我隨後就到。你現在就去白鹿島找他們吧。」聞仲大喜，辭別菡芝仙，前往白鹿島。

道人們正在島上休息，看到聞仲來到，紛紛起身相迎。聞仲笑著說：「道友們好自在啊！」秦天君說：「聞道兄來得正是時候。我們剛剛練好『十陣圖』。」聞仲問：「敢問是哪十陣？」秦天君答道：「聞道兄，到了西岐你自然就知道了。」聞仲發現只有九個道友，便問：「為什麼少了一位？」秦天君說：「金光聖母去了白雲島練金光陣。」董天君說：「聞道兄，我們的陣圖都已經練完，就先走一步。你在這裡等金光聖母吧。」說完，九個道人藉水遁去了西岐。

沒過多久，金光聖母就騎著五點斑豹駒來到白鹿島，看到聞仲在等自己，心中大喜。兩個人駕起雲光趕回岐山。聞仲有了援軍，連夜起兵到西岐城下安營紮寨。

姜子牙帶領門人上城觀看，只見聞仲的軍營上空愁雲慘慘，殺氣騰騰，十數道黑氣直沖雲霄。姜子牙大吃一驚，知道聞仲請到了高人助陣，自己又遇到了強敵。

第二天，兩軍對壘。秦天君騎著鹿，叫姜子牙出列。

姜子牙行過禮，問道：「道兄來自哪座名山？」

秦天君說：「我是金鰲島的秦完。你是闡教弟子，我是截教門人，教主出自一家，你為什麼依仗道術欺負我闡教？」

姜子牙回答：「道友憑什麼說我欺負貴教？」

秦天君說：「你之前把九龍島的四聖和魔家四將全部誅殺，這還不是欺負我截教？我等下山本打算與你決一雌雄，但想到大家都不是凡夫俗子，爭勇鬥狠有失仙家體統，希望你見好就收，不要再繼續錯下去。」

姜子牙笑著說：「道兄錯了。紂王無道，絕滅紀綱。我主順應天意，才打起反商的旗

---

❶【三山】傳說中的「三山」即海上的「三神山」——蓬萊、方丈、瀛洲。後人為了延續三山五嶽的美麗神話，就在五嶽之外的名山中選擇新的三山，常見的說法是安徽黃山、江西廬山、浙江雁蕩山。

❷【五嶽】是中國五大名山的總稱。即東嶽泰山（山東省）、南嶽衡山（湖南省）、西嶽華山（陝西省）、北嶽恆山（山西省）、中嶽嵩山（河南省）。

號。道兄是有道之士，怎麼如此不明事理。」

秦天君大怒，說：「我們在島上練了十陣圖，你若有好生之德，就乖乖投降，不要讓西岐的將士白白送死。」

十個道人回到軍營，準備各自的陣法，一個時辰後，把十絕陣擺在城下。秦天君說：「姜子牙，你可以下城來看陣。」

姜子牙帶著哪吒、黃天化、雷震子和楊戩四個人到十個陣逐一觀看。十絕陣分別是：天絕陣、地烈陣、風吼陣、寒冰陣、金光陣、化血陣、烈焰陣、落魂陣、紅水陣、紅沙陣。姜子牙看完了十絕陣，袁天君問：「你什麼時候來破陣？」姜子牙說：「等你們準備好，我自然會帶人領教。」

回到城裡，姜子牙眉頭緊鎖，對師侄們說：「我剛才所說只是為了掩人耳目。十絕陣是截教稀奇古怪之陣，高深莫測，我根本沒有破解之法。」

第四十四回　子牙魂遊崑崙山

回到軍營後，十個道人向聞仲解釋自己陣圖的玄妙。聞仲聽後，哈哈大笑：「有眾位道友幫助，不愁西岐不破。」

姚天君說：「西岐不過是彈丸之地，姜子牙只有幾十年的道行，根本就破不了十絕陣。依小弟之見，不如略施法術除掉姜子牙。西岐軍中沒了主帥就會自然瓦解。用十絕陣對付他們，實在是浪費。」

聞仲急忙問：「道兄有什麼好辦法嗎？如果可以除掉姜子牙，就可以避免生靈塗炭。」

姚天君說：「用我的方法，不需要一兵一卒，就可以在二十一天內讓姜子牙死掉。」

聞仲喜不自勝，說：「有姚兄的法術，實在是國家之幸啊！」

姚天君來到自己的落魂陣，走上土台，在香案上紮了一個草人，上面寫著「姜尚」。草人的頭上放了三盞催魂燈，腳下點著七盞促魄燈。姚天君披髮仗劍，念起咒來。

三天後，姜子牙開始顛三倒四，坐臥不安。眾多門人看到他心煩意亂，整日瞌睡，以為他

只是苦於沒有破陣的方法。十五天後，姚天君已經把姜子牙的三魂七魄攝取了二魂四魄，導致姜子牙當著眾將之面就鼾聲如雷。大家都不知所措，只有楊戩懷疑姜子牙可能遭人暗算。

轉眼又過了二十天。姜子牙只剩下一魂一魄，和死人沒有區別。這剩下的一魂一魄飄飄蕩蕩來到了柏鑑的封神台，柏鑑急忙把他推到台下。姜子牙一心不忘師父，魂魄又飄向崑崙山。

南極仙翁在山中採藥，猛然間看到姜子牙的魂魄，不禁大吃一驚：「子牙性命丟了！」他急忙追上去，把魂魄裝進自己的葫蘆。南極仙翁剛跨進玉虛宮的門，就被赤精子拉住。原來他正是為了救姜子牙來到崑崙山的。赤精子接過葫蘆，藉土遁來到西岐。

赤精子看到相府的人哭成一片，對大家說：「你們不要難過，今晚三更，姜丞相就會起死回生。」

三更時分，赤精子起身出城。只見十絕陣黑氣瀰天、烏雲密布，隱約傳出鬼哭神嚎的聲音。赤精子見此陣險惡，就在腳下現出兩朵白蓮花作為護身之物。他撥開雲霧，看到姚天君正在落魂陣裡作法，草人的頭頂和腳下都只剩下一盞忽明忽暗的燈。姚天君不知道剩下的一魂一魄已經被裝進了葫蘆，見法術不靈，不由得心中焦躁。

赤精子跳進落魂陣，伸手去搶草人。姚天君勃然大怒：「赤精子，原來是你在搗亂。」說著，抓起一把黑砂撒向赤精子。赤精子急忙駕土遁逃跑。

楊戩見赤精子回來，問：「師伯救回師叔的魂魄了嗎？」赤精子搖著頭說：「十絕陣太厲害了，我剛才差點陷在落魂陣裡。」姬發聽後，大哭道：「相父這次無法復生了。」赤精子說：「大王不要悲傷，貧道這就去玉虛宮求師父幫忙。」

元始天尊聽完赤精子的敘述，說道：「你去八景宮找我師兄老子，自然會有辦法。」

赤精子見到老子，倒身下拜。老子說：「姜子牙落魂陣遇難，都是天數。我的寶貝不久也要在落魂陣遭到厄運。」說完，他把太極圖交給赤精子，說：「你帶著太極圖就可以營救姜子牙了。」

到了三更，赤精子帶著太極圖闖入落魂陣，這個寶貝分為地、水、火、風四類，包羅萬象。太極圖變成五色金橋，護送赤精子來到陣內。他剛剛抓住草人，就被姚天君發現。姚天君把一斗黑砂撒向赤精子。赤精子慌忙逃脫，把太極圖落在陣裡。

楊戩看到赤精子返回，急忙問：「師叔的魂魄取回來了嗎？」赤精子長歎一聲：「哎，子牙雖然得救，但太極圖卻丟在落魂陣裡。」說完，把草人和葫蘆裡的魂魄合為一體，歸到姜子牙的身體裡。

姜子牙醒過來，看到赤精子站在自己身旁，問道：「師兄怎麼來了？」姬發把事情的經過告訴姜子牙。姜子牙感到萬分愧疚。

第二天，赤精子和姜子牙正在討論破陣的對策，二仙山麻姑洞的黃龍真人來到西岐。姜子牙問：「師兄來西岐有什麼指教？」黃龍真人笑著說：「我來西岐是為了對付十絕陣。不只是我，其他道友們也要陸續來到。我先來一步通知你，趕快在西門外面搭一個蘆蓬迎接他們。」

蘆蓬搭好以後，姜子牙與兩位師兄帶領眾多門人出城迎接，闡教的高人們陸陸續續來到西岐，他們是：九仙山桃園洞廣成子、夾龍山飛龍洞懼留孫、乾元山金光洞太乙真人、崆峒山元陽洞靈寶大法師、五龍山雲霄洞文殊廣法天尊、九宮山白鶴洞普賢真人、普陀山落伽洞慈航道人、玉泉山金霞洞玉鼎真人、金庭山玉屋洞道行天尊、青峰山紫陽洞清虛道德真君。

廣成子說：「眾多道友來到西岐，都是為了幫助武王伐紂。子牙打算什麼時候破陣？我們都聽你差遣。」姜子牙誠惶誠恐地說：「各位師兄，我只不過四十年的修為，哪裡破得了十絕陣。還是請一位師兄來主持吧！」廣成子說：「我們這些人單打獨鬥倒還可以，說到調兵遣將就不擅長了。」正說著，半空中傳來鹿鳴，一股奇異的芳香撲面而來。

第四十五回　議破十絕陣

所有人都抬頭觀看，只見一個道人騎著鹿駕雲趕來，原來是靈鷲山圓覺洞的燃燈道人。眾人急忙行禮。

燃燈道人回禮說：「貧道來遲一步，大家不要介意。這十絕陣十分凶惡，不知道由誰來主持破陣？」姜子牙躬身行禮說：「大家正在為這件事犯愁，師父來得正是時候。」燃燈道人哈哈大笑說：「既然道友們看得起貧道，就恭敬不如從命了。」說完，接過綬印，與眾人討論破敵的對策。

十位天君告知聞仲陣形已經擺好，可以使用。聞仲大喜，派鄧忠到西岐下戰書。姜子牙與道友們商議後，決定三天後會戰。

聞仲在軍營裡和十位天君飲酒慶祝，猛然看到西岐城上空彩雲繚繞，掐指一算，得知闡教仙人們前來助陣。十位天君知道不能輕敵，紛紛回到本陣加強防守。

三天後，兩軍在西岐城下對壘。燃燈道人騎著梅花鹿居於正中，兩旁是崑崙山的十二位

上仙。

第一陣就是秦天君的天絕陣。玉虛宮的門人鄧華入陣挑戰。兩個人大戰五個回合，鄧華越戰越勇。秦天君急忙把陣內的幡拿在手中，左右搖晃。只見陣裡突然雷聲大作，狂風呼嘯。鄧華昏昏沉沉，找不到東南西北，倒在地上死於非命，魂魄飛向了封神台。秦天君割下鄧華的頭顱，對著西岐大喊：「崑崙山的弟子，還有人敢進我的天絕陣嗎？」

燃燈道人命令文殊廣法天尊破陣。

天尊來到陣裡，只見裡面陰風慘慘，他小心翼翼地來到陣心，現出法身，射出萬丈光芒，衝破了黑暗。秦天君用幡對準天尊搖了許多遍，也無法搖動天尊。天尊取出法寶遁龍樁，將秦天君牢牢地套在樁上，揮劍砍下秦天君的頭顱。

地烈陣的趙天君見道友被殺，氣得大叫道：「誰來破我的地烈陣？」韓毒龍上前挑戰。五六個回合後，趙天君搖動手裡的幡，頓時怪雲捲起，空中電閃雷鳴，地上烈火焚燒，把韓毒龍燒成粉末。

趙天君大叫：「闡教的道友，挑一個有道行的人來挑戰，別再讓人白白搭上性命。」燃燈道人派衢留孫迎戰。

衢留孫對趙天君說：「趙江，你擺出這麼凶惡的陣，逆天行事，恐怕難逃封神台之災。」趙天君大怒，舉起手中的幡。衢留孫見勢不妙，取出了捆仙繩，把趙天君緊緊地捆綁起來，命令黃巾力士把趙天君捉回周營。

聞仲見西岐連破兩陣，勃然大怒，騎著墨麒麟追趕衢留孫：「衢留孫，不要走！」玉鼎真人說：「聞道友不要心急。你十陣我們才破了兩陣，還有八陣未見分曉。你這麼衝動，實在不夠高明啊！」聞仲被玉鼎真人說得面紅耳赤，啞口無言。燃燈道人說：「今天就先到這裡吧，明日我們再戰。」董天君說：「好，貧道的風吼陣等著你們。」

燃燈道人命人把趙天君吊在蘆蓬上面。眾仙問燃燈道人：「我們明天能破風吼陣嗎？」燃燈道人說：「破不了啊。這風吼陣裡的風可不是凡間的風。稍不留神，就會被萬箭穿心。想要破陣，就要先借到定風珠。」眾人急忙問：「到哪裡去找？」靈寶大法師說：「我有一個叫度厄真人的朋友，他在九鼎鐵叉山八寶雲光洞。可以向他去借。」姜子牙立刻修書一封，派散宜生和晁田一文一武兩個大臣去借定風珠。

兩個人馬不停蹄地來到九鼎鐵叉山。度厄真人知道破十絕陣都是定數，因此毫不猶豫地借出法寶，叮囑他們不要丟失。兩個人騎著快馬來到黃河邊，發現沒有渡船，就找到一個過路的人詢問：「我們前些天過黃河時，還有很多渡船，今天為什麼都不見了？」這個人回答：「先生有所不知，前天來了兩個惡人，他們力大無窮，控制了這裡的渡船，漫天要價。」

沒過多久，他們果然看到了兩個大漢在河邊躺著。晁田騎馬上前，發現兩個人正是當年

燃燈道人哈哈大笑說：『既然道友們看得起貧道，就恭敬不如從命了。』說完，接過綬印，與眾人討論破敵的對策。

背著殷郊和殷洪逃跑的方弼、方相兄弟。

晁田上前打招呼，方弼一見晁田，趕忙問：「晁兄這是要去哪裡？」晁田回答：「我要趕回西岐。」方弼說：「你是紂王的大臣，去西岐幹什麼？這位先生又是誰？」晁田說：「他是散宜生大夫。因為紂王荒淫無度，我已經歸順武王了。為了破聞太師的風吼陣，剛剛借到定風珠，沒想到被黃河阻攔，幸好遇到了你們。」

方弼想：「自從我們兄弟反出朝歌，得罪了紂王，連生活都成了問題。今天把定風珠搶走，可以將功折罪，紂王一高興或許會讓我們官復原職。」於是，兄弟二人把兩個人渡到對岸，裝模作樣地問：「散大夫，敢問這定風珠是什麼樣的？」

散宜生見他們是晁田的朋友，就取出定風珠讓他們觀看。方弼一把搶過定風珠，說：「就把定風珠當作是你們過河的報酬吧。」說完，扭頭就跑。

散宜生難過地說：「我還有什麼臉面回西岐見姜丞相。」說著就要跳進黃河。

晁田急忙攔住散宜生：「我們死不足惜，但姜丞相還等著我們的消息呢。等把情況告知姜丞相，再尋死也不遲啊！」兩個人快馬加鞭向西岐趕去。

跑了十五里，兩個人遇到了催糧的黃飛虎。黃飛虎一聽，安慰散宜生：「大夫不要急，我的神牛日走八百里，現在就去追趕他們。」

沒過多久，黃飛虎就追上了方氏兄弟，他大喝一聲：「你們兩個搶了定風珠，現在往哪裡去？」方氏兄弟一看到黃飛虎，急忙施禮：「千歲，我們只是把定風珠當作他們過河的酬勞。」黃飛虎生氣地說：「快把珠子給我。」方弼趕忙送上定風珠。黃飛虎說：「我現在已經棄紂歸周，你們兩個不妨跟著我投奔武王。」於是兩個人跟隨黃飛虎回到西岐。

燃燈道人接過定風珠，高興地說：「有了這個寶貝，可以破風吼陣了。」

第四十六回　四仙連破四陣

方弼剛剛歸順西岐，立功心切，主動要求破陣。他剛一入陣，董天君立即搖起黑幡。只見黑風捲起，無數利刃射到陣裡，可憐方弼被截成數段。

董天君哈哈大笑：「玉虛道友們，你們不要再把凡夫俗子送進陣裡白白送死。」燃燈道人把定風珠交給慈航道人去破陣。

慈航道人對董天君說：「你趕快收了法術，不要再執迷不悟，否則性命難保。」董天君大怒，舉起寶劍刺向慈航道人。五個回合後，董天君搖起黑幡。慈航道人帶著定風珠，陣裡的風一點作用也不起。慈航把自己的清淨琉璃瓶舉在空中，瓶底朝天，瓶口朝地，只見一道黑氣從瓶裡噴出來，把董天君吸進瓶子。等到慈航道人打開瓶子，董天君已經化成膿水。

寒冰陣的袁天君說：「哪個敢進我的陣？」薛惡虎提著寶劍衝入寒冰陣。袁天君見闖陣的是個道童，笑著說：「你快回去，讓你師父來。」薛惡虎大罵：「我就是奉命來破你的寒冰陣的。」袁天君大怒，搖動黑幡。只見天上和地下各有一塊像狼牙一樣的冰山向中間合

併，把薛惡虎咬成了肉泥。道行天尊長歎一聲：「可憐我損失了兩個門人。」

燃燈道人安排普賢真人破陣。真人來到陣內，變成一個八角金燈，寒冰陣裡的冰山全部融化。袁天君見自己的陣被對方破解，轉身逃跑。普賢真人舉起自己的吳鉤雙劍，把袁天君斬於陣內。

金光陣的金光聖母騎著五點斑豹駒大喊：「闡教門人，哪個敢來破我的金光陣？」玉虛宮門下弟子蕭臻跳入陣裡。只見二十一根柱子平地而起，上面掛滿了鏡子。金光聖母念動咒語，萬道金光從鏡子裡射出，把蕭臻照得灰飛煙滅。

廣成子奉命破陣。金光聖母看到廣成子，又升起了鏡子。廣成子急忙披上早已準備好的八卦仙衣。金光雖然厲害，卻無法透過八卦仙衣。廣成子暗暗取出翻天印，把陣裡的鏡子打碎了十九面。金光聖母急忙拿起剩下的兩面鏡子，準備照射廣成子。可廣成子手疾眼快，舉起翻天印，正中金光聖母的頭頂，把金光聖母打得腦漿迸濺。

聞仲剛要出馬，被化血陣的孫天君攔住。燃燈道人還沒選人，武夷山白雲洞的散仙喬坤已經跳進了化血陣。幾個回合後，孫天君把一片黑砂打到喬坤身上。喬坤立刻化成一灘血水，一道靈魂飛向封神台。燃燈道人讓太乙真人上前破陣。

孫天君說：「太乙真人，我勸你不要到這裡送命。」說完剛要抓起黑砂，只見太乙真人提前取出九龍神火罩，把孫天君燒成灰燼。

聞仲難過地對剩下的四個道人說：「都因為幫助我，六個道友才遭遇橫禍，我心裡實在不安。請你們回島吧，我自己和姜子牙決一死戰。」

四個道人說：「聞道兄不要難過，生死有命，我們要留下為道友們報仇雪恨。」

聞仲坐在營帳裡長吁短歎，忽然間想起了峨眉山羅浮洞的趙公明，於是騎上墨麒麟來到峨眉山。

趙公明高興地出洞迎接。兩個人先是敘舊，聊著聊著，聞仲突然歎起氣來。趙公明好奇地問：「道兄為什麼歎氣？」聞仲說：「我奉詔討伐西岐。闡教的姜子牙足智多謀，得到崑崙十二仙的幫助。我找來金鰲島的秦完等十人來助陣，結果平白無故地慘死了六個。我實在沒有辦法，想請趙兄出山幫我。」趙公明長歎一聲，說：「你怎麼不早點來。你先回去，我隨後就到。」聞仲大喜，辭別趙公明。

趙公明帶上門徒陳九公和姚少司，藉土遁前往西岐。半路上，趙公明看到一座風景秀麗的高山。他正欣賞美景，忽然狂風大作，跳出一隻黑色的猛虎。趙公明哈哈大笑：「我正缺坐騎，你自己就送上門了。」說著，跨到黑虎的背上，把一道符印畫在虎頭，只見黑虎立刻騰空而起，剎那間飛到了聞仲的軍營。

聞仲和四個道人出來迎接。趙公明看到被西岐吊起來的趙天君，問道：「掛著的人是誰？」聞仲說：「是地烈陣的趙江。」趙公明大怒，說：「豈有此理。三教都是一家，憑什麼侮辱截教的門人。看我也去周營捉一個闡教的門人。」說完，上虎提鞭，來到西岐城下挑戰。

第四十七回　趙公明出山

趙公明到了城下，大喊：「讓姜子牙出來見我。」燃燈道人向城下一望，對姜子牙說：「這是峨眉山的趙公明，你要見機行事。」姜子牙帶著眾多門人來到陣前。

趙公明說：「你一連破了我們六陣，又把趙江高吊在蘆蓬上，實在可恨。我今天下山，就是為了與你比個高低。」說完，騎著黑虎直奔姜子牙。交手不到五個回合，姜子牙就被打下了四不像，好在哪吒手疾眼快及時營救。趙公明大怒，把哪吒打下風火輪。黃天化、雷震子和楊戩一起殺出，把趙公明圍在當中。趙公明以一敵三，毫無懼色。楊戩見趙公明勇猛，暗中放出哮天犬。趙公明正和三人大戰，沒有防備，肩膀被哮天犬咬傷，只好跨虎逃回軍營。

姜子牙被趙公明一鞭打死，幸虧有眾位仙人在身邊。廣成子取出仙丹救活了姜子牙。

第二天，兩軍對壘。趙公明對燃燈道人說：「你們闡教也太欺負我們截教了。兩家教主出自一門，為何苦苦相逼？」燃燈道人說：「趙道兄，你知道封神榜的事情吧？」趙公明說：「當然知道。」燃燈道人說：「既然知道封神榜，就該清楚三教都要有人進入榜單。你

本來無拘無束，為什麼非要蹚這渾水？」趙公明大怒：「燃燈道人不要強詞奪理。」

黃龍真人駕鶴來到近前，大喊：「趙公明，封神榜上也是有你的名字，你的死期不遠了。」趙公明大怒，舉鞭砸向真人，被真人用寶劍擋住。幾個回合後，趙公明使出了縛龍索，把黃龍真人捉回軍營。

赤精子上前營救，趙公明取出二十顆定海珠扔到空中。只見定海珠發出五色光芒，把赤精子擊倒在地。廣成子急忙趕到，也被定海珠擊中，道行天尊、玉鼎真人和靈寶大法師都相繼被定海珠打敗。

聞仲見趙公明旗開得勝，心中大喜。趙公明在黃龍真人的頭上貼了一道咒符，把他像趙天君一樣吊起來。

燃燈道人見趙公明一連傷了自己五位上仙，詢問打傷人的是什麼寶物，可大家都說只能看到紅光，不知道是何物。燃燈道人又看到黃龍真人被吊起來，派楊戩去營救。

夜晚，楊戩變成飛蟲趴在黃龍真人耳邊，悄悄地問：「師叔，弟子奉命來救你。我要怎麼做？」真人說：「只要摘下我頭上的符印，我就能脫身。」楊戩大喜，將符印揭開。黃龍真人作法回到西岐。

趙公明正在喝酒，聽說黃龍真人不見了，掐指一算，知道是楊戩來營救，沒有放在心上。

第二天，燃燈道人親自出陣迎戰。兩個人打了幾個回合，趙公明再次使用定海珠。燃燈道人睜開慧眼，看到五色神光，但看不清是什麼東西，急忙撥鹿逃走。趙公明在後面緊追不捨。

燃燈道人跑到一個山坡，看到兩個人在松樹下對弈，二人讓他站在一旁，並攔住趙公明的去路。

趙公明生氣地問：「你們是什麼人，敢攔我的路？」

兩個人哈哈大笑，說：「我們是武夷山的散仙蕭升和曹寶。」

趙公明大罵：「你們有什麼本事敢攔我？」說完，把縛龍索拋到空中。

蕭升看到縛龍索，取出法寶「落寶金錢」，把縛龍索收走。

趙公明大怒，使出定海珠，照舊被落寶金錢破解。趙公明一連失去兩件寶物，氣得暴跳如雷，一鞭打碎了蕭升的頭顱。

曹寶見師兄被殺，就要報仇。燃燈道人十分難過，暗中使出「乾坤尺」，打傷了趙公明。趙公明帶傷逃回軍營。

燃燈道人來到近前，問：「感謝道兄出手相助。不知道你們使用的是什麼法寶？」

曹寶說：「我們見趙公明追趕師父，憤憤不平才出手相助。這寶貝叫落寶金錢，可以擊落對方的法寶。」

燃燈道人拾起定海珠，大笑著說：「太好了！」

曹寶不解地問：「師父為什麼這麼高興？」

燃燈道人回答：「這是開天闢地後失落的定海珠，沒想到到了趙公明的手裡。」

曹寶說：「既然定海珠對師父有用，就送給你吧。」

趙公明回到軍營，生氣地對聞仲說：「我的縛龍索和定海珠都被蕭升和曹寶收走，真是氣死我了。不除掉姜子牙，難消我心頭的怒火。聞道兄先守護軍營，貧道去三仙島找幾個幫手。」

三仙島的三位娘娘親自出洞迎接。雲霄娘娘問：「大哥到我們這裡有事嗎？」趙公明說：「我幫助聞仲征討西岐，沒想到縛龍索和定海珠都被收去。我想借你們的金蛟剪或者混元金斗降服闡教的門人。」

雲霄娘娘說：「妹妹勸你打消了這個念頭。當初三位教主討論封神榜時，我們都在。很多截教門人都榜上有名，因此師父才不許我們出門。現在闡教的道友們犯了殺戒，截教本該樂得清閒。武王伐紂本是天意，大哥不要再蹚這渾水。等到姜子牙封完神，我們就去靈鷲山向燃燈道人討回定海珠。」

趙公明說：「你們難道不肯幫我？」

雲霄娘娘說：「不是不想借，只是稍有不慎就要上封神榜。大哥還是回到峨眉山避避風頭吧。」

趙公明長歎一聲：「哎，連自家人都不肯幫我，更別說外人了。」

趙公明剛離開三仙島，就遇到了菡芝仙。菡芝仙聽說雲霄娘娘不肯出借法寶，十分生氣，帶著趙公明重新回島借寶。

菡芝仙對三位娘娘說：「三位姐姐，你們和道兄是同門兄妹，怎麼能眼睜睜看著他被外人欺負。連我都協助趙道兄，你們怎麼可以不幫忙？」

雲霄娘娘思考了好久，不得已取出金蛟剪，囑咐趙公明：「除非燃燈道人不肯歸還定海珠，否則你千萬不要使用金蛟剪。」

趙公明大喜，辭別了三個妹妹。

菡芝仙說：「道兄先行一步，我煉好法寶就去幫你破敵。」

趙公明率領人馬到西岐城下挑戰，燃燈道人知道對方有了金蛟剪，命其他人不要迎敵，自己跨上梅花鹿獨自來到陣前。

趙公明大喊：「把定海珠還給我，以前的事情都可以一筆勾銷，否則別怪貧道不講情面。」燃燈道人說：「定海珠日後將是佛門的寶物，你的旁門左道根本無法壓制住定海珠，不要癡心妄想了。」趙公明勃然大怒，把金蛟剪拋到空中。

第四十八回　陸壓獻計射公明

金蛟剪是兩條蛟龍變成的，採天地靈氣，無論神仙還是凡人，都會被剪成兩半。燃燈道人見勢不妙，丟下梅花鹿藉水遁逃跑。

燃燈道人回到城裡，搖著頭說：「金蛟剪太厲害了，換成其他人早已送命。」十二上仙和姜子牙見燃燈道人如此狼狽，全都不知所措。就在大家無計可施的時候，哪吒上前稟告：「師父，外面有一個道人求見。」

燃燈道人問道：「道友來自哪座名山？」道人說：「貧道姓陸名壓，閒遊五湖四海。聽說趙公明拿到了金蛟剪，來會他一會。」

趙公明見出來迎戰的是一個矮個道人，好奇地問：「你是誰？」陸壓報上家門。趙公明大怒，把金蛟剪扔到空中。陸壓變成一道長虹逃脫了。

陸壓回到城裡，對姜子牙說：「你到岐山建立一營，營內築台，上面紮一個草人，寫上趙公明三個字。草人的頭頂和腳下各放一盞燈，一天施法三次，二十一天後，趙公明就會不

趙公明聽說兩個弟子遇害，大叫道：「罷了，後悔我當初不聽妹妹的勸阻，才落得今天的下場。」

攻自破。」

姜子牙奉命在岐山築台作法。五天後，趙公明坐立不安，魂不守舍。烈焰陣的柏天君對聞仲說：「趙道兄這些天精神恍惚，讓他留在營裡休息，我們去會會闡教的門人。」聞仲怕柏天君等人失利，上前阻攔他們。柏天君大聲說：「十絕陣到現在還沒有一陣成功，我們如果再坐視不理，哪有臉面去見師父。」說完，出營向姜子牙挑戰。

燃燈道人還沒指派人選，陸壓道人就自告奮勇下城迎戰。柏天君見陸壓進了烈焰陣，搖動三面紅幡，分別是空中火、地下火和三昧火。陸壓從大火裡掏出一個葫蘆，裡面射出一道白光，把柏天君照得昏迷過去。陸壓說：「寶貝轉身。」只見白光一轉，斬下了柏天君的頭顱。

落魂陣的姚天君張牙舞爪地向陸壓挑戰。燃燈道人派赤精子破陣。赤精子已經是第三次進入落魂陣。姚天君大罵：「赤精子，你屢次三番地來到我落魂陣，這次讓你有來無回。」赤精子說：「貧道的太極圖上次不小心落在陣裡，這次正好取回。」赤精子知道姚天君的黑砂厲害，這次先下手為強，用法寶「陰陽鏡」把姚天君照得頭暈目眩，揮劍殺了他。赤精子取回太極圖，送回玄都洞。

聞仲見闡教又破了兩陣，氣得七竅生煙。他找到剩下的張、王兩位天君，一起商議對策。兩個人見趙公明精神不振，對聞仲說：「趙道兄這幾天有些不太對勁，是不是被人暗算了？」聞仲急忙卜卦，大叫道：「不好，趙道兄被術士陸壓施了法術，馬上就要死於他的『釘頭七箭書』。」王天君說：「既然如此，我們必須派人去岐山搶回草人。」聞仲急忙派陳九公和姚少司去偷草人。

陸壓掐指一算，知道聞仲派人來盜取草人，讓哪吒和楊戩火速到岐山保護姜子牙。陳九公和姚少司看到姜子牙正在作法，偷偷抓起箭書就往回走。哪吒踩著風火輪先趕到了岐山，向姜子牙發出警報。姜子牙大吃一驚，趕忙讓哪吒去追。

楊戩騎著馬趕往岐山，忽然遇到一陣怪風，猜到是偷箭書的人。楊戩抓起一把草，變出和聞仲軍營一模一樣的軍營，自己則變成了聞仲的樣子。陳九公和姚少司不知道楊戩的法術，把箭書交給了假聞仲。楊戩接過箭書，現出真身。

陳九公和姚少司勃然大怒，揮動武器與楊戩打起來。三個人正打得熱鬧，哪吒追趕上來。陳、姚二人本來就不是楊戩的對手，更別說還有哪吒幫忙。兩個人都被殺死，魂魄飛向封神台。

聞仲在軍營裡等了許久都不見人回來，派辛環去打探情況。沒過多久，辛環回來向趙公明稟告兩個人已經死在路上。

趙公明聽說兩個弟子遇害，大叫道：「罷了，後悔我當初不聽妹妹的勸阻，才落得今天的下場。」然後對聞仲說：「我死以後，請你把金蛟剪和我的袍服一起交給我的妹妹們。」說完，他不禁淚如雨下。

聞仲悲憤交加，把桌子拍成兩半。紅水陣的王天君安慰道：「聞道兄不要難過，貧道一定要為道友們報仇。」

第四十九回　武王失陷紅沙陣

道德真君奉命破陣。他跳進紅水陣，斥責道：「王變，你們助紂為虐，害死了這麼多無辜的人，實在是罪孽深重。」

王天君大怒，把葫蘆裡的紅水倒出來。道德真君把袖子一抖，變出一瓣蓮花。真君踏在蓮花上，任憑紅水上下翻滾，一點兒也不受影響。王天君急忙把葫蘆扔到真君的頭頂，試圖把紅水澆灌到真君的身上。道德真君念動咒語，頭頂變出一朵祥雲，像雨傘一樣擋住了紅水。

王天君見勢不妙，抽身逃跑。道德真君取出法寶五火七禽扇，這把寶扇由空中火、石中火、木中火、三昧火和人間火五火合成，又藏有鳳凰、青鸞、大鵬、孔雀、白鶴、鴻鵠和梟鳥七種飛禽。真君把寶扇對準王天君一扇，立刻把他燒成了一堆紅灰。

聞仲見十絕陣只剩下一陣，趙公明又危在旦夕，萬分難過。

到了第二十一天，陸壓來到岐山對姜子牙說：「趙公明的死期已到。」姜子牙行禮說：「多虧道兄法力無邊，否則我們都要被他所害。」

陸壓取出一個花籃，從裡面拿出一張小巧玲瓏的弓和三支桃木箭，交給姜子牙說：「今天午時，用這三支箭射草人。」

午時一到，陸壓下令：「先射左眼。」與此同時，趙公明大叫一聲，把左眼閉上了。姜子牙又射中草人的右眼和心窩。當三支箭都射完，趙公明立刻氣絕身亡。

張天君見趙公明死於非命，擺出紅沙陣。燃燈道人說：「要破此陣，必須武王親自出馬。」姜子牙不解地問：「我家主公不擅長武術，更不會法術，哪裡破得了這麼凶險的陣？」燃燈道人說：「事不宜遲，馬上請武王破陣，我自有方法。」

姬發來到篷下，好奇地問：「眾位師父，我應該怎麼做呢？」

燃燈道人說：「現在十絕陣已經被我們破了九陣。只剩下這紅沙陣，必須大王親自破陣。不知道大王敢不敢去？」

姬發大義凜然地說：「各位道長為了保護我的子民，不辭辛苦來到西岐，我哪裡有不去的道理。」

燃燈道人大喜，對姬發的侍從說：「給大王更衣。」侍從解開姬發的衣服，燃燈道人在姬發前胸和後背各畫了一道符印，派哪吒和雷震子隨同姬發一起破陣。

三個人進入紅沙陣，全都被張天君打出的紅沙擊中，不能脫身。燃燈道人望著紅沙陣上空的黑氣，不緊不慢地說：「列位不要驚慌，武王當有此劫難。一百天以後，自然會有人來救他。」

中公豹來到三仙島，把趙公明遇害的事情告知三位娘娘，三人聽後都放聲大哭。中公豹添油加醋地描述了趙公明的遺言，鼓動三位娘娘去西岐報仇。

雲霄娘娘說：「我師父曾經叮囑我們不許下山惹事。我大哥就是因為不聽師父的囑咐，才遭此厄運。」瓊霄娘娘說：「姐姐，你這麼說實在太無情了！我們姐妹三人就算封神榜上有名，也要為大哥報仇雪恨。」說完，拉著碧霄娘娘離開洞府。

雲霄想了想，害怕兩個人胡來，只好追趕她們。

三個人途中遇到了菡芝仙和彩雲仙子。上前一問，原來她們兩個也要去幫助聞仲，於是，五個人結伴來到聞仲的軍營。

三個人看到趙公明的袍服，睹物思人，淚如雨下。她們又來到後營，打開了棺材。瓊霄娘娘見趙公明兩眼和心口都不停地流血，氣得昏倒在地。碧霄娘娘大怒，說：「我們也把姜子牙抓來，射他三箭。」雲霄說：「不關姜子牙的事，陸壓才是罪魁禍首。我們只要射陸壓三箭，就立刻回到三仙島，不要在這裡鬧事了。」

第二天，五位道姑一起來到城下挑戰。陸壓聽說三位娘娘點名要自己出城，不慌不忙地來到陣前。

瓊霄質問道：「我大哥和你無冤無仇，為什麼要用那麼殘酷的方法殺害他？」陸壓回答：「趙公明逆天行事，助紂為虐，就算我不殺他，也會有其他人殺他。我奉勸三位不要一時衝動，趕緊回島去吧。」雲霄本來就不想捲入麻煩，因此沒有反駁。瓊霄卻忍耐不住，大喝一聲：「孽障，不要信口雌黃。你射死我大哥，就是該死！」說著，舉劍就刺。兩個人你來我往大打了十個回合。

碧霄趁兩個人打得激烈，偷偷地扔出混元金斗，陸壓急忙逃跑。無奈這法寶實在厲害，陸壓就被混元金斗捉回聞仲的軍營。

碧霄娘娘把陸壓的泥丸宮❶用符印鎮住，把他捆綁在幡杆上，大罵道：「你射死我大哥，今天讓你嘗嘗被射的滋味。」說著，叫來五百名士兵射陸壓。碧霄一聲令下，箭密密麻麻地射向陸壓。可是奇怪的事情發生了，所有的箭都變成了粉末。眾人見到這樣的場面，無不驚訝。碧霄說：「好妖道，竟然敢使用法術，看我的法寶。」說著，舉起金蛟剪，陸壓化成一道長虹逃跑了。

陸壓回到西岐，眾人聽完陸壓的敘述，都對他的道術欽佩不已。陸壓說：「貧道今天先告辭了，不久再來相會。」

---

❶【泥丸宮】九宮的中央，在神話小說裡，通常用封住泥丸宮的方法來限制神仙的法術。

第五十回　遭遇黃河陣

第二天，五位仙姑又出來挑戰，雲霄說：「姜子牙，我們是清閒之士，今天來找你，是因為你殺死了我大哥。雖然陸壓是罪魁禍首，但你也是幫凶。別說你幾十年的道行，就是燃燈道人，也不能把我們姐妹怎麼樣。」說著，就帶領碧霄娘娘和彩雲仙子出陣，姜子牙則命令黃天化和楊戩迎敵。

彩雲仙子使出法寶戳目珠。戳目珠專門傷人的眼睛，黃天化的眼睛被珠子打傷，翻下玉麒麟，被金吒救起。姜子牙的打神鞭打中了雲霄的肩膀。楊戩放哮天犬咬傷了碧霄。菡芝仙見勢不妙，打開了風袋。只見黑風從風袋裡湧出，剎那間天昏地暗，飛沙走石。彩雲仙子趁機用戳目珠打傷了姜子牙的眼睛。

雲霄回到營裡，用白土畫成圖式，讓聞仲挑選六百個壯漢，讓他們按照九宮八卦的陣形排列。聞仲好奇地問：「道友，這是幹什麼用？」雲霄說：「道友有所不知，這叫九曲黃河陣。此陣包藏天地靈氣，中間還有惑仙丹和閉仙訣。神仙進入黃河陣，就會失去法力變成凡

菡芝仙見勢不妙，打開了風袋。只見黑風從風袋裡湧出，剎那間天昏地暗，飛沙走石。

人，凡人進入則會魂飛魄散，就是三教聖人也難以逃脫。」聞仲大喜。

兩軍對壘，雲霄讓姜子牙來破陣。姜子牙帶領楊戩和金、木二吒來到陣前。雲霄娘娘使用混元金斗把楊戩三人全部收進黃河陣。姜子牙見三人被收，心裡驚恐，急忙展開元始天尊給自己的杏黃旗，才僥倖逃回城裡。

聞仲見紅沙陣困著姬發三人，黃河陣又困住楊戩三人，不由得心花怒放，設宴款待眾人。

第二天，燃燈道人率領十二上仙來到陣前。可憐十二上仙全部被混元金斗收走，千年道行毀於一旦。只有燃燈道人功力深厚，藉土遁化成清風逃脫。

燃燈道人和姜子牙束手無策，決定

請元始天尊幫忙。元始天尊早已經算到黃河陣的劫難，帶著南極仙翁駕臨西岐。

雲霄看到西岐上空祥雲現出，埋怨兩個妹妹：「師伯來了！當初我不讓你們下山，你們就是不聽，現在我們把玉虛門人都陷入黃河陣，放也不能放，害又不能害，如何向師伯交代。」瓊霄說：「姐姐此言差矣。元始天尊又不是我們的師父，我們只不過是看在師父的面子上才尊敬他。反正闡教門人已經被我們抓了，元始天尊如果不追究，我們就以禮相待，如果他偏袒弟子，我們也顧不了那麼多了。」

次日，元始天尊命令南極仙翁陪自己破陣。三位娘娘看到元始天尊，急忙躬身行禮：「師伯，弟子懇請您老人家恕罪。」元始天尊說：「我的弟子當有這次劫難。只是你們的師父也不能妄為，你們幾個不守清規，逆天行事，我不能不管。你們先進陣，我隨後就到。」

元始天尊駕著祥雲來到陣裡，看到十二個弟子東倒西歪，人事不省。彩雲仙子偷偷地打出戮目珠，可珠子還沒碰到天尊，就化成灰燼。

元始天尊回到篷下，燃燈道人上前問道：「師父，道友們怎麼樣？」天尊說：「他們的頂上三花都被削去，已經成了凡夫俗子。」燃燈好奇地問：「那師父為什麼不把他們救出來？」天尊笑著說：「我雖然是他們的師父，但我上面還有師兄，要經過師兄許可，我才方便營救。」話音剛落，空中傳來鹿鳴的聲音。天尊急忙站起來，說：「我師兄來了，大家快出去迎接。」

一行人來到篷外，只見老子[1]騎著青牛從天而降。元始天尊大笑：「為了周家八百年的基業，竟然要師兄大駕光臨。」老子說：「不來不行啊。三仙島的童子擺下了黃河陣來傷害闡教門人，不知道師弟進陣觀看了嗎？」元始天尊說：「看過了，只是在等待師兄的旨意。」老子笑著說：「你不用等我，破陣去吧。」

三位娘娘看到老子的五色彩光出現在西岐，感到十分不安。雲霄指責兩個妹妹：「都怪你們不好，現在連玄都大老爺都來了，我們該怎麼辦啊！」碧霄說：「姐姐，他又不是咱們的師父，不要害怕。」瓊霄說：「是啊，只要他敢進陣，就用金蛟剪和混元金斗對付他。」

第二天破陣前，老子囑咐元始天尊道：「今天破了黃河陣，就要收手，不可以在紅塵久留。」

幾個人來到黃河陣前，老子的弟子玄都大法師高喊一聲：「三仙姑快來接駕。」三位娘娘出陣，卻只是立而不拜。老子說：「你們幾個小丫頭不守清規，見了師伯竟然如此無禮。」碧霄說：「我只拜截教教主，不知道有什麼玄都。俗話說上不尊，下不敬，這都是人之常情。」玄都大法師大喝：「畜生好大膽子，竟然侮辱天顏！快進陣等死吧。」

---

[1]【老子】又稱老聃或李耳，是中國最偉大的哲學家和思想家之一，被道教尊爲始祖。其代表作《道德經》。

第五十一回　姜子牙劫營

瓊霄娘娘見老子進入黃河陣，便放出金蛟剪。金蛟剪在空中變成兩條金龍，向老子猛撲過來。老子不慌不忙，只是把袖子一張，金蛟剪就像一粒沙子落進大海，再沒有動靜。碧霄見金蛟剪被收走，就舉起了混元金斗。老子呼喚黃巾力士：「把混元金斗帶上玉虛宮！」三位娘娘齊聲大喊：「收我們的法寶，怎能善罷甘休！」

老子抖開乾坤圖，把雲霄收去，命令黃巾力士把雲霄壓死在麒麟崖下。瓊霄急忙舉起寶劍刺向老子。元始天尊把三寶玉如意舉在空中，擊碎了瓊霄的天靈蓋❶。碧霄悲憤地說：「千年的道行竟然毀於一旦，我和你們拼了！」元始天尊從袖子裡取出一個小盒子，丟到空中。盒子越變越大，把碧霄裝在盒子裡。不一會兒，碧霄就化成了一灘血水。

老子用手指一指黃河陣，隨著天崩地裂的一聲響，闡教門人都驚醒過來。眾人看到老子和元始天尊，都倒身下拜。天尊說：「你們進了黃河陣，被削去頂上三花，失去了千年的道行，這都是劫數。為了讓你們繼續輔佐姜子牙，我再賜你們縱地金光法，可以日行數千

里。」說完，把眾人被混元金斗收走的寶貝交給原主，自己和老子各自回山。

彩雲仙子和菡芝仙見三位娘娘都被殺死，黃河陣被破，氣得大罵闡教。聞仲心中不安，急忙發出權杖，調三山關的鄧九公來援助自己。

姬發被困的第九十九天，姜子牙對燃燈道人說：「明天到了破紅沙陣的時候了。」

第二天，眾仙來到城下，南極仙翁來破紅沙陣。張天君從陣裡出來，氣勢洶洶地殺向仙翁。五個回合後，張天君把南極仙翁引進紅沙陣。張天君見仙翁入陣，抓起幾把紅沙打向仙翁。南極仙翁取出五火七翎扇，對準紅沙一扇，紅沙立即不見蹤跡。張天君見勢不妙，打算逃跑，被白鶴童子用玉如意打中後心，死於陣中。

南極仙翁破了紅沙陣，作法驚醒裡面被困的三個人。哪吒和雷震子甦醒過來，姬發卻已經死了。

姜子牙淚流不止，燃燈道人勸道：「子牙不要悲傷，武王該有這百日的災難。貧道這就救他。」說完，他取出一粒丹藥，用水化開灌入姬發口中。兩個時辰後，姬發睜開了眼睛，眾人大喜，紛紛感謝燃燈道人。

燃燈道人對眾位道人說：「如今十絕陣已經全部被破，請廣成子到桃花嶺，赤精子到燕

---

❶【天靈蓋】指人或某些動物頭頂的骨頭，泛指頭顱。

聞仲見大勢已去，只好在辛環和鄧忠的保護下逃往岐山。

山阻攔聞仲，不許他過五關。另外，請慈航道人暫時留在西岐。其他人都可以走了。」燃燈道人話音剛落，雲中子來到西岐。雲中子說：「貧道奉命在絕龍嶺煉天神火柱，因此才沒有前來。」燃燈道人說：「道友快回絕龍嶺，不要耽誤了大事。」

雲中子離開後，燃燈道人把印劍交給姜子牙，說：「貧道去絕龍嶺助雲中子一臂之力。你馬上調兵遣將，和聞仲決戰。」姜子牙立即給眾將安排了任務，傳令說：「明日與聞太師決一死戰。」

聞仲正在營中與彩雲仙子和菡芝仙商量對策，聽到周營炮響，殺聲震天。聞仲大怒，跨上墨麒麟，帶著兩位女仙和四個弟子殺出軍營。姜子牙看到聞仲，說：「你征戰西岐已經三年多了，今天我與你一決雌雄。」說完，命令武吉斬了趙天君。聞仲大叫一聲，提鞭砸向姜子牙。黃天化催開玉麒麟舉起雙錘擋住聞仲。楊戩與菡芝仙，哪吒與彩雲仙子也打了起來。黃飛虎、南宮适、武吉、辛甲則分別對抗鄧忠、辛環、張節、陶榮。

菡芝仙抖開自己的風袋，一陣黑風捲起。慈航道人早已做好準備，取出定風珠，黑風立即停止。姜子牙舉起打神鞭，正中菡芝仙的頭頂，一道靈魂投往封神台。彩雲仙子見菡芝仙被打死，剛一走神，被哪吒一槍刺死。張節也死於黃飛虎的槍下。聞仲見自己又損失三人，無心戀戰，帶領鄧忠三人逃回軍營。

姜子牙排兵布陣，安排門人和眾將劫營：黃天化、哪吒、雷震子三路正面進攻；黃飛虎和南宮适在左右夾擊；金吒、木吒、龍鬚虎進攻轅門；楊戩負責燒毀聞仲的糧草，然後到絕龍嶺幫助雷震子。眾人領命而去。

聞仲見西岐城裡透出一股殺氣，知道姜子牙要劫營，馬上安排手下眾將做好迎敵準備。當天晚上，姜子牙帶領大軍圍攻聞仲的軍營。龍鬚虎舉起大石把聞仲的士兵砸得招架不住，很多人都受了傷。火光把軍營裡照得像白天一樣明亮。混戰中，陶榮被黃天祥刺死。殷商的士兵不是投降，就是逃跑。聞仲見大勢已去，只好在辛環和鄧忠的保護下逃往岐山。

聞仲到了岐山，清點人數，發現只剩下三萬兵馬。聞仲帶領殘兵敗將向佳夢關逃去。路過桃花嶺時，看到廣成子在路上等著自己。聞仲問：「廣成子，你在這裡幹什麼？」廣成子哈哈大笑：「你逆天行事，助紂為虐，已經無路可退。我在這裡也不會為難你們，只是不許你經過而已。」聞仲大怒：「廣成子，你不要欺人太甚！」說著，提鞭就打。廣成子也不招架，取出翻天印扔到空中。聞仲知道自己扛不住翻天印，命令眾人調轉馬頭，向燕山逃竄。

聞仲的人馬白天逃跑，夜晚休息，一天後來到燕山。聞仲剛要休息，看到赤精子走下山來。聞仲大驚，生氣地問：「赤精子，你難道也是來阻止我的嗎？」赤精子說：「不錯，我奉命在這裡堵截你們，識相的快點返回。」聞仲氣得暴跳如雷，大罵：「你們闡教何苦這麼欺負我截教。我雖然兵敗，就是拼死，也不會善罷甘休！」赤精子也不回答，從袖子裡取出了陰陽鏡。聞仲一見陰陽鏡，急忙催開墨麒麟原路返回。

第五十二回　聞仲歸天

辛環對聞仲說：「太師，既然兩條路都行不通，不如還回黃花山，過青龍關回朝歌。」聞仲說：「我可以藉五行遁術逃回朝歌，但手下還有這些跟隨我的兵將，怎能丟下他們獨自逃命。」他思前想後，只好帶領殘兵向青龍關行進。

大軍走了半天，聞仲命令安營。他話音剛落，哪吒腳踏風火輪挺槍刺來。聞仲和鄧忠等人圍戰哪吒。哪吒越戰越勇，一槍把鄧忠挑落馬下。聞仲無心戀戰，奪路而逃。

哪吒也不追趕，截住士兵說：「願意投降的可以免除一死。」士兵們大部投降。哪吒帶領降兵大勝而歸。

聞仲帶著不到一萬人一路逃跑，夜晚來到一處僻靜的地方。商軍剛打算休息，黃天化帶領周兵從樹林裡殺出。黃天化大喊：「我奉姜丞相命令，在此等候你多時了。你現在還不下馬投降，更待何時。」聞仲大罵：「你這逆賊，還敢口出狂言。」於是和辛環一起圍攻黃天化。黃天化使出鑽心釘，打中了辛環的翅膀。聞仲只好帶殘兵繼續撤退。

聞仲帶著殘兵敗將來到一座山下，猛然間聽見山上傳來琴聲。聞仲仔細觀看，原來是姬發和姜子牙在飲酒。

聞仲大怒，提鞭就要找姜子牙報仇。可是，他走到一半，發現兩個人沒有了蹤影。聞仲氣得咬牙切齒。忽然山下一聲炮響，殺出一路大軍，有人大喊：「別放跑了聞太師。」聞仲大怒，帶人向山下趕來。可來到山腳，發現根本沒有人。

這時，山頂上又傳來了姬發和姜子牙的說笑聲：「聞太師今天吃了敗仗，多年豐功偉績毀於一旦啊，他還有什麼臉面回朝歌！」

聞仲大罵：「姬發匹夫，竟然如此侮辱我！」他怒氣沖沖地再次上山，沒想到雷震子突然飛出來。聞仲急忙躲閃，結果雷震子的金棍正好打在墨麒麟的後胯上，把墨麒麟打成兩半。辛環剛要來戰雷震子，被楊戩放出的哮天犬咬中小腿。雷震子又一棍打碎了辛環的頭顱。

聞仲沒了坐騎，又失去了幫手，不禁黯然神傷。他垂頭喪氣地帶領幾千殘兵向五關趕去。途中經過一戶人家，饑腸轆轆的聞仲上前敲門，打算討些飯充饑。一個年邁的老人打開了門，聞仲派士兵上前說明情況。老人請聞仲到家中安歇，又拿出食物給士兵吃。

第二天，聞仲向老人辭行，說：「敢問老人家姓什麼？以後我好派人來報答您。」老人急忙說：「小民姓李，名吉。」

聞仲帶領殘兵向青龍關趕去，走著走著，所有的人都迷了路。這時，剛好一個樵夫路過。士兵上前打聽：「我們是聞太師的士兵，現在要趕往青龍關，請問怎麼走比較近？」樵夫回答：「往西南走不到十五里，會經過白鶴墩，那裡有通往青龍關的大路。」於是聞仲命令隊伍向西行進。他哪裡知道，這個樵夫其實是楊戩變化的，他指的正是絕龍嶺的方向。

聞仲帶領士兵走了二十里，到了絕龍嶺。聞仲見山勢險峻，心裡疑惑起來，他猛然抬頭，看到一個道人，仔細再看，認出此人是雲中子。聞仲問道：「你在這裡幹什麼？」雲中子說：「貧道奉燃燈道人的命令，在此地恭候聞道兄多時了。」聞仲仰天大笑：「你未免太小看人了，大家都是學道之人，你恐怕降服不了我。」雲中子說：「你敢進來嗎？」說著，雲中子用手發雷，八根火柱按照八卦的方位平地升起。

聞仲不以為然，笑著來到火柱當中，雲中子念動咒語，只見每根柱子周圍都有四十九條火龍上下飛騰。

聞仲念動避火訣，一點兒都沒有受傷。他在火裡大喊：「雲中子，你的道術不過如此。」說著，向上一躍，打算駕光逃走。

雲中子把燃燈道人事先交給自己的紫金缽倒扣在柱子上，把聞仲壓在紫金缽下。雲中子在外面發雷，用霹靂燒死了聞仲。可憐聞仲為國捐軀，靈魂飛到了封神台。

申公豹聽說聞仲在絕龍嶺遇害，對姜子牙更是恨得咬牙切齒。他決定繼續找幫手對付姜子牙，為聞仲報仇。

一天，申公豹路過夾龍山，看到一個個子矮小的小童在玩耍。

申公豹停下腳步，上前問道：「你是誰家的童子？」

小童看出這是個懂法術的人，上前施禮說：「弟子叫土行孫，是懼留孫的徒弟。請問師父是誰？」

申公豹說：「我是闡教的申公豹。你學藝多少年了？」

土行孫說：「原來是師叔啊。弟子已經學藝一百年了。」

申公豹搖著頭說：「我看你難以成仙，只能修人間富貴。」

土行孫問：「什麼是人間富貴？」

申公豹說：「就是加官進爵，封妻蔭子。」

土行孫問：「師叔，弟子該怎麼做呢？」

申公豹說：「我給你薦書一封。你把信交給三山關的鄧九公，就可以享受人間富貴了。你都擅長什麼法術呢？」

土行孫說：「弟子能地行千里。」只見土行孫把身體一扭，立即不見了蹤影。不一會兒，土行孫從土地裡鑽出來。申公豹讓土行孫偷走了懼留孫的捆仙繩和丹藥，趕往三山關。

第五十三回　鄧九公西征

聞仲身亡的消息傳到朝歌，引起朝野震動。紂王萬萬沒有想到聞仲竟然死在了姜子牙的手裡。他急忙問文武百官：「太師為國捐軀，哪位愛卿願意率兵討伐西岐，為太師報仇雪恨？」一個大夫上前推薦：「征討西岐，非三山關總兵鄧九公不可。」紂王立即傳旨，派鄧九公發兵征討西岐。

鄧九公接到聖旨，立即調兵遣將，準備出征。這時，有人上前稟告：「外面有一個矮子求見。」

土行孫把申公豹的薦書遞給鄧九公。鄧九公對土行孫印象非常不好，他看完信，暗自琢磨：「我如果不留這個人，申道友一定會責怪我；如果留他，我實在是不喜歡他。」思考了許久，鄧九公才勉強給土行孫安排了一個催糧官的職位。然後，命令太鸞為正先鋒，自己的兒子鄧秀為副先鋒，趙升和孫焰紅為救應使，女兒鄧嬋玉陪伴自己左右，率領大軍向西岐出發。一個月後，大軍來到西岐。

西岐自從大破聞仲，天下諸侯紛紛響應。姜子牙聽說鄧九公來征討，問黃飛虎：「鄧九公這個人怎麼樣？」黃飛虎回答：「鄧九公是個將才。」姜子牙笑著說：「將才容易解決，左道就難對付了。」

鄧九公整頓好軍馬後，命令太鸞打頭陣。姜子牙派出南宮适迎敵。兩個人大戰了三十回合後，太鸞一刀把南宮适的護肩甲削去一半。南宮适敵不過太鸞，掉頭就跑。太鸞趁機帶領士卒趕殺周兵。太鸞旗開得勝，回營後得到鄧九公的褒獎。

第二天，兩軍對壘。鄧九公見周軍紀律嚴明，陣形整齊，不由得讚歎姜子牙的用兵之道。鄧九公對姜子牙說：「姬發是殷商的叛臣，你是崑崙山的修道之士，為什麼要為虎作倀？現在國君震怒，興師問罪。你若棄械投降，還可以避免西岐百姓生靈塗炭。如果不聽我良言相勸，就要落得玉石俱焚的下場。」

姜子牙笑著說：「你真是癡人說夢。如今天下歸周，人心所向。你帶著二十萬人馬打西岐，無異於以卵擊石。不如火速退兵，報告紂王西周並沒有謀反的意圖，雙方相安無事，何樂而不為呢。如果你執迷不悟，恐怕要重蹈聞太師覆轍，到時候後悔就晚了。」

鄧九公大怒，催馬舞刀，直奔姜子牙。

黃飛虎跨上五色神牛出陣迎敵。兩個人武藝嫺熟，棋逢對手，殺得難解難分。

哪吒見黃飛虎拿不下鄧九公，心裡著急，忍不住搖槍助陣。鄧九公的長子鄧秀擋住哪吒。

隨後，西岐陣裡衝出黃天化、黃天祥、黃天祿、武吉，殷商陣裡殺出太鸞、趙升、孫焰紅。

哪吒暗中取出乾坤圈，砸中鄧九公的左臂，差點把鄧九公打下馬來。趙升口中噴火，燒傷了黃飛虎。雙方將士混戰一場，各有勝負。

鄧嬋玉看到父親受傷，心裡難過。第二天，她披掛上馬，到西岐城下挑戰。姜子牙聽聞前來挑戰的是一員女將，猶豫了許久。黃飛虎好奇地問：「丞相大戰無數，也很少如此擔心，究竟是怎麼回事？」姜子牙說：「用兵有三忌：道人，頭陀，婦人。這三種人靠的不是武藝，而是法術。我唯恐將士們被此女的法術傷害。」哪吒說：「弟子願往。」姜子牙想了想，點頭同意，但一再叮囑哪吒要提高警惕。

哪吒大喝一聲：「女將不要囂張！」鄧嬋玉說：「來將報上姓名。」哪吒回答：「我是姜丞相麾下哪吒。你一個婦道人家，不在家安分守己，到兩軍陣前耀武揚威，實在不成體統。」鄧嬋玉大怒：「原來你就是傷害我父親的仇人，吃我一刀！」兩個人打了不到十個回合，鄧嬋玉想：「我應該先下手為強。」於是，撥馬就走。哪吒不知是計，在後面緊追不放。鄧嬋玉暗自取出五光石，回手一扔，正中哪吒的面頰，把哪吒打得鼻青臉腫。

姜子牙見哪吒面上有傷，詢問原因。哪吒就把經過講述了一番。黃天化取笑道：「為將之道，就要眼觀六路，耳聽八方。你竟然連一塊石頭都躲不過，真是給我闡教丟人。」哪吒被說得面紅耳赤。

第二天，鄧嬋玉又出來挑戰。黃天化跨上玉麒麟出城。兩個人打了幾個回合，鄧嬋玉扭頭就跑，說道：「你敢來追我嗎？」黃天化想：「我要是不追，一定會被哪吒取笑。」於是催開玉麒麟緊緊追趕。鄧嬋玉見黃天化跟來，故伎重演，扔出了五光石，打中了黃天化。

哪吒見黃天化臉上的傷比自己還重，嘲諷道：「為將之道，就要眼觀六路，耳聽八方。你被女將的石頭打斷鼻骨，一百年都是晦氣，真是給闡教丟人。」黃天化大怒：「我昨天只是無心說說，你怎麼這麼小氣。」兩個人互不相讓，爭吵起來。姜子牙生氣地喝退兩個人。

第三天，鄧嬋玉繼續挑戰。姜子牙看了看左右，問：「今天誰去走一遭？」楊戩對龍鬚虎說：「這個女將擅長飛石打人，師兄可以去迎戰，我給你助陣。」於是，兩個人出城迎敵。

鄧嬋玉見龍鬚虎模樣古怪，大驚失色，問：「你是誰？」龍鬚虎大叫：「我是姜丞相門徒龍鬚虎。奉我師之命，特來擒你。」說完，兩手扔出磨盤大小的石頭。鄧嬋玉見龍鬚虎的飛石厲害，扔出了五光石。龍鬚虎早有準備躲過了飛石。鄧嬋玉又連發兩石。龍鬚虎只有一隻腳，不能同時躲過兩塊石頭，被打倒在地。鄧嬋玉舉起刀，要取龍鬚虎的首級。

第五十四回　土行孫立功

楊戩大喊：「有我在此。」兩個人打在一起。鄧嬋玉一連飛出數塊石頭，把楊戩打得滿臉是傷。她哪裡知道楊戩會七十二變，打中的都是楊戩的化身。楊戩喚來哮天犬，咬傷了鄧嬋玉。

鄧九公父女在營中療傷，日夜煎熬。恰在此時，土行孫催糧到來。他取出從師父那裡偷來的金丹，讓他們服下。兩個人吃了金丹，傷勢立即痊癒。

鄧九公大喜，在營中設宴款待土行孫。土行孫在酒席上聽說鄧九公正為軍情發愁，笑著說：「元帥如果早點用我，現在早已攻下西岐。」鄧九公想：「這個小矮人想必有些本事，否則申公豹也不會向我推薦他。」於是，任命土行孫為先行官。

第二天，土行孫在城下挑戰。哪吒見對方是個小矮子，問道：「你是什麼人？」土行孫回答：「我是鄧元帥麾下新任先行官土行孫。今天特來捉你。」哪吒見土行孫身材矮小，根本沒把他放在眼裡。土行孫矮小靈活，哪吒沒過多久就汗流浹背。

兩個人打了一會兒，土行孫說：「你高我矮，都不舒服，不如你從風火輪上下來，咱們

再比個高低。」哪吒認為土行孫這是找死，想都沒想，跳下了風火輪。土行孫鑽來鑽去，用棍子把哪吒打得遍體鱗傷。哪吒急了，用乾坤圈對付土行孫，土行孫揚起捆仙繩，只聽一聲響，哪吒被土行孫捉回了轅門。

次日，黃天化迎戰土行孫，幾個回合後，也被捆仙繩捉住。

鄧九公見土行孫連立兩功，準備酒宴慶賀。鄧九公喝了些酒，一時心血來潮，許諾道：「將軍如果能破西岐，本帥願意招你為婿。」土行孫一聽，心花怒放，興奮得一夜沒有合眼。

姜子牙親自帶領眾將下城迎敵。土行孫大喊道：「姜子牙，你快點下來投降，免得本將軍動手。」眾人見土行孫矮小，齊聲大笑。

土行孫不由得大怒，揚起捆仙繩，把姜子牙牢牢捆住。好在西岐眾將及時營救，把姜子牙搶回城裡。只有楊戩心細，認出了捆仙繩。

眾人用利刃來割斷捆仙繩，哪知道繩子不僅沒有割斷，反而越捆越緊。在大家不知所措的時候，白鶴童子來到西岐，說道：「師叔，弟子奉命來解開此繩。」說完，把符印貼在繩頭，繩子立刻脫落。

楊戩對姜子牙說：「如果我沒猜錯，這應該是懼留孫師伯的捆仙繩。」姜子牙不相信懼留孫會讓人來害自己。

第二天，楊戩自告奮勇，迎戰土行孫。

兩個人槍棒相交，來來去去打了十個回合。土行孫使出捆仙繩，捉住了楊戩，帶回軍營。剛到轅門，哐噹的一聲，楊戩落到地上。眾人仔細一看，發現是一塊石頭。土行孫正在疑惑，楊戩大喝一聲：「敢用此術來對付我。」說罷，喚出哮天犬。土行孫將身子一扭，立刻不見了。楊戩大吃一驚，心想：「殷商營裡有這樣的奇人，我們恐怕難以取勝。」

楊戩回到城裡，對姜子牙說：「師叔，我們又遇到了一個強敵。這個土行孫有地行之術，我們一定要防備他偷偷地潛入城裡。弟子今天被他捉住後仔細觀看，可以確定是捆仙繩。我這就去夾龍山找懼留孫師伯問個清楚。」姜子牙說：「先不要去，留在城裡防備土行孫才是最重要的。」

土行孫回到軍營，暗自思忖：「我不如今晚進城殺了姬發和姜子牙，好早點和鄧嬋玉小姐成親。」

姜子牙正在思考對付土行孫的計策，忽然看到一陣怪風。他掐指一算，知道土行孫要進城偷襲。他急忙入宮，對姬發說：「老臣今天訓練眾將《六韜》[1]中的戰術，請大王檢

---

[1]【《六韜》】又稱《太公兵法》，是中國古代的著名兵書，相傳是姜子牙所著。但從宋代以來，就有人懷疑作者的身分。根據此書的語言習慣和出土資料等分析，認為是戰國末期的某人假借姜子牙的名義編著。全書有六卷，共六十篇，涉及戰爭等方面的問題，尤其對戰略和戰術的闡釋最為深刻。

第二天，楊戩自告奮勇，迎戰土行孫。土行孫使出捆仙繩，捉住了楊戩，帶回軍營。

閱。」姬發不知道真相，誇獎道：「相父如此辛勞，不勝感激。只期盼天下早日太平，與相父共用安康。」姜子牙急忙命令左右安排宴席，與姬發一起談論國事，藉此隱瞞土行孫行刺的事情。

天黑後，土行孫進了西岐。他先來到姜子牙的相府，見內外都戒備森嚴。土行孫等了一會兒，心裡著急。姜子牙把楊戩叫到身邊，輕聲吩咐了幾句。

土行孫等了許久，見沒有機會，決定先入宮行刺姬發，回過頭來再對姜子牙下手。他來到王宮，聽見姬發和嬪妃奏樂飲宴，心中大喜。過了一會兒，只聽姬發說：「今天到此為止，我要回寢宮安歇了。」土行孫藉地行術跟隨姬發來到寢宮，沒過多久就聽到了鼾聲。

土行孫鑽出地面，一刀割下了姬發的頭。他剛要離開，忽然聞到了嬪妃身上的香氣，一時色心大起，想要非禮嬪妃。土行孫剛要摟住嬪妃，就被女子壓在身下。土行孫試圖掙脫，發現女子力大無窮。只聽嬪妃大喝一聲：「大膽匹夫，把我當成什麼人了！」土行孫仔細一看，才知道此女子是楊戩變的。

土行孫赤條條的，被楊戩緊緊捆住。楊戩害怕土行孫鑽進地裡，只好用胳膊夾住他。姜子牙大喜，命令立即把土行孫斬首。楊戩說：「此人會地行術，只要遇到土地，就會逃跑。」姜子牙便命令楊戩親自動手。

楊戩領命，把土行孫帶到法場。就在楊戩換手取刀時，土行孫迅速鑽進土裡。楊戩懊悔不已，決定去夾龍山找懼留孫問個清楚。

楊戩藉土遁術來到夾龍山，途中經過一座仙氣繚繞的山峰。

第五十五回　收服土行孫

楊戩來到山上四處觀看，一位道姑在八位女童的簇擁下從樹林裡走出來。楊戩上前施禮，自我介紹說：「道友，弟子是玉泉山金霞洞玉鼎真人的徒弟楊戩。奉姜子牙命令去夾龍山找衢留孫，不小心誤到此處，萬望恕罪。」道姑說：「我是昊天上帝和瑤池金母的女兒龍吉公主。因為蟠桃會犯了錯誤，被貶到此處。你找衢留孫有什麼事？」楊戩回答：「一個叫土行孫的人用捆仙繩捉了好幾個闡教門人，我來找衢留孫問個究竟。」龍吉公主說：「土行孫是衢留孫的徒弟。你找到他，問題就可以解決。」楊戩謝恩，辭別了龍吉公主。

楊戩駕著土遁，忽然遇到狂風。一個口似血盆，牙如利劍的怪物截住楊戩。楊戩念動五雷訣，用霹靂鎮住妖怪。妖怪見勢不妙，鑽進了一個深不見底的石穴。楊戩哈哈大笑：「換成別人可能不敢進，但這雕蟲小技可難不倒我。」說著，也跟著鑽了進去。

石穴裡漆黑一片。楊戩藉三昧火眼觀看四周的情況。只見洞穴的盡頭立著一口閃閃發光的三尖兩刃刀，旁邊還放著一個包裹。

楊戩上前打開包裹，發現裡面是一件淡黃袍，穿在身上正好合身。楊戩剛要離開，聽見身後有人大喊：「拿住偷衣服的賊。」他回頭一看，只有兩個童子。楊戩說：「誰是偷衣服的賊？」童子嚷道：「就是你。」楊戩說：「你們這對孽障，我是玉鼎真人門下的楊戩。我修道多年，怎麼會是偷衣服的賊。」兩個童子一聽，倒身下拜：「不知道師父來到，有失遠迎。」楊戩好奇地問：「你們是什麼人？」童子回答：「我們是武夷山的金毛童子。願意拜您為師。」楊戩高興地說：「好，我到夾龍山還有事情要辦。你們先到西岐去見我師叔姜子牙。」金毛童子問：「如果姜丞相不認我們怎麼辦？」楊戩把自己的槍交給他們，說：「他見了槍，就會相信你們。」兩個童子接過槍，藉水遁趕回西岐。

楊戩見到衢留孫，急忙問：「師伯，你是否丟了捆仙繩？」衢留孫找了半天，發現捆仙繩不見了，驚訝地問：「你是怎麼知道的？」楊戩說：「有個叫土行孫的人幫助鄧九公對付我們。他用捆仙繩抓走了哪吒和黃天化。」衢留孫大罵：「這個畜生，竟然偷走我的寶物私自下山。你先回西岐，我隨後就到。」

姜子牙看到衢留孫，埋怨道：「師兄，你的高徒實在害我們不淺啊！」衢留孫苦笑著說：「貧道自從破了十絕陣，一直沒有檢查法寶。不知道被這個畜生偷走，來到西岐與你為敵。」接著，把對付土行孫的方法告訴姜子牙。

土行孫低著頭說：「鄧九公答應弟子，只要我破了西岐，就把他的女兒許配給我。弟子因此鑄成大錯。」

第二天，姜子牙獨自一人騎著四不像來到殷商的轅門外面。土行孫立即跑出轅門，大喊道：「姜尚！你私探軍營，簡直自尋死路，拿命來！」姜子牙和土行孫打了三個回合，轉身就跑。土行孫緊追不放，同時揚起了捆仙繩。他哪裡知道懼留孫正駕著縱地金光隱藏在空中，暗中收走了法寶。土行孫發現繩子被收走，才意識到事情不妙，立刻停止追趕。

懼留孫現出真身，大喝一聲：「孽畜，哪裡走！」土行孫見到師父，心裡害怕，急忙往土裡鑽。懼留孫用手一指地面，土地立刻變得堅硬無比。懼留孫一把抓住土行孫，用捆仙繩把他的手腳綁在一起，帶回西岐。

懼留孫生氣地問土行孫：「你這畜生，是受誰唆使，偷走我的法寶？」於是土行孫把事情的經過講述了一番。

姜子牙大怒：「對這樣壞了我教規矩的門人，應該斬首示眾。」懼留孫愛徒心切，勸阻道：「土行孫按罪當斬。但是，留下他可以幫助子牙助周反商。」姜子牙說：「不是我不講情面。土行孫利用地行術行刺武王和我，實在可惡。」

懼留孫大吃一驚，生氣地說：「畜生，此事當真？」土行孫低著頭說：「鄧九公答應弟子，只要我破了西岐，就把他的女兒許配給我。弟子因此鑄成大錯。」懼留孫對姜子牙說：「我剛才卜算了一下，此女果然和土行孫有緣。我們應該成全美事，勸鄧九公降周。」姜子牙說：「我和鄧九公是敵人，恐怕難以勸他歸順。」懼留孫看了看土行孫，想到了一條妙計，對姜子牙說：「你挑選一個能言善辯的人，到鄧九公的軍營促成這門親事，就能招降鄧九公。」姜子牙說：「那必須請大夫散宜生來完成這個任務。」

第五十六回　鄧九公降周

鄧九公聽說散宜生求見，面無表情地說：「大夫，你我各為其主，現在還沒有分出勝負。你如果想遊說本帥，還是免開尊口，我是不會被你說動的。」

散宜生笑著說：「元帥，我不是來遊說你的。今天到此，只是為了一件事。」

鄧九公好奇地問：「是什麼事？」

散宜生說：「我軍昨天擒獲了一員將領，我家姜丞相本打算殺了他。可一盤問，發現他竟然是元帥的女婿。姜丞相覺得應該先和元帥打個招呼，以免傷了和氣。」

鄧九公大驚：「我的女婿！此人是誰？」

散宜生說：「土行孫。」

鄧九公心中大怒，生氣地說：「你們弄錯了。我只有一個獨生愛女，視為掌上明珠，怎能輕易許配給人，更何況是土行孫那樣的人。」

散宜生說：「元帥錯了。土行孫是懼留孫的高徒，受到申公豹挑撥才來幫你征討西岐。

昨天衢留孫已經降服土行孫。姜丞相本要殺土行孫，但衢留孫說土行孫與元帥的千金有一段姻緣，因此派我前來說媒，成全這段姻緣。」

鄧九公說：「那都是我酒後失言，不能當真。」

散宜生笑著說：「元帥，現在西岐上下都知道土行孫是你的女婿。元帥如果矢口否認，恐怕會失信於天下。」

鄧九公面紅耳赤，無計可施。太鸞走到鄧九公身邊，兩個人竊竊私語。過了一會兒，鄧九公說：「大夫，這件事我還沒有和小女商量。她從小沒了母親，嬌生慣養，我要好好勸她。請大夫先回城裡，等我的消息。」

散宜生回城向姜子牙覆命。姜子牙大笑：「鄧九公的計策怎能瞞得住我。」

太鸞對鄧九公說：「元帥，我們可以將計就計，讓姜子牙親自帶著聘禮來到軍營。我們提前安排好刀斧手等著他，等到姜子牙一到，立即把他砍成肉泥。西岐沒了姜子牙，就會不攻自破。」鄧九公大喜，派太鸞去西岐請姜子牙。

太鸞說明了來意，請姜子牙親自送聘禮。姜子牙一口答應。太鸞走後，姜子牙笑著對衢留孫說：「此事成了。」

姜子牙選好一個良辰吉日，備上重禮，準備前往商營。臨行前，他讓楊戩變化成飛蟲跟隨自己；挑選五十名強壯的士兵扮成腳夫；其他門人各自帶領士兵從兩翼包圍。最後，他對

姜子牙聽說鄧九公願意歸順，心中大喜，命令打開城門，親自出城迎接。

土行孫說：「你只要聽到我的炮聲，立即到後營把鄧嬋玉搶回西岐。」

鄧九公讓鄧嬋玉把鎧甲穿在裡面，配合自己捉拿姜子牙，並安排了三百名士兵暗藏利刃埋伏在營帳外，只要聽到自己摔碎杯子，就一起衝入軍營砍殺姜子牙。

鄧九公看到姜子牙只帶著幾十個人跟隨，心中大喜，恭敬地說：「姜丞相大駕光臨，有失遠迎，還望您諒解。」姜子牙連忙回禮：「承蒙元帥大德，今天成全美事。」說完，把衢留孫介紹給鄧九公。幾個人說說笑笑地進了軍帳。姜子牙見軍帳裡殺氣騰騰，已經心中有數，偷偷地和土行孫等人使了眼色。

眾人分賓主落座後，姜子牙命令左右抬上禮品。鄧九公接過禮單觀看，辛甲趁機點燃了藏在禮盒裡的大炮。伴隨著一聲炮響，西岐的將士取出暗藏的兵器殺向商軍。鄧九公大吃一驚，和太鸞等人倉皇逃竄。西岐在兩側包抄的將士與鄧九公的士兵混戰在一起，土行孫趁亂跑到後營去搶鄧嬋玉。土行孫知道鄧嬋玉會用飛石打人，提前揚起捆仙繩捆了鄧嬋玉，把她扛回西岐。

西岐將士把鄧九公的士兵追趕了五十多里才鳴金收兵。鄧九公見女兒被抓，自己又損兵折將，心裡懊惱不已。

姜子牙大獲全勝，在府裡設宴慶賀。在他和僊留孫的主持下，土行孫與鄧嬋玉結為夫婦。鄧嬋玉起初並不願意，在眾人再三勸說下才同意。

第二天，鄧嬋玉找到姜子牙，說：「姜丞相，我現在是土行孫的妻子，就是西周的人。但我父親現在還在為紂王效力，我想勸說父親歸周，不知道您意下如何？」姜子牙想了想，同意鄧嬋玉去勸降。

鄧九公聽說女兒已經被強迫結婚，大吃一驚。他對鄧嬋玉說：「孩子，我現在剛被姜子牙打敗，實在不好意思投降。只要他肯親自迎接，我就歸順西岐。」

姜子牙聽說鄧九公願意歸順，心中大喜，命令打開城門，親自出城迎接。

鄧九公歸降西岐的消息傳到了汜水關。守將韓榮馬上派人騎快馬報告紂王。

紂王正在摘星樓飲酒作樂，聽說鄧九公投降，氣得一掌拍碎了桌子。他召集大臣，商議征討西岐的合適人選。一個大臣推薦了蘇護。紂王當即寫了封信讓人送到冀州，命令蘇護火速派兵征討西岐。

第五十七回　蘇護伐西岐

蘇護接到紂王的信，心裡暗自高興。他對夫人和兒子說：「我不幸生了妲己，她無端作孽，迷惑紂王，天下諸侯都遷怒於我。如今武王廣播仁義，天下三分之二已經歸順西周。我早就想找個機會脫離朝歌，投奔西岐。現在紂王命令我征討西岐，正好趁機歸降武王。」打定了主意，他讓家眷偷偷地跟隨大軍一同前往西岐。

姜子牙聽說蘇護前來討伐，向黃飛虎了解情況。黃飛虎說：「丞相，蘇護雖然是國戚，但一向反對紂王，早就有心歸周。他與末將經常有書信來往，表達自己投降西岐的願望。」姜子牙聽了很高興。

兩軍對陣，黃飛虎對姜子牙說：「丞相，我先去探探蘇護的口風。」說完，他催開五色神牛衝到陣前。蘇護有意投降，但是他手下將士卻不知情。大將趙丙沒等蘇護說話，自己先騎馬和黃飛虎打起來。黃飛虎說：「讓你家元帥出來答話。」趙丙說：「黃飛虎，你身為國戚，不思報恩，無故造反。我今天特來捉你，還不下馬投降。」黃飛虎大怒：「大膽匹夫，

吃我一戟。」二十回合後，黃飛虎擒獲趙丙。

蘇護的副將鄭倫迎戰黃飛虎。兩個人大戰三十回合不分勝負。鄭倫見一時難以取勝，鼻子裡發出兩道白光。黃飛虎頭暈目眩，從五色神牛跌落，被商軍捉回軍營。

黃天化聽說父親被抓，恨得咬牙切齒，騎上玉麒麟直奔鄭倫。鄭倫故伎重演，黃天化跌下玉麒麟。

姜子牙見鄭倫捉了黃飛虎父子，大吃一驚。第二天，他派土行孫夫婦迎戰鄭倫。土行孫矮小，鄭倫沒有留意到，只看見了鄧嬋玉。土行孫大喊：「匹夫，你往哪裡看呢？」鄭倫向下看到一個矮子，笑著說：「你是哪家的孩子，乳臭未乾也來送死。」土行孫大怒，揮舞鐵棒直奔鄭倫。打了一會兒，鄭倫大汗淋漓，從鼻孔裡射出白光。土行孫昏倒在地，被鄭倫的士兵捉回軍營。

鄧嬋玉見丈夫被抓，甩手飛出五光石，把鄭倫打傷。

鄭倫讓士兵處死土行孫，可他們還沒動手，土行孫就鑽進土裡不見蹤跡。

次日，姜子牙派哪吒對付鄭倫。兩個人大戰三十回合，鄭倫知道自己打不過哪吒，又打算使用白光。可哪吒是蓮花化身，根本沒有魂魄，任鄭倫怎麼射白光，一點也不受影響。鄭倫見法術失靈，氣得哇哇大叫。哪吒舉起乾坤圈，把鄭倫打得筋斷骨折。受傷的鄭倫趴在火眼金睛獸上，逃回了軍營。

蘇護見鄭倫受傷，趁機說道：「鄭將軍，看到你身負重傷，我心裡十分難過。現在西岐兵精糧足，天下歸心，連聞太師都無法攻下西岐。你我雖然名義上有等級之分，但實際上卻是情同手足。順天者昌，逆天者亡，我們不如歸順了西岐，免得自取滅亡。」

鄭倫拉下臉一本正經地說：「君侯想錯了。您是大王的岳父，怎麼能有這樣的想法。大丈夫應該為國捐軀，怎能貪生怕死。我希望你馬上放棄投降的打算。」

蘇護說：「將軍，良禽擇木而棲，賢臣擇主而事。黃飛虎官居王位，因主上失德，棄紂歸周；鄧九公見武王仁義，紂王失道，也棄暗投明。識時務者為俊傑，你不要再執迷不悟了。」

鄭倫生氣地說：「君侯要投降，我不投降。你要在我死後才可以歸周，否則我一定阻攔你。」

蘇護見鄭倫拒不投降，只好暫時打消了勸說鄭倫的念頭。他讓兒子準備酒席，私下裡向黃飛虎請罪，把自己的苦衷告訴黃飛虎。黃飛虎答應把蘇護的情況如實彙報給姜子牙。蘇護很高興，偷偷地放走了黃飛虎父子。

蘇護父子暗中商量，打算寫信讓姜子牙第二天帶兵劫營。蘇護說：「鄭倫到底是個好人，我們必須保全他的性命。」蘇全忠說：「只要不傷他的性命就好了。」

第二天，來了一個長著三隻眼睛的道人。蘇護問：「道者從哪兒來呀？」

道人說：「貧道是九龍島聲名山的呂岳。是申公豹請我來到此地，幫助君侯對付姜子牙的。」

蘇護聽了，心裡很不高興。

正在這時，呂岳聽見了鄭倫的呻吟聲，好奇地問：「是誰在叫苦？」蘇護命人把鄭倫抬出來。呂岳看了看鄭倫的傷，笑著說：「不妨事，這是被乾坤圈打傷的。」說完，他從葫蘆裡倒出一粒丹藥，放進鄭倫的口中。鄭倫吃了藥，傷勢立即痊癒。

鄭倫當即要拜呂岳為師。呂岳說：「你既然拜我為師，貧道一定要助你成功。」鄭倫問：「師父既然願意幫忙，請儘快列陣對付姜子牙。」呂岳說：「不急。我還有四個門人沒有來到，等他們來了再挑戰姜子牙也不遲。」蘇護暗自發愁，又無計可施。

過了幾天，呂岳的四個弟子周信、李奇、朱天麟、楊文輝帶著各自的法寶來到蘇護的軍營。呂岳大喜，讓大弟子周信到西岐城下挑戰姜子牙。

第五十八回　瘟神呂岳

姜子牙聽說城下有道人挑戰，對眾位門人說：「對方好幾天不出戰，今天突然開戰，還是個道人，一定又是個會法術的人。誰願意迎戰？」金吒主動請纓，姜子牙點頭同意。

金吒來到城下，見周信長相凶惡，厲聲問道：「來者何人？」周信回答：「貧道是九龍島的周信。聽說你們闡教欺負我截教，實在可惡。今天下山就是為與你們一決雌雄。」

兩個人在城下大戰了三十回合。周信暗中解開道袍，從懷中取出一個「頭疼磬❶」，對著金吒連敲三四下。金吒立刻面如金紙，敗下陣來，回到城裡，連聲叫嚷：「頭疼死了。」

次日，木吒迎戰李奇。木吒不知道對方已經換人，大喝一聲：「你竟然用旁門左道害我大哥。」李奇說：「你弄錯人了。昨天挑戰的是我師兄周信，我是李奇。」木吒大怒：「廢話少說，都是一幫旁門左道。」兩個人打了十個回合。李奇使出法寶「發躁幡」，對準木吒搖了幾下。木吒打了一個寒噤，撤回城裡。李奇也不追趕，自己大搖大擺回了軍營。

木吒回到城裡，面如白紙，口吐白沫，渾身像火燒一樣熱。

鄭倫不解地問呂岳：「師父，二位師兄都沒有擒獲對方就自己回了軍營，這是怎麼回事？」呂岳笑著說：「你有所不知，我的門徒都有各自的法寶，只要一用，對方必死無疑，沒有必要用刀槍廝殺。」鄭倫聽完，對呂岳等人佩服不已。

第三天，雷震子來會朱天麟。他分開雙翅，舉棍就砸。朱天麟急忙舉劍招架。幾個回合後，朱天麟體力不支，拔出「昏迷劍」指向雷震子，口裡念念有詞。只見雷震子從空中墜落下來，拖著一對翅膀逃回西岐，一進城門立刻昏倒在地。

第四天，楊文輝來到城下請戰。姜子牙心裡暗想：「今天又來了一個道人。對方一天換一個道人，難道是模仿十絕陣？」他想了想，派龍鬚虎下城迎敵。

楊文輝見龍鬚虎外形奇特，大吃一驚。兩個人互相報了姓名，在城下打了起來。幾個回合，楊文輝抵擋不住龍鬚虎發出的巨石，就掏出了「散瘟鞭」對準龍鬚虎。龍鬚虎頓時像變了個人似的，把巨石扔進西岐，砸傷了很多周兵。姜子牙見龍鬚虎中了邪術，急忙命人把龍鬚虎捆綁起來。

原來呂岳和他的四個弟子是封神以後的瘟部正神，負責人間的瘟疫。姜子牙哪裡知道，見四個門人都中了法術，人事不省，心裡萬分著急。他找到楊戩，說：「我師父說因為我為

---

❶【磬】古代用石頭製作的打擊樂器。

申公豹說情，要有三十六路人馬討伐我。到今天已經有三十路了。現在眼見四個弟子被邪術所困，我卻無能為力，真是不知所措了。」

第五天，呂岳親自出陣。

姜子牙在哪吒、楊戩等人的陪護下，來到陣前觀看。只見呂岳穿著大紅的袍服，髮似朱砂，面如藍靛，長著三隻眼睛，騎著金眼駝。姜子牙問：「道友在哪座仙山修煉？」呂岳回答：「我是九龍島的呂岳。你們闡教的人多次侮辱我截教，前幾天派出四個弟子讓你嘗嘗苦頭，今天貧道親自來會會你，讓你不敢小瞧截教。」姜子牙哈哈大笑：「道友再厲害恐怕也不如趙公明和三霄娘娘吧，他們現在都已經灰飛煙滅了。你不要來自取滅亡。」呂岳大怒，罵道：「姜尚，你有什麼本事敢和我作對。」說完，縱開金眼駝，執寶劍奔向姜子牙。

哪吒、楊戩、黃天化三人一起殺出，把呂岳圍在當中。鄭倫見呂岳被圍攻，急忙出來援助。土行孫夫婦這時候也上前助陣。

呂岳見敵人越來越多，念動咒語，變成了三頭六臂，每隻手都拿著一件法寶。楊戩見呂岳變身，急忙命令金毛童子用金丸偷襲，打中了呂岳的肩膀。黃天化也取出火龍鏢擊中呂岳的腿。姜子牙趁機舉起打神鞭，把呂岳打下了金眼駝。呂岳墜下坐騎，藉土遁逃走。鄭倫見情況不妙，也急忙逃回本陣。

蘇護見呂岳受傷，心裡暗暗高興。四個門人圍住呂岳，說：「沒想到今天讓姜子牙佔了

周信回答：「貧道是九龍島的周信。
今天下山就是為與你們一決雌雄。」

便宜。」呂岳笑著說：「沒有關係。姜子牙雖然取勝一時，卻難逃一城之禍。」他讓四個弟子天黑後把致病的丹藥撒到西岐全城。

不到兩天，西岐上上下下都中了瘟疫。只有哪吒是蓮花化身，楊戩有元功護體，沒有受到影響。兩個人一個負責守城，一個負責照顧全城的病人。哪吒說：「現在全城只有咱們兩個沒事，如果呂岳派兵攻打，咱們該怎麼對付？」楊戩說：「武王是聖德之君，洪福齊天，一定會有高人來援助的。」

呂岳對蘇護說：「元帥，六七天後，你就可以不費一兵一卒拿下西岐。」鄭倫從一旁說：「師父，這些天也沒看到城上有人，這是怎麼回事？」呂岳說：「現在整個西岐的人都生病了。」鄭倫說：「那我現在趁機帶領士兵拿下西岐，免得浪費時間。」

哪吒看到鄭倫帶領士兵來攻城，驚慌失措地對楊戩說：「咱們該怎麼辦？」楊戩說：「不要驚慌，我自有退兵之策。」他抓起一把草撒到空中，說了一聲：「變。」西岐城上立刻站滿了彪形大漢。鄭倫抬頭一看，見城上的人馬比過去還要強壯，不敢貿然進攻，只好帶兵返回。

楊戩知道自己的法術只能解一時之急，不是長久之計。就在兩個人思考對策的時候，黃龍真人和玉鼎真人趕到西岐城。玉鼎真人對楊戩說：「你馬上去火雲洞找三聖大師求取丹藥。」

楊戩藉土遁來到火雲洞，不敢擅自闖入，等候在門外。過了一會兒，一個童子從裡面走出來，楊戩急忙走上前說：「師兄，弟子是玉鼎真人的徒弟楊戩，奉家師之命，前來參拜三聖大師。」童子說：「你知道三位聖人是誰嗎？」楊戩欠身說：「弟子不知道。」童子說：「不知者不怪。是天、地、人三皇。」說完進去稟告。

沒過多久，童子出來，說：「三皇准許你進去了。」伏羲氏聽完楊戩的陳述，對神農氏說：「紂王惡貫滿盈，武王伐紂本是順應天意。申公豹到處挑撥是非，實在可惡。御弟應該出手相助了。」神農氏笑著說：「皇兄說得很對。」於是，從葫蘆裡取出丹藥，把使用方法教給楊戩。

楊戩辭別三聖，回到西岐。玉鼎真人按照徒弟的說明，拯救了西岐軍民。

呂岳等了七八天，對徒弟們說：「現在西岐的人想必已經死光了。」蘇護聽後很是焦慮。又過了幾天，蘇護看到西岐城上的士兵恢復了精神，心中大喜：「看來呂岳說的全是大話。我來滅滅他的銳氣。」

蘇護走進呂岳的軍帳，開口就說：「師父，你說西岐的人已經死光，我卻看到城上都是士兵，這是怎麼回事？」呂岳不相信蘇護的話，走到軍營外面觀察，西岐果然充滿生氣。他掐指一算，失聲大叫道：「原來玉鼎真人從火雲洞借到了丹藥，真是氣死我啦！」

呂岳找來四個門人，說：「你們每人帶領三千兵馬，趁西岐的士兵體力還沒有完全恢復，殺他們一個片甲不留。」蘇護知道呂岳勝不了姜子牙，就調出了士兵給他們使用。

哪吒見殷商的士兵來攻城，急忙問黃龍真人：「師伯，我們如何應付？」黃龍真人說：「沒關係，咱們每個人把守一座城門，把他們騙進城裡，我自有方法。」

第五十九回　殷洪下山

呂岳帶領門人與黃龍真人大戰起來。在混戰中，楊戩放出哮天犬咬傷了周信的胳膊，趁周信掙扎的時候，舉起三尖兩刃刀把他砍成兩段。哪吒用乾坤圈擊中李奇，舉槍刺死了他。玉鼎真人舉起斬仙劍斬殺了朱天麟。他們消滅完敵人後，都來幫助黃龍真人對付呂岳和楊文輝。

雷震子等人服用了神農氏的丹藥，體力逐漸恢復，聽到外面殺聲震天，紛紛出去幫忙。金吒見呂岳變成三頭六臂，急忙拋出遁龍樁。呂岳見勢不妙，騎著金眼駝逃跑，不料被木吒砍下了一條胳膊。

呂岳知道自己難以取勝，與楊文輝一起逃跑了。

呂岳和楊文輝跑到一座山下，見沒有人追趕，才停下腳步休息。兩個人剛坐下，只見一個頭戴頂盔，打扮非俗非道，手持降魔杵的年輕人走下山來。

楊文輝問：「你是什麼人？」來人回答：「我是金庭山玉屋洞道行天尊的弟子韋護，奉師父之命下山輔佐姜丞相。今天在此等候呂岳，捉他回西岐。」楊文輝大怒，挺劍便刺。

兩個人打了五個回合，韋護舉起降魔杵把楊文輝打得腦漿迸濺。

呂岳大怒，罵道：「孽障，竟敢欺負我。」兩個人來往了七個回合，呂岳知道自己不是韋護的對手，急忙藉土遁逃跑。

韋護也不追趕，來到西岐拜見姜子牙，姜子牙大喜。

赤精子自從進了黃河陣被削去頂上三花，回到山裡只是保養元氣。有一天，他把殷洪叫到身邊說：「我看你難以成仙，應該下山享受榮華富貴。現在你師叔姜子牙興兵伐紂，你可以下山助他一臂之力。但你畢竟是紂王的兒子，我怕你不會幫助西周。」

殷洪一聽，激動地說：「紂王雖然是我的父親，但他聽信妲己讒言，殘害我的母親姜皇后，還派人追殺我們兄弟，如果沒有師父，弟子現在早已被紂王殺死。弟子一直在尋找機會殺了妲己，為我母親報仇雪恨。」

赤精子聽了殷洪的話，這才放下心來。他命令童子取來紫綬仙衣、陰陽鏡和水火鋒，交給殷洪，說：「你隨你師叔東進時，會遇到佳夢關的火靈聖母。火靈聖母頭上戴著一頂金霞冠，能放射萬丈光芒把她罩住。這樣，她能看到你，你卻看不到她。這件紫綬仙衣到時可以救你一命。這個陰陽鏡，一面是白，一面是紅。紅的一晃是生路，白的一晃則是死路。水火鋒你就當成隨身護體的兵器吧。事不宜遲，趕緊下山去吧。為師不久也要去西岐。」

殷洪下山前，赤精子暗想：「我把洞裡的法寶都給了殷洪，可他畢竟是紂王的親兒子，如果中途變卦，連我都沒有辦法了。」於是，他對殷洪說：「我把法寶通通給了你，你一定不要忘記興周滅商的志向，為了保險起見，你還要對我發個重誓。」

殷洪想都沒想，隨口說道：「弟子如果萌生二心，四肢化成飛灰。」赤精子這才讓殷洪下山。

殷洪在趕往西岐的路上，看到一座古怪的高山。他停下腳步，觀看山裡的景致，忽然從茂林中殺出兩員猛將。其中一人大喝道：「你是哪裡來的道童，竟敢到我家門口打探。」

殷洪和兩個人打了十個回合，體力不支，暗想：「我下山前，師父把陰陽鏡交給我，現在正好可以試一試陰陽鏡的威力。」於是，殷洪偷偷地取出陰陽鏡，把白面對準兩個猛將照了照，兩個人立刻從馬上摔下來。

正在這時，從山下又衝上來兩個手持武器的勇將，殷洪故伎重施。其中一人見殷洪法力高強，立刻跪倒在地，說：「望上仙大發慈悲，赦免我三個兄弟。」殷洪說：「我不是仙長，是紂王殿下殷洪。」此人急忙叩頭：「小人叫畢環，其他三個是我的結義兄弟龐弘、劉甫和荀章。不知道千歲駕臨，萬望恕罪。」殷洪說：「我和你們無冤無仇，不會害你們的。」一說完，用陰陽鏡的紅面救活了三個昏死的人。

四個人一起跪在殷洪的面前，表示願意追隨殷洪。殷洪大喜，收了四個猛將做自己的副將，帶上他們的三千兵馬，趕赴西岐。途中殷洪遇到了一個騎虎的道人。衛兵把道人帶到殷

殷洪在趕往西岐的路上，看到一座古怪的高山。他停下腳步，觀看山裡的景致。

洪面前。殷洪問：「道長高姓？」道人回答：「貧道申公豹，與你同是玉虛宮門人。殿下這是要去哪裡？」殷洪回答：「弟子正要到西岐幫助姜丞相反商。」

申公豹嚴肅地說：「豈有此理，紂王是你什麼人？」殷洪說：「是弟子的父親。」申公豹大喝一聲：「天底下怎麼會有兒子幫助外人打父親的事情。」殷洪說：「紂王無道，逆天行事，天下都反叛他了。」申公豹笑著說：「你真是個愚昧的人啊！你是殷商的血統，紂王的兒子。紂王雖然無道，畢竟是你父親。他死以後，就要由你來做統治者。你這個逆子怎麼能幫姬發推翻自己的社稷。你死以後，有什麼臉面去見列祖列宗。」

殷洪沉思了半晌，吞吞吐吐地說：「可弟子已經答應師父幫助西周，還立下了誓言。」

申公豹忙問：「你發了什麼誓？」

殷洪說：「弟子發誓說如果不幫助武王伐紂，四肢會變成飛灰。」

申公豹笑著說：「你這傻孩子，竟然相信這些鬼話，哪裡有四肢變成飛灰的道理。你聽我的良言相勸，馬上去幫助蘇護攻打西岐。等你立下大功，紂王就會把天下交給你來管理。」

殷洪說：「蘇護的女兒妲己是害死我母親的罪魁禍首，我怎麼能和仇人的父親一起攻打西岐。」

申公豹說：「大丈夫做事要不拘小節。你先忍耐一時，等拿下西岐，得到天下，就可以將仇人碎屍萬段了。」殷洪此時早已把赤精子的叮囑忘在腦後，立刻答應援助蘇護。

殷洪帶領人馬來到蘇護的軍營，兩個人合兵一處。

次日，殷洪換上王服來到城下挑戰。姜子牙聽說殷商殿下請戰，對黃飛虎說：「紂王已經沒有子嗣，哪裡來的殿下？」黃飛虎說：「當初殷郊和殷洪在行刑前被大風颳去，想必被人所救。末將認識他，我這就出去辨認真偽。」說完，帶上幾個兒子出城。

殷洪一直在山中修煉，不知道黃飛虎已經歸周，也不知道眼前的人正是自己的救命恩人，搖動方天畫戟刺向黃飛虎。

第六十回　馬元助殷洪

論武藝，殷洪當然不是黃飛虎的對手。二十回合後，殷洪招架不住。殷洪收的四將見主人吃虧，都上前助陣，被黃天化兄弟四人攔住。

經過一番混戰，殷洪用陰陽鏡捉住了黃飛虎和黃天化。

殷洪回到軍營，用陰陽鏡的紅面喚醒了黃飛虎父子。黃飛虎說：「你一定不是二殿下。」殷洪說：「你怎麼敢說我不是？」黃飛虎大罵道：「你如果是二殿下，怎麼會不認得我黃飛虎。當年我在十里亭放了你們兄弟。」殷洪一聽，急忙上前鬆綁：「你原來就是我的救命恩人黃將軍啊！你怎麼投降了武王？」說著，又讓人解開了黃天化的繩索。

黃飛虎說：「紂王無道，害死了我的妻子，我因此棄暗投明，歸順了周主。現在三分天下，二分歸周。紂王無道，天下人都恨他。」鄭倫急忙說：「殿下千萬不要相信黃飛虎，你放走他們，他們還會和您對抗。」殷洪說：「沒關係。黃將軍對我兄弟有救命之恩，今天必須報恩。下次再捉住，一定不會念舊情。」

第二天，兩軍對壘。殷洪指責姜子牙：「姜尚，你為什麼造反？你過去是商臣，我父親又沒有做對不起你的事情，你竟然無緣無故反叛朝歌，實在可恨。」姜子牙說：「殿下此言差矣。紂王無道，天下豪傑群起而攻之。你如今逆天行事，早晚會後悔。」殷洪大怒，挺起方天畫戟刺向姜子牙。哪吒出來助陣，被龐弘擋住。楊戩和畢環打在一處。

姜子牙舉起打神鞭，可殷洪穿著紫綬仙衣，打神鞭根本傷不了他。哪吒用乾坤圈砸傷龐弘，一槍把他刺死。殷洪大怒，棄了姜子牙迎戰哪吒。楊戩趁機喚出哮天犬，咬住畢環的腿，一刀將其砍死。

殷洪取出陰陽鏡對哪吒晃了晃。哪吒是蓮花化身，陰陽鏡對他一點作用也沒有。殷洪大吃一驚，只好迎戰。楊戩看到了陰陽鏡，急忙對姜子牙說：「師叔快撤，殷洪拿的是陰陽鏡。」姜子牙大驚，害怕哪吒有閃失，讓鄧嬋玉暗中幫忙。

殷洪正和哪吒惡鬥，不防鄧嬋玉一石打來，殷洪被打得鼻青臉腫。哪吒趁機刺向殷洪，無奈殷洪有寶衣護體，毫髮無傷。姜子牙鳴金收兵，殷洪大罵：「我不報此仇，誓不為人。」

回城後，楊戩對姜子牙說：「弟子去太華山找赤精子師伯問個清楚。」姜子牙點頭應允。

楊戩駕土遁來到太華山，赤精子詫異地問：「你到我這裡幹什麼？」楊戩說：「師伯，弟子到這裡來借陰陽鏡，用後立刻歸還。」赤精子說：「我前些天剛把陰陽鏡交給殷洪，讓他下山幫助你們反商，難道他沒有說嗎？」楊戩這才實話實說。赤精子氣得跺著腳說：「都怪我用錯了人，把所有的寶物都交給他。這個畜生竟然背叛師門。」

赤精子來到西岐，一見姜子牙，趕忙解釋：「這事都怪貧道。我原打算讓殷洪下山協助你過五關，哪知道他竟然背信棄義。」

第二天，赤精子來到陣前，叫殷洪出來答話。殷洪見師父來了，不禁大吃一驚。

赤精子生氣地說：「你下山時是怎麼和我說的，現在反伐西岐，小心四肢變成飛灰。」殷洪辯解道：「師父，弟子是紂王的兒子，怎麼能幫外人對付自己的父親呢。」赤精子勃然大怒，仗劍刺向殷洪。殷洪躲過三次，說：「師父，我與你有師生之情，剛才讓了你三次，這次要還手了。」兩個人打了五六個回合，殷洪掏出了陰陽鏡。赤精子嚇得藉縱地金光法逃回了西岐。

殷洪見師父都害怕自己，不禁洋洋自得。他回到軍營，只見一個道人在等待自己。這個道人巨口獠牙，掛著一串人頭骨連成的念珠，相貌十分凶惡。殷洪上前行禮，問道：「我就是殷洪，不知道師父來自哪座仙山？」道人說：「我是骷髏山白骨洞的馬元，申公豹讓我來幫你對付姜子牙。」殷洪大喜。

第二天，馬元來到陣前挑戰，他對姜子牙說：「姜尚，申公豹請我下山幫助殷洪。你們闡教一向欺負我們截教，今天貧道就來會一會你。」姜子牙說：「申公豹和我有嫌隙，故此四處挑撥。殷洪違背師命，逆天行事。道友還是不要助紂為虐了。」馬元哈哈大笑：「殷洪是紂王的兒子，幫你們對付紂王才是逆天行事。」

姜子牙舉起打神鞭。可馬元「封神榜」上無名，因此不受影響，反而把打神鞭收走。姜子牙大吃一驚。

這時，西岐的一名武將催糧回來，舉刀砍向馬元。馬元念動咒語，從腦後伸出一雙大手，把武將抓住，撕成碎片，全部吞進肚子。所有人都被馬元的法術嚇傻了。

土行孫掄開大棍衝向馬元，將其雙腿打得青一塊紫一塊。馬元大怒，要吃土行孫。可土行孫就地一滾，不見蹤跡。

楊戩騎上銀合馬出來挑戰馬元。馬元腦後又伸出大手，把楊戩的心肝掏出來吃了。當天夜晚，楊戩在馬元的肚子裡作法，用一粒丹藥讓馬元瀉了三天，把他折騰得瘦了一半。

楊戩回到西岐對姜子牙說：「師叔，弟子把丹藥放在馬元的體內，他一連拉了幾天肚子，已經元氣大傷，六七天內也無法出戰。」姜子牙聽後大喜。正在這時，文殊廣法天尊來到西岐，他一見姜子牙，說：「子牙公，金台拜將的吉日就快到了。貧道特來賀喜。」姜子牙說：「現在殷洪和馬元已經把我愁壞了。」天尊說：「貧道就是為了馬元來的。你放心吧。」

過了幾天，姜子牙獨自一人來到蘇護的軍營外。馬元聽說姜子牙一個人來探營，要活活吃了姜子牙。

第六十一回　殷洪絕命

姜子牙見馬元趕來，急忙騎著四不像飛快地逃跑。馬元在後面窮追不捨，一直追到二更天，這時候，馬元已經來到一座險峻的高山下。

馬元剛要停下休息，忽然聽到姜子牙和姬發在山頂上飲酒，還說：「馬元已中圈套，死無葬身之地。」馬元大怒，衝上了山頂。可當他來到山頂，卻不見了姜子牙和姬發，只見山下人潮湧動，大喊：「不要放走了馬元。」馬元跑到山下，所有人都不見了。馬元這樣上上下下地折騰了一晚上，弄得腹中饑餓，打算回到營地再作打算。

馬元離開高山，沒走多遠，突然聽見有人呼叫：「疼死我啦！」聲音聽起來十分淒慘。馬元順著聲音，發現一個女子。女子看到馬元，急忙說：「師父救命啊！」馬元說：「我看你也活不了多久，不如你做個人情，讓我填飽肚子吧。」說著，他把女子肚皮撕開，去掏她的內臟，可摸了半天，竟然沒有摸到。

就在馬元納悶的時候，一個道人騎著梅花鹿向自己走來。馬元仔細一看，來者正是文殊廣法天尊。馬元急忙準備還手，可當他要行動時，發現自己的手和腳都長在了女人的身上。

馬元知道自己上了當，懇求天尊饒命。天尊剛要揮劍斬殺馬元，聽見身後有人大喊：「道兄劍下留人。」天尊回頭一看，一個陌生的道人向自己走來。

天尊問：「道友是何人？」道人回答：「貧道是西方教的準提道人。馬元封神榜上無名，卻和我西方教有緣，貧道來此正是為了帶他回西方修成正果。」天尊說：「貧道久仰西方教大法，蓮花現相，舍利元光，真是高明。」準提道人謝過天尊，把馬元帶回了西方。

天尊回到西岐，把打神鞭交給姜子牙。幾個人正在討論對付殷洪的方法時，慈航道人來到西岐助陣。

慈航道人對赤精子說：「道兄，要破殷洪，必須要用太極圖，只怕你不忍心。」赤精子思考了許久，為了大義，忍痛答應。

殷洪見馬元一去不復返，悶悶不樂。

第二天，兩軍對壘。三個道人對姜子牙說：「請子牙公出戰，我們會助你成功。」姜子牙來到陣前，對殷洪說：「你不從師命，就要大難臨頭。現在悔悟還來得及。」殷洪大怒，殺出陣來。姜子牙急忙逃跑，殷洪在後面追趕。

赤精子歎息說：「畜生，這是你咎由自取，不要怪為師無情。」說完，抖開了太極圖，化作一座金橋。殷洪不知道金橋是太極圖所變，跟著姜子牙上了橋。

殷洪進了太極圖，立刻覺得心神不定。原來太極圖可以根據人的想法變出想像中的人物和場景，殷洪看到了渾身上下都是鮮血的姜皇后。姜皇后生氣地說：「冤家，你立下重誓，卻又不聽師父的教誨，馬上就要變成灰燼了。」殷洪大叫：「母親救我。」可姜皇后突然不見了，赤精子站在自己面前。殷洪哭著求饒：「師父，弟子知錯了，願意幫助武王伐紂，請師父饒命！」赤精子說：「晚了。你已經觸犯天條，誰也救不了你。到底是誰鼓動你的？」殷洪說：「是申公豹。」

赤精子念及師徒情分，不忍心動手。慈航道人急忙說：「天命如此，不得有違，道兄不要耽誤了殷洪上封神台的時辰。」赤精子含著眼淚捲起太極圖，輕輕一抖，殷洪連人帶馬都化成了飛灰。

徒弟喪命，赤精子哭著說：「太華山從此再沒有傳人了。」慈航道人安慰道：「道兄此言差矣。馬元封神榜上無名，自然有人相救。殷洪命該如此，何苦悲傷。」三個道人對姜子牙說：「等子牙公東征時，我們再來相助。」

蘇護見殷洪已死，知道時機已經成熟，急忙寫了一封密信，讓蘇全忠用箭射進西岐。

姜子牙看了蘇護的信，心中大喜，安排手下眾將晚上劫營。

黃昏後，周軍兵分三路，埋伏在商軍的附近。

二更天時，西岐一聲炮響，黃飛虎帶領人馬衝進商營，蘇家父子趁亂帶著家眷進了西岐城。經過一番激戰，殷洪的人馬全軍覆沒，只剩下鄭倫一個人頑強反抗。最後土行孫用捆仙繩把鄭倫捉回城裡。

姜子牙看到鄭倫，說：「鄭倫，你多次反抗，今天被我抓獲，還不投降？」鄭倫大喝一聲：「賣麵的匹夫，我是大國將軍，怎麼能卑躬屈膝向你投降。快點殺了我，不要再廢話了！」姜子牙下令將鄭倫斬首。

蘇護急忙求情說：「丞相，鄭倫按法當斬。但看在他是個義士，又是可用之才的份兒上，放他一馬吧！」

姜子牙笑著說：「我早知道鄭將軍是個了不起的人，剛才是故意激他。」

蘇護十分感激姜子牙，急忙走到帳外勸說鄭倫。

經過蘇護苦口婆心的開導，鄭倫終於如夢初醒，為難地說：「我多次與姜子牙為敵，只怕他不肯容我。」

蘇護說：「姜丞相哪裡是小肚雞腸的人，實不相瞞，就是他讓我來勸你的。姜丞相愛才心切，不僅不會為難將軍，還會重用。」

鄭倫這才放心，歸順了西岐。

第六十二回　張山伐西岐

蘇護投降的消息傳到了朝歌。紂王生氣地說：「蘇護是我的心腹，還是國戚，竟然背叛了我，實在可惡！」

妲己聽說後，假惺惺地哭著說：「大王，我父親一定是被手下人挾持才不得不暫時投降。無論如何，都是死罪，請大王把我的頭砍下，代替父親恕罪。」

紂王見狀，心軟下來，說：「愛妻久居宮中，和蘇護投降沒有一點關係，我怎麼會處罰你呢。就是我的江山全丟了，也和愛妻無關。」

紂王派遣鎮守三山關的大元帥張山討伐西岐。張山領命，帶上副將錢保、李錦和十萬大軍浩浩蕩蕩殺向西岐。

姜子牙這個時候正和眾將商討拜將東征的日期，八百鎮諸侯紛紛上表，請武王揮師伐紂。姜子牙聽說張山來討伐，問黃飛虎：「將軍，此人如何？」黃飛虎說：「丞相，張山原來是末將的下屬，只不過是一個有勇無謀的莽夫。」姜子牙聽後，派鄧九公迎敵。

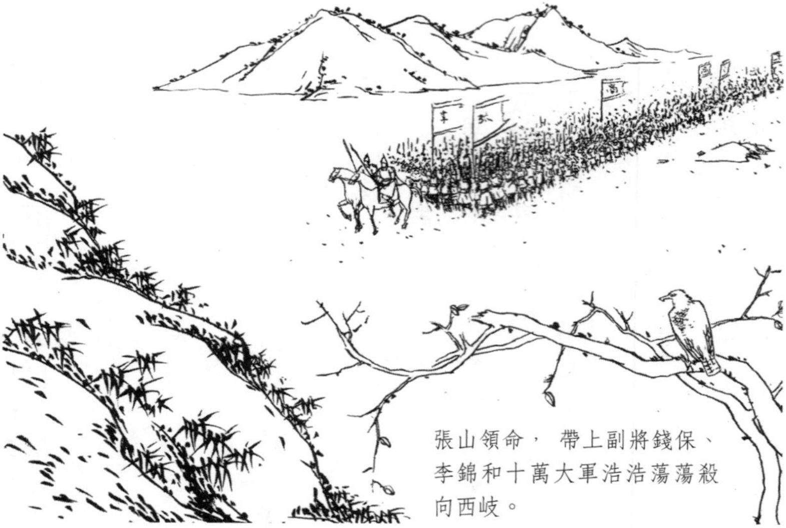

張山領命，帶上副將錢保、李錦和十萬大軍浩浩蕩蕩殺向西岐。

鄧九公和錢保大戰三十回合，鄧九公一刀砍下了錢保的首級。

張山大怒，親自披掛上陣。鄧嬋玉怕父親有失，飛出了五光石，正中張山的面頰。

張山開局失利，心情鬱悶，對姜子牙恨得咬牙切齒。就在他悶悶不樂時，一個道人來到軍營。道人看到張山臉上的傷，問：「張將軍臉上的傷是怎麼回事？」張山急忙說：「昨天和鄧九公交手時，被一員女將的飛石打傷。」道人取出藥粉敷在張山的臉上，傷痕立刻痊癒。張山說：「感謝師父幫忙，請問師父來自哪裡？」道人說：「我是蓬萊島❶的羽翼仙，特來幫助將軍攻克西岐。」

姜子牙對門人說：「現在是三十二路人馬，還少四路沒有來。」說完，帶領眾人來到城下。

羽翼仙大罵道：「姜子牙，你不過幾十年的道行，竟然敢口出狂言，要拔我的翎毛，抽我的筋骨。」姜子牙解釋：「道友一定是受奸人挑撥。我與你素不相識，怎麼會在背後罵你。」羽翼仙說：「你不要狡辯，拿命來。」

闡教門人一起殺出。雷震子攻上三路，哪吒、楊戩、黃天化打中三路，土行孫負責下三路。結果羽翼仙遭到乾坤圈、鑽心釘和哮天犬的攻擊，敗下陣來。

羽翼仙回到軍營，對張山說：「我念及慈悲，才沒有傷害眾人的性命。這些人不知好歹，真是自取滅亡。今晚，我要讓西岐變成大海。」

天黑後，姜子牙掐指一算，嚇得魂不附體。他急忙沐浴更衣，朝崑崙山的方向下拜。然後披髮仗劍，把北海的水引到西岐上空，用來保護西岐。元始天尊早已料到羽翼仙的詭計，知道憑姜子牙的道行，根本抵擋不住，於是命令黃巾力士把自己琉璃瓶裡的神水覆蓋在北海水的上面。

一更時分，羽翼仙現出原形，原來是一隻大鵬金翅鳥。羽翼仙飛到西岐上空，看見西岐城被海水蓋住，哈哈大笑：「姜子牙真是愚蠢，不知道我的厲害。我這對翅膀可以把四海的水通通扇走，別說小小的北海了。」

---

❶【蓬萊島】神話中的神山，自古以來就與方丈、瀛洲一起被譽爲「人間仙境」。

羽翼仙扇動雙翅，哪知連扇了七八十下，西岐還是安然無恙。羽翼仙折騰了一晚上，累得筋疲力盡。他不好意思回營見張山，飛到一個山洞休息。

羽翼仙見一個道人在洞邊坐著，就要去吃。道人用手一指，大鵬鳥立刻從空中跌落。道人生氣地說：「你這畜生實在沒有禮貌，無緣無故為什麼要傷我？」羽翼仙說：「實不相瞞，我去伐西岐，腹中饑餓，迫不得已才要吃你。沒想到道友法力高強，多有得罪。」道人說：「你想吃東西，我可以告訴你一個地方。距離這裡二百里的地方有一座紫雲崖，三山五嶽的道人都在那裡赴宴，你趕快去吧，否則要遲了。」大鵬鳥張開雙翅，即刻飛到紫雲崖，化為人形。羽翼仙找到一個童子，說：「道童，我是來赴宴的。」道童趕忙說：「師父您來晚了，已經沒有吃的了。」羽翼仙十分生氣，和道童吵起來。

一個穿黃衣的道人走過來，問道：「你們為何事爭吵？」道童說明了原因，道人說：「道友，現在只有點心可以充饑了。」羽翼仙說：「點心也好，快點拿來。」他一口氣吃下了一百零八塊點心。

羽翼仙吃飽後，變成大鵬鳥，飛向西岐。途中看見那個道人還坐在山洞旁邊。道人又指了一下大鵬鳥。大鵬鳥立刻落到地面，大叫：「我的肚子好痛。」

第六十三回　申公豹說反殷郊

道人來到羽翼仙身邊，問：「你怎麼了？」羽翼仙說：「我剛才吃了幾塊點心，現在肚子疼痛難忍。」道人說：「既然吃不了，趕快吐出來吧。」大鵬鳥從嘴裡吐出一條銀鎖鏈，把大鵬鳥的心肝都鎖到了一起。

羽翼仙大吃一驚，不知所措。那個道人現出原形，大喝一聲：「孽障，你認得我嗎？」羽翼仙抬頭一看，面前的正是燃燈道人。

燃燈道人罵道：「你這孽障，助紂為虐，實在可惡。就把你吊在松樹上，等到姜子牙伐紂成功，再放了你。」

大鵬鳥急忙求饒：「請看在我修煉千年的份上，饒恕我這一次吧。」

燃燈道人說：「好，你既然決定改邪歸正，就要拜我為師。」

大鵬鳥急忙說：「願意拜師，修成正果。」

燃燈道人收回大鵬鳥肚子裡的一百零八個念珠，帶著大鵬鳥回了靈鷲山。

廣成子自從被削去頂上三花，一直在洞中靜養。他得知姜子牙即將金台拜將，突然想起了徒弟殷郊，於是讓童子把殷郊叫到身邊。

廣成子說：「武王馬上要東征，天下諸侯將會師於孟津。你願意幫助師叔姜子牙反抗你的父親嗎？」

殷郊憤憤地說：「弟子雖然是紂王的太子，但紂王聽信妲己的讒言，害我母親慘死。弟子對此一直念念不忘。希望師父允許我下山反商。」

廣成子說：「你去獅子崖找件武器來，我傳授你道法。」

殷郊興沖沖地來到獅子崖，看到白石橋對面有一個從來沒見過的山洞。殷郊一時好奇，過橋進入山洞。只見洞裡有一個石台，上面放著六七枚熱氣騰騰的豆子。他把豆子吞進肚裡，立刻聽見自己的骨頭發出響聲。他跑到溪水邊，低頭一看，發現自己變成了赤髮藍臉，巨嘴獠牙，三頭六臂的怪人。

廣成子看到殷郊變身後，取出翻天印、落魂鐘、雌雄劍和方天畫戟交給殷郊。廣成子害怕殷郊幫助紂王，讓殷郊立下誓言。

殷郊一本正經地說：「弟子如果忘記使命，幫助我父親，願意接受犁鋤的處罰。」

殷郊來到一座險峻的高山，突然遭遇一個赤髮藍臉，長著三隻眼的人。這個人見殷郊三頭六臂，大喊道：「你是哪裡來的怪人，到我的山裡偷看？」殷郊說：「我是紂王的太子殷郊。」此人立即叩首：「不知道太子駕到，請太子恕罪。不知道殿下要去哪裡？」殷郊回答：「我正要去西岐幫助師叔姜子牙。」殷郊話音剛落，從山裡又衝下一個留著三綹長髯，也長著三隻眼的人。

殷郊跟著兩個人來到山寨，兩個人一個叫溫良，一個叫馬善。二人都願意追隨殷郊。殷郊大喜，任命二人為副將，帶上所有的嘍囉兵向西岐出發。

一行人沒走多遠，迎面遇到了申公豹。

申公豹故伎重演，打算說服殷郊。可殷郊意志比殷洪堅定，任憑申公豹怎麼勸說，殷郊都不為所動。

申公豹見殷郊不易勸服，靈機一動，把殷洪的死告訴了殷郊，還添油加醋地把罪名加到姜子牙的頭上。殷郊聽說弟弟被姜子牙害死，將信將疑地說：「如果姜子牙果真是害死弟弟的凶手，我一定和他誓不兩立。」

殷郊一行人來到西岐，看到了殷商的旗號，就走進去打探消息。

張山見殷郊三頭六臂，溫良、馬善都長著三隻眼，大吃一驚，問：「你們是什麼人？」殷郊說：「我是太子殷郊。」他為了讓張山相信，把自己的經歷告訴張山。張山急忙叩頭行禮。

殷郊問：「你知道二殿下的事情嗎？」張山回答：「二千歲因為討伐西岐，被姜子牙用

誓不為人！」

太極圖化成了飛灰。」殷郊聽罷，大叫一聲昏倒在地。他甦醒後，大哭道：「我不殺姜尚，

第二天，殷郊親自出馬，點名要姜子牙出來。

殷郊大罵：「老匹夫，我是太子殷郊。你為什麼要用太極圖害死我弟弟？」姜子牙說：「殷洪咎由自取，他的死和我有什麼關係。」殷郊勃然大怒，搖動方天畫戟刺向姜子牙，被哪吒擋住。幾個回合之後，殷郊舉起翻天印把哪吒打下風火輪。

黃天化見哪吒失利，催開玉麒麟上前助陣。殷郊搖動落魂鐘，黃天化從玉麒麟上跌落下來，被張山的士兵捉回軍營。

黃飛虎催開五色神牛來戰殷郊，也被抓進了敵營。

楊戩偷偷地對姜子牙說：「師叔，又有怪事發生了。」

姜子牙問：「怎麼怪了？」

楊戩說：「我看殷郊使用的翻天印是廣成子師伯的。」

姜子牙說：「難道廣成子會讓殷郊來害我？」

楊戩解釋：「您難道忘記了殷洪的事情嗎？」

姜子牙恍然大悟。

第六十四回　羅宣焚西岐

殷郊聽說抓到的是自己的救命恩人，急忙解開繩索，同時還命人釋放了黃天化。黃飛虎問：「太子被大風吹到哪裡了？」殷郊害怕洩露秘密，編了個謊話：「我在一座海上仙島學成了武藝，這次回來專門為弟弟報仇。」說完，把黃飛虎父子放回西岐。

第二天，馬善出戰，被鄧九公捉回城裡。姜子牙命令斬殺馬善。令人奇怪的是，無論是南宮适的刀，韋護的降魔杵，還是其他門人的三昧真火，都傷害不了馬善。最後，馬善飛到空中，大笑說：「我去也。」

楊戩對姜子牙說：「弟子先去九仙山找廣成子師伯問個究竟，再到終南山找雲中子師叔借照妖鏡。」

廣成子聽說殷郊用翻天印對付西岐，大吃一驚：「這個畜生違背誓言，一定會遭到殺身之禍。我把寶物都給了他，也沒有辦法對付他了。我這就去西岐。」

楊戩辭別廣成子，來到終南山，向雲中子借了照妖鏡。

次日，楊戩上馬提刀，點名挑戰馬善。等到馬善出來，楊戩暗中用照妖鏡觀看，只見裡面有燈頭在搖晃。楊戩知道了馬善的原形，打了幾個回合撥馬回城。

姜子牙問：「馬善是什麼妖怪？」楊戩說：「弟子只看到照妖鏡裡有個燈頭晃動。不知詳情。」韋護說：「世間有三盞燈，分別在玄都洞八景宮、崑崙山玉虛宮、靈鷲山圓覺洞。楊道兄可以到這三處查看。」

楊戩先來到玉虛宮，這裡的燈在點著。他又來到靈鷲山，發現燈已經滅了。楊戩急忙把馬善的事情告訴燃燈道人。

燃燈道人生氣地說：「貧道這就去收拾這個孽障。」

殷郊見廣成子駕到，硬著頭皮上前答話：「師父，弟子甲胄在身，恕我不能行禮。」

廣成子大罵：「畜生，你忘記自己下山前的誓言了。」

殷郊辯解說：「弟子遇到了申公豹，他勸我保殷伐周，我沒有答應。後來得知弟弟慘死，弟子為了給弟弟報仇，才和姜子牙作對。」

廣成子生氣地說：「你真糊塗啊，申公豹一向和姜子牙有嫌隙，處處反對他。殷洪的死都是天數，你怎麼能逆天行事。」

殷郊說：「師父，事到如今，說什麼也晚了。弟子寧願被犁，也要為弟弟報仇。」

廣成子大怒，揮劍砍向殷郊。殷郊連躲三劍，對廣成子說：「師父，弟子已經讓了你三劍，要還手了。」說著，摸出了翻天印。廣成子見勢不妙，藉縱地金光法逃回西岐。

第二天，燃燈道人讓姜子牙獨自出城，引誘馬善出戰。馬善不知是計，單槍匹馬跟了上去。姜子牙把馬善引到一個僻靜的山坳。燃燈道人突然出現，對馬善說：「孽障，認得我嗎？」說完，從懷裡取出琉璃燈舉在空中。馬善現出原形，回到燈裡。

殷郊聽說馬善失蹤，知道凶多吉少。溫良為了給馬善報仇衝出陣來，被哪吒的金磚砸中後心，被楊戩一刀砍死。

姜子牙舉起打神鞭，把殷郊從馬上打落下來。殷郊急忙藉土遁逃回營地。

殷郊失去了兩員副將，自己又受了傷，在營帳裡悶悶不樂。正在這時，一個叫羅宣的道人前來助陣。

一連過了四天，羅宣都沒有行動。殷郊很奇怪，問：「師父既然來幫忙，為什麼不出去挑戰呢？」羅宣笑著說：「不急，我還有一個叫劉環的朋友沒到。」又過了兩天，劉環來到營地。

次日，兩個道人來到城下，羅宣一見姜子牙，大罵道：「姜尚，你們玉虛宮的人平日仗勢欺人，今天貧道來討個公道。」說著，和劉環一起殺向姜子牙。

哪吒、金吒、木吒、楊戩、韋護、雷震子、土行孫、黃天化等人一起殺出來。羅宣見對方人多，現出三頭六臂，每只手裡都拿著一件法寶。

經過一番爭鬥，黃天化被羅宣打傷。羅宣中了姜子牙的打神鞭，劉環被乾坤圈打傷。雙方各有勝負。

張山見西岐人才濟濟，心中暗想：「滅紂的人非姜子牙莫屬。」羅宣不服氣地對劉環說：「今天不小心被姜子牙打了一鞭，一定要他們血債血償。」

當天夜晚，兩個人藉火遁來到西岐。兩個人用火器點燃了西岐城，西岐城變成了一片火海。羅宣又招來無數火龍在西岐上空噴火。

大火驚動了龍吉公主。她命令碧雲童子撒開霧露乾坤網，把西岐城罩住。這件法寶屬水，和大火正好相剋，西岐的大火立刻被撲滅。

羅宣見大火被龍吉公主撲滅，氣得用五龍輪打向公主。公主不慌不忙地取出四海瓶，把五龍輪收走。劉環大怒，仗劍刺向公主。龍吉公主舉起二龍劍，把劉環砍為兩段。

羅宣見勢不妙，急忙駕火遁逃跑，在一座高山停下休息時，遇到了一個手裡托著寶塔的人。此人一見羅宣，高興地說：「我是李靖，要去幫助姜丞相，正好缺個見面禮，就把你捉去吧。」

羅宣大怒，舉起寶劍和李靖打在一處。李靖舉起黃金寶塔，大喝一聲：「羅宣，今天就是你的死期！」說罷羅宣被塔打得腦漿迸濺，魂魄飛向了封神台。

第六十五回　殷郊之死

李靖收了寶塔，藉土遁來到西岐。李靖父子在西岐團聚，大家都十分高興。

燃燈道人對姜子牙說：「金台拜將的日子就要到了，必須盡早除掉殷郊。翻天印非常厲害，只有借到玄都宮的離地焰光旗和西方的青蓮寶色旗才能對付。現在我們只有玉虛杏黃旗，必須有人去借其他兩面旗。」廣成子說：「事情都因我而起，我馬上就去借旗來將功折罪。」

廣成子先來到玄都洞。老子早已算好廣成子要來借旗，立刻命令玄都大法師把離地焰光旗借給他。

廣成子把旗送回西岐，又馬不停蹄地來到西方極樂勝境。廣成子向接引道人說明來意。接引道人猶豫再三，不肯借旗，最終在準提道人的勸說下，才把旗借給了廣成子。

兩面旗都已借到，燃燈道人高興地說：「現在可以對付殷郊了。只要把離地焰光旗放在正南，青蓮寶色旗放在正東，中央插上杏黃旗，西方立素色雲界旗，留出北方讓殷郊走，就可以了。」廣成子問：「素色雲界旗在哪裡？」燃燈道人一時也想不起素色雲界旗的下落。大家悶悶不樂，都各自散開。

土行孫來到內室，對鄧嬋玉說：「費了半天勁，現在單單缺少素色雲界旗，真是功虧一簣。」和鄧嬋玉聊天的龍吉公主聽後，插話說：「素色雲界旗在我的母親西王母那裡，只有南極仙翁出面才能借到。」土行孫急忙報告給燃燈道人。燃燈道人恍然大悟，安排廣成子再到崑崙山走一遭。

廣成子來到崑崙山，向南極仙翁說明來意。仙翁一聽，立即換上天宮的朝服，來到瑤池。天宮的人都知道封神榜的事情，西王母很爽快地把素色雲界旗借給南極仙翁。

廣成子帶著素色雲界旗回到西岐，發現赤精子和文殊廣法天尊已經來到。赤精子對廣成子苦笑道：「我和道兄一樣，被不肖弟子坑害。」

燃燈道人聚齊了四面神旗，對眾人說：「請文殊道友鎮守青蓮寶色旗，赤精子鎮守離地焰光旗，貧道鎮守杏黃旗，武王鎮守素色雲界旗。」之後，姜子牙開始調兵遣將，準備劫營。

張山見軍營被殺氣籠罩，不安地對殷郊說：「我們恐怕難以取勝，不如先退回朝歌，等時機成熟，再來征討。」殷郊不以為然地說：「我不是奉旨來伐西岐的。你害怕可以回去。我一個人足以對付他們了。」張山急忙說：「姜子牙用兵如神，還有玉虛宮的人給他撐腰，咱們可不能輕敵啊！」殷郊哈哈大笑：「連我師父都害怕我的翻天印，何況別人。」

一更時分，黃飛虎帶領先頭部隊殺進轅門。其他人也陸陸續續從四面八方殺向商軍大營。混戰中，張山和李錦分別被鄧九公和南宮适所殺。

殷郊用落魂鐘對付哪吒，可哪吒是蓮花化身，根本不起作用。殷郊又用翻天印砸向楊戩，他不知道楊戩會八九玄功，迎風變化，翻天印砸不到楊戩的身上。殷郊大吃一驚，奪路而逃。

殷郊向東逃跑，打算回朝歌搬兵。可東方已經有文殊廣法天尊鎮守。殷郊欠身說：「師叔，弟子要回朝歌，你為什麼要阻攔我？」天尊說：「你已經落入羅網，快快下馬投降，可以免遭犁鋤之苦。」殷郊大怒，舉起翻天印。天尊躲到青蓮寶色旗後面，翻天印不能落下。

東方無法通過，殷郊向南方跑去，被赤精子截住。赤精子說：「你和殷洪一樣忘恩負義，封神榜上有你的名字，你在劫難逃了。」殷郊舉起翻天印，赤精子用離地焰光旗擋住翻天印。

殷郊收了翻天印，跑回中央。燃燈道人說：「你師父已經準備了一百張犁鋤等著你呢。」殷郊不服氣地說：「弟子又沒有得罪你們，為什麼苦苦相逼？」燃燈道人說：「孽障，你已經在劫難逃了。」殷郊畢竟是個惡神，比殷洪厲害得多。他勃然大怒，舉起翻天印要砸燃燈道人。燃燈道人急忙展開杏黃旗招架。

殷郊向西一望，看到姬發和姜子牙在飲酒，氣得直奔西方而去。殷郊再次舉起翻天印，打算殺死兩個人。無奈西方素色雲界旗保護，翻天印根本無法落下。姜子牙揚起打神鞭要打殷郊，殷郊急忙藉土遁向北逃去。

燃燈道人見殷郊進了埋伏圈，命令四路人馬圍住殷郊。殷郊騎著馬順著兩座高山之間的小路逃跑，沒想到路越來越窄，到最後竟然無路可逃。殷郊下了馬，仰天說道：「如果我父王還有福分，我舉起翻天印就打出一條山路；如果打不開，我今天只有死路一條。」說完，殷郊舉起了翻天印。

只聽轟的一聲，一條道路被翻天印打出。殷郊大喜：「殷商天下還不能斷絕。」他剛走進山路，燃燈道人立即作法，只見兩座山頭合為一處，把殷郊緊緊困住，只有頭露在山外。

第六十六回　洪錦大戰西岐

姬發見殷郊被困在山裡，急忙滾鞍下馬，跪在殷郊面前：「千歲，小臣姬發不敢欺君罔上。」姜子牙扶起姬發：「殷郊逆天行事，已經觸犯了天條。大王行過人臣之禮，已經和他無關了。」姬發說：「相父還是網開一面，饒了殿下吧。」

姬發見多次勸止都無濟於事，只好含淚撮土焚香，跪在殷郊面前：「不是臣不救殿下，怎奈眾位師父不許，不是臣的罪過啊！」燃燈道人請姬發下山，命令廣成子推犁上山。廣成子心中不忍，姜子牙讓武吉犁了殷郊。

殷郊不服氣，魂魄先飛到朝歌。

玉石琵琶精在妲己的照料下復活，變成王貴人服侍紂王。

紂王正在熟睡，猛然看到一個三頭六臂的人對自己說：「父王，孩兒殷郊為了社稷江山，慘遭犁鋤之災。希望父王廣施仁政，使社稷長存。姜子牙不久就要揮師東征，您再不改正就來不及了！孩兒就此告別，去封神台了。」

紂王大叫一聲，從夢中驚醒。妲己說：「不過是個夢嘛，大王不要驚慌。」

過了幾天，殷郊和張山陣亡的消息傳到了朝歌。紂王大怒，對群臣說：「姬發這個逆賊，竟然自立為王。我為了征討他損兵折將，現在如何是好？」

大臣們互相看了看，一個叫李登的大臣出列，對紂王說：「大王，現在東伯侯姜文煥、南伯侯鄂順、北伯侯崇黑虎三路都不足以對我們構成威脅，只有西岐才是我們的心腹大患。朝歌城內沒有人能和姜子牙抗衡。臣推薦三山關總兵洪錦，只有他才能和姜子牙一決雌雄。」紂王立即傳旨，命令洪錦即刻發兵。

姜子牙聞訊，對門人說：「我師父說會有三十六路人馬來討伐西岐，洪錦是最後一路。我們馬上就可以東征了。」

洪錦派大將季康挑戰。南宮适出城迎敵。兩個人在城下大戰了三十回合。季康是旁門左道，念動咒語，頭上現出一片黑雲，從雲中跳出一條狗，把南宮适咬傷。

次日，洪錦手下的柏顯忠到城下挑戰。姜子牙派出鄧九公迎戰。鄧九公是有名的猛將，刀法出眾，快若閃電，勢不可當。柏顯忠一不小心，被鄧九公斬於馬下。

第三天，洪錦親自披掛出陣。他看到姜子牙，大罵道：「老匹夫，你興兵作亂，以下犯上，乖乖下馬投降，我可以為你向大王求情。」姜子牙笑著說：「洪將軍，你身為大將，怎麼不明事理。如今天下歸周已成定局，你還是看清形勢，盡早回頭。我不久就要在孟津和八百鎮諸侯會師。」

洪錦大怒，催馬舞刀直奔姜子牙。姬發的一個兄弟出陣迎敵。洪錦是左道出身，四十回合後，他把一面旗子插在地上，變成一個大門。姬發的弟弟跟著洪錦鑽進了旗門。洪錦手起刀落，斬了姬發的弟弟。

姜子牙大驚，急忙讓鄧嬋玉迎敵。洪錦見敵軍殺出一員女將，絲毫不放在眼裡。兩個人大戰了二十回合，洪錦暗想：「和女將不宜久戰。」於是作法變成旗門，打算誘殺鄧嬋玉。鄧嬋玉是個聰明人，當然不會上當，拋出五光石把洪錦打傷。

洪錦被鄧嬋玉打得鼻青臉腫，心中不服氣。第二天，他來到城下，指名道姓要求鄧嬋玉出城。

土行孫害怕妻子受到傷害，反覆叮囑：「賢妻一定不要進入洪錦的旗門。」鄧嬋玉說：「我在三山關和旁門左道對抗了數年，難道不知道洪錦的把戲，你就放心吧。」兩人的談話恰好被龍吉公主聽到，她笑著對兩個人說：「這不過是小法術而已，名字叫旗門遁。我去對付洪錦。」

洪錦在城下左等右等，終於看到城門大開。可仔細一看，出來的卻是另外一個女將。洪錦問：「你是誰？」龍吉公主說：「沒必要告訴你，快點下馬投降。」洪錦哈哈大笑：「一個婦人，竟敢口出狂言。」縱馬舞刀殺向公主。公主舉起鸞飛劍招架。

三個回合後，洪錦故伎重演，變出旗門。龍吉公主淡淡一笑，也變出一座旗門。原來旗門有相生相剋的原理。公主的旗門恰好可以克制洪錦的旗門。洪錦見法術失效，只能硬著頭皮抵擋。龍吉公主雖然法力高強，畢竟是個女子，體力不如洪錦，只用寶劍砍掉了洪錦的肩甲。

洪錦見勢不妙，向北逃竄。龍吉公主在後面緊追不捨。洪錦見公主一直追趕，只好使用土遁術。龍吉公主冷笑道：「洪錦，休想用五行遁術逃脫。」說罷，藉木遁術追趕。原來木遁術是土遁術的剋星，洪錦根本無法脫身。

洪錦跑著跑著，忽然想起自己還有一件法寶沒有使用。他從懷裡取出一物，扔到海水裡。這件寶物遇到海水，立刻變成一條翻江倒海的鯨龍，洪錦急忙跨上鯨龍逃跑。

龍吉公主見洪錦跨上鯨龍，笑著說：「幸虧我離開瑤池的時候帶著這件寶物。」說著，也取出一物扔到海裡。此物進入大海，變得和泰山一樣大小。原來龍吉公主的寶物叫神奈，專門降服鯨龍。有了神奈，鯨龍興起的風浪立刻消退。龍吉公主把洪錦捉回西岐。

第六十七回　金台拜將

姜子牙見龍吉公主捉住了洪錦，心中大喜。他立即下令把洪錦斬首示眾。劊子手剛要行刑，忽然來了一個道人上前阻止。

道人來到姜子牙面前，說：「貧道是月合仙翁。龍吉公主和洪錦有一段姻緣，我因此才來說媒。」姜子牙想了想，認為這樣的事自己不方便出面，讓鄧嬋玉帶著月合仙翁去找龍吉公主商量。

龍吉公主聽了月合仙翁的話，不高興地說：「我因為在瑤池犯了清規，才被貶到人間。哪知道在這裡還有這一段俗緣。」

月老見公主不願意，安慰道：「公主，這段姻緣都是前生注定的。等到你們幫助子牙公過了五關，自然功德圓滿，到時候就可以返回天府。希望公主三思，免得錯過好事，到時候後悔就晚了。」

公主長歎一聲：「好吧。仙翁是主管婚姻的仙人，既然親自出面，我也不好推辭，願意聽從您的安排。」

月老大喜。在他和姜子牙的安排下，洪錦和龍吉公主結成伴侶。

三十六路人馬討伐完畢。姜子牙挑選了一個吉日，向姬發提出了討伐紂王的奏摺。

姬發看了姜子牙的奏摺，沉吟半晌。過了許久他才對姜子牙說：「相父，紂王的確荒淫無度，逆天行事。可先王曾經留有遺言，不許我討伐紂王。紂王再不對，也是君，我如果討伐他，就是不忠；我違背先王的遺願，是為不孝。東征的事情還是從長計議吧。」

姜子牙說：「老臣怎麼敢違背先王的遺願。但現在天下諸侯都認為紂王不配為君，大家已經彙聚在孟津，等待圍攻朝歌。我們東征，完全是順應民意，替天行道。希望大王不要推辭。」

散宜生補充說：「丞相說得很對，我們東征是為了解救朝歌的百姓。既然大王不想違背先王的遺願，我們不妨出兵和其他諸侯會師於孟津，要求紂王改過自新。如果紂王能夠答應，我們立即撤兵。如果紂王堅決不肯改正，就不能怪我們不忠了。」

姬發聽了散宜生的話，覺得很有道理，於是打消了心中的顧慮。

散宜生說：「大王兵進五關，應當效仿軒轅黃帝拜風后，築一座高台，拜告皇天后土，拜丞相為大將軍。」

姬發立即說：「一切按照大夫安排，挑選黃道吉日，我來拜相父為東征大將軍。」

姜子牙在眾人的簇擁下，來到拜將台。

拜將台選在岐山，很快就在南宮适和辛甲的主持下竣工。姬發選定在三月十五日拜將。

轉眼到了三月十五日，姬發帶領文武百官來到姜子牙的相府前。伴隨著三聲炮響，相府的府門大開。散宜生在前面引路。姬發走到正殿，對姜子牙說：「請元帥上輦。」姬發帶頭推了三步。

姜子牙在眾人的簇擁下，來到拜將台。拜將台高三丈，分為三層，上面旌旗招展，按照四象八卦排列。

姜子牙從軍政司❶的手裡接過印劍，將其高舉到頭頂。姬發在台下拜了八拜。拜將後，姜子牙讓辛甲把姬發請到台上。

姜子牙跪在姬發面前，說：「老臣一定效犬馬之勞，報答大王的知遇之恩。」姬發說：「相父帶

❶【軍政司】古代主管軍政事務的官員。

領大軍東征，到了孟津早日回來。」姜子牙謝恩，姬發下台返回西岐。

玉虛宮的十二弟子對姜子牙讚不絕口：「子牙公真是人中之龍啊！」姜子牙欠身說：「多蒙各位師兄幫忙，才有今天呀！」

這時，元始天尊駕臨岐山。闡教門人紛紛下拜。天尊說：「姜尚，你四十年積功累行，今天成為帝王之師，享受人間富貴。你即將東征滅紂，建功立業，貧道特意來為你餞行。」說罷，斟了三杯酒。姜子牙把酒喝下，問道：「師父，弟子即將出征，不知道未來吉凶如何，請師父指示。」

元始天尊微微一笑，說：「你只要記住這四句話：界牌關遇誅仙陣，穿雲關下受瘟癀。謹防達兆光先德，過了萬仙身體康。」說完，返回了崑崙山。

崑崙十二仙都向姜子牙辭行，他們的弟子紛紛攔住自己的師父，詢問自己東征的吉凶。

文殊廣法天尊對金吒說：「修身一性超山體，何怕無謀進五關。」

普賢真人對木吒說：「進關全仗吳鉤劍，不負仙傳在九宮。」

太乙真人對哪吒說：「汜水關前重道術，方顯蓮花是化身。」

玉鼎真人對楊戩說：「修成八九玄中妙，任爾縱橫在世間。」

道行天尊對韋護說：「歷代多少修行客，獨你全真第一人。」

雲中子對雷震子說：「兩枚仙杏安天下，可保周家八百年。」

燃燈道人對李靖說：「肉身成聖超天境，久後靈山護法台。」

黃天化問清虛道德真君：「師父，弟子吉凶怎麼樣？」道德真君知道黃天化要遭到厄運，又不好明說，只是作詩一首：「逢高不可戰，遇能即速回。金雞頭上看，蜂擁便知機。止得功為首，千載姓名題。若不知時務，防身有難危。」黃天化是年輕人，並沒有把師父的警告放在心上。

懼留孫知道土行孫的名字在封神榜上，也作詩一首：「地行道術既能通，莫為貪嗔錯用功。竄出一獐咬一口，崖前猛獸帶衣紅。」

眾仙與姜子牙作別，各自回到洞府。

第六十八回　姜子牙東征

拜將之後，姬發問姜子牙：「相父哪天出兵？」姜子牙說：「現在我們有六十萬大軍。等老臣訓練完畢，立刻出發。」

第二天，姜子牙來到教場，開始點將。他對軍政司說：「命令南宮适、武吉、哪吒和黃天化出列。」四人來到台下。姜子牙說：「你們四個人是先行官，分別掛前、後、左、右四印。」姜子牙任命楊戩、土行孫、鄭倫三人分別為第一、第二、第三督糧官，負責糧草供應。姜子牙接著又給其他人安排了職位。同時把西岐的內政和外交分別交給散宜生和黃滾處理。

三月二十四日，姬發辭別母親，和姜子牙帶領六十萬大軍離開西岐。大軍過了燕山，來到首陽山下，遇到了伯夷和叔齊。

伯夷和叔齊站在道路中央，攔住隊伍，大喊道：「你們是哪裡的人馬？讓你們的主將出來答話。」

姜子牙正帶領大軍前進，遇到商軍堵截，十分奇怪……

姬發和姜子牙來到隊伍前面，伯夷問：「不知道武王和子牙公帶領軍隊要去哪裡？」姜子牙回答：「紂王無道，逆天行事。現在八百鎮諸侯會師於孟津，我們也去參加。」伯夷說：「俗話說『子不言父過，臣不彰君惡』。紂王是國家的君主，雖然做得不對，你們作為臣子的也不該出兵反抗。」

姜子牙見姬發默默不語，大義凜然地說：「我們只是為了天下蒼生考慮，拯救朝歌百姓於水火。你們不要把罪名歸到武王頭上，一切後果由老夫一人承擔。請你們閃開！」

伯夷和叔齊堅決不肯閃開，反而跪在道路中央，阻止大軍前進。有幾個士兵非常生氣，拔劍要殺二人。姜子牙急忙阻止，說：「不可以魯莽，他們都是忠義之士。」說完，讓幾個強壯的士兵把兩個人架到路邊。

後來，伯夷和叔齊兩個人聽說天下歸周，就拒絕吃周朝的糧食，最後活活餓死。

大軍過了首陽山，就來到了金雞嶺。

前方探馬上前稟報：「元帥，金雞嶺有一支人馬阻攔我們。」

姜子牙下令安營紮寨，讓南宮适帶領軍馬上前挑戰。

南宮适來到陣前，高聲斷喝：「你是什麼人，敢攔阻西岐大軍？」領頭的人回答：「我叫魏賁。你是什麼人？要往哪裡去？」南宮适說：「我家元帥征討殷商，你這大膽狂徒真是不知死活！」

兩個人打了三十回合，南宮适汗流浹背，最後被魏賁捉住。魏賁說：「我不傷你性命，快點請姜元帥出來相見。」

南宮适回到軍營，把自己被捉又被釋放的事告訴姜子牙。姜子牙大怒：「六十萬人馬，派你擔任左哨先行官，今天第一次征戰就被滅了銳氣，還有臉來見我！」說完，命令士兵把南宮适推出去斬首。

魏賁見南宮适要被斬首，大叫一聲：「刀下留人！請姜元帥出來見面，我有要事商量。」

姜子牙帶黃天化、哪吒、雷震子和韋護四個門人來到陣前。

姜子牙問：「你見我有什麼事？」魏賁滾鞍下馬，對姜子牙說：「末將久聞元帥大名，早想投奔。今天聽說姜元帥帶大軍東征，特意帶來部下在此等候元帥，希望能效犬馬之勞。現在看到元帥隊伍整齊，訓練有素，對姜元帥更是佩服，希望您能夠收留末將。」

姜子牙大喜。魏賁接著說：「南宮适將軍一時失手，請元帥刀下留人。」姜子牙說：「南宮适出師不利，理應斬首。所幸遇到魏將軍，才是先凶後吉。既然如此，就委任你代替南宮适作為左哨先行官。南宮适削去官職，等待立功贖罪。」

洪錦降周的消息傳到了朝歌。紂王大吃一驚：「姬發逆賊，竟然猖獗到這個地步！」他看了看大臣們，急切地問：「眾位愛卿有什麼良策可以消除西岐大患？」大夫飛廉上奏道：「姜尚是崑崙山的左道之士，不是尋常將士可以應對的。臣建議啟用三山關總兵孔宣為將。他擅長五行道術，可以剿滅西岐的叛賊。」

孔宣接到命令，立刻點了十萬人馬，離開三山關。大軍曉行夜住，饑餐渴飲，很快就到了汜水關。

汜水關總兵韓榮出城迎接孔宣，說：「元帥來遲了。」孔宣問：「何出此言？」韓榮說：「姜子牙三月十五日金台拜將，現在大軍已經殺出西岐。」孔宣馬上吩咐士兵急速前進，來到金雞嶺堵截姜子牙。

孔宣的人馬一到金雞嶺，就有探馬上前稟報：「有周兵在前面嶺下。」孔宣立刻宣布：「大軍在嶺上安營，阻止周軍前進。」

姜子牙正帶領大軍前進，遇到商軍堵截，十分奇怪：「三十六路人馬都已經來到西岐，怎麼又來了一支隊伍？」他掐指一算，恍然大悟：「之前只是三十五路，前方這路人馬才是最後一路。看來又要經過一番激戰。」

孔宣在金雞嶺等了三天，姜子牙的軍隊才到。孔宣看著手下眾將，問：「誰願意先到周營打頭陣？」先行官陳庚說：「末將願往。」

周營派出先行官黃天化。

兩個人大戰三十回合。黃天化用火龍鏢打死陳庚。

黃天化旗開得勝，姜子牙心中大喜，記黃天化首功。可他剛剛舉起筆，筆頭就掉下來。

次日，孔宣派孫合挑戰。武吉催馬迎戰。

孫合認為武吉是樵夫出身，武藝一定不高。他哪裡知道武吉在姜子牙的調教下，早已經把槍法練得神出鬼沒。

三十回合後，武吉一槍刺死孫合。

第六十九回　兵阻金雞嶺

孫合陣亡的消息傳到商營，孔宣心中不悅，對將士們說：「我本打算帶著你們建功立業，沒想到接連損失兩員大將，哪位願意挑戰西岐？」高繼能自告奮勇地說：「末將願往。」

哪吒見黃天化立了首功，早就按捺不住，不等姜子牙問，就主動請纓。哪吒和高繼能打了十個回合，舉起乾坤圈砸向高繼能。可惜哪吒立功心切，沒有瞄準，只砸傷了高繼能的肩膀。

第二天，孔宣親自出陣。

姜子牙見孔宣身後有青、黃、赤、白、黑五道彩光，知道對方是個有道之士。

孔宣對姜子牙說：「姜尚，你本是殷臣，竟然和姬發勾結，擁兵自立。如果下馬投降，本帥就留你們一條性命，否則讓你們片甲不留。」

姜子牙大笑道：「夏桀無道，才有成湯伐夏。如今紂王比夏桀更加昏庸，當然要討伐。」

孔宣說：「既然你自尋死路，不要怪我。」說完，縱馬舞刀砍向姜子牙。

洪錦從後面殺出，抵擋住孔宣。

孔宣看到洪錦，大罵：「你這逆賊，還敢出來見我。」洪錦說：「現在天下八百鎮諸侯都已經歸周，你一個人恐怕無力回天！」

兩個人打了不到十個回合，洪錦變出旗門。孔宣笑著說：「雕蟲小技也敢拿出來。」說罷，用身後的黃光把洪錦收走。

周營眾將見洪錦不見蹤跡，只剩下一匹馬，都大吃一驚。

鄧九公催馬舞刀來戰孔宣，五個回合後，姜子牙偷偷舉起打神鞭。哪知道孔宣身後紅光一閃，把打神鞭收走。姜子牙見孔宣道法高超，只好鳴金收兵。他回到營帳，心想：「此人身後有五道光華，一定是五行之狀。不知道洪錦現在怎麼樣了。」

姜子牙把哪吒、黃天化和雷震子叫到身邊，讓三個人天黑後偷襲孔宣的軍營。

孔宣回到大帳，把五色光華一抖，只見洪錦人事不省，昏睡在地上。孔宣命令士兵把洪錦囚禁起來，又把打神鞭帶回自己的營帳。

天黑時，一陣大風吹進孔宣的營地。孔宣掐指一算，知道姜子牙要來劫營，命高繼能和周信兩個人分別把守左、右營門。

二更時分，西岐的三路人馬從三個方向殺向商營。孔宣獨自坐在帳中，不慌不忙地上馬迎戰。他看到哪吒，大笑著說：「哪吒，你這次別想僥倖取勝了！」兩個人殺得難解難分。

雷震子帶人衝擊右營，遇到周信的阻擋。由於天黑，雷震子又是飛在天上，周信根本看不清雷震子，被雷震子的金棍打得腦漿迸濺。

雷震子勝了周信，飛到中營援助哪吒。孔宣獨戰二人，毫無懼色，用黃光和白光把兩個人收走。

黃天化在左營遇到了高繼能的人馬。兩個人大戰三十回合，高繼能抵不住黃天化的兩柄大錘，只好逃跑。黃天化在後面緊追不放。高繼能無法脫身，就展開了法寶蜈蜂袋，裡面的蜈蜂成堆成團地蜇住黃天化。玉麒麟的眼睛被蜇傷，把黃天化摔到地上。高繼能趁機舉槍刺死了黃天化。可憐黃天化還沒過五關就死於非命，他的魂魄飛到了封神台。

姜子牙一夜沒有合眼，只聽到嶺上殺聲震天。天亮後，探馬驚慌失措地稟告：「姜元帥，黃天化的首級被掛在轅門，其他二將不知所蹤。」姜子牙大吃一驚。

黃飛虎聞訊，號啕大哭。南宮适安慰道：「黃將軍不要悲傷。令郎為國捐軀，一定會萬世流芳。當務之急是破解高繼能的妖法。末將認為崇黑虎是最合適的人選。」黃飛虎立即辭別姜子牙，去崇城找崇黑虎助陣。

黃飛虎騎著五色神牛經過一座高山。他看見山下有三員猛將在廝殺，一邊打一邊哈哈大笑。黃飛虎很好奇，不自覺地來到一旁觀望。其中一人看到黃飛虎，大喊道：「二位賢弟快住手。」此人來到黃飛虎面前，問：「你看起來好像武成王。」黃飛虎說：「我正是黃飛虎。」三個人一聽，都滾鞍下馬：「今天遇到黃將軍，實在三生有幸。」

三人報上姓名，分別叫文聘、崔英、蔣雄。這三人連同黃飛虎和崇黑虎，在封神時是五嶽之神。

文聘問黃飛虎：「大王要去哪裡？」黃飛虎說明了來由。文聘說：「恐怕找不到崇侯。」黃飛虎問：「怎麼回事？」文聘說：「崇侯最近在操練人馬，打算兵進陳塘關。」黃飛虎說：「幸虧遇到三位，否則又要誤事。」崔英說：「文兄說得雖然有理，但崇侯兵進陳塘關，也要等武王發兵以後。大王先在山中休息一夜，明天我們兄弟三個陪著大王去請崇侯。」

次日，四個人來到崇城。崇黑虎聽說黃飛虎來見自己，親自到殿外迎接。黃飛虎說明來意，崇黑虎立即答應幫忙。

五嶽帶上崇城的大隊人馬來到金雞嶺。姜子牙大喜，設宴款待幾個人。

第二天，五嶽一起來到陣前，點名要高繼能出戰。高繼能看著五個人，大笑著說：「哪吒、雷震子都不是我們的對手，就憑你們五個，不要白白送死！」

五嶽大怒，把高繼能困在當中。

第七十回　準提道人收孔宣

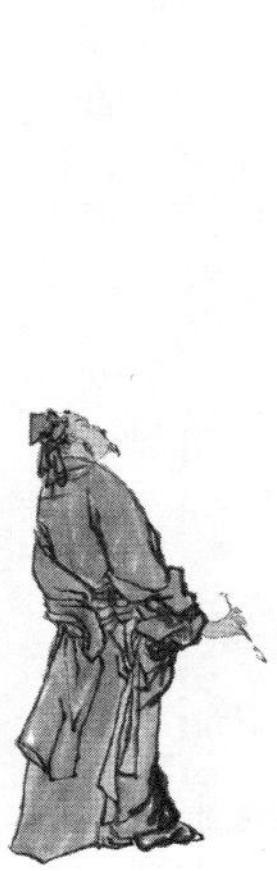

高繼能被五個人圍攻，逐漸體力不支，他暗中展開了蜈蜂袋。只見無數的蜈蜂飛出，一會就遮天蔽日。黃飛虎等人大吃一驚，打算撤退。崇黑虎哈哈大笑：「不要害怕，看我的法寶。」說罷，把紅葫蘆的蓋子打開，從裡面飛出了數不清的鐵嘴神鷹。不一會兒，鐵嘴神鷹把蜈蜂吃得一乾二淨。高繼能大怒：「敢破我的法術！」他話音剛落，就被黃飛虎一槍刺死。

孔宣見高繼能被殺，披掛上馬，來戰五嶽。孔宣被五個人圍在當中，暗想：「先下手為強，免得被他們暗算。」於是，把五色光華一閃，五嶽全部被收走。

姜子牙聽到消息，大驚道：「雖然殺了高繼能，反倒損失了五員大將。」他無計可施，只好按兵不動。

在兩軍僵持的時候，頭運督糧官楊戩帶著糧草來到金雞嶺。他向姜子牙稟告：「三千五百石糧草全部運達。」姜子牙說：「你督糧有功，計首功一件。」楊戩問：「師叔，大軍怎麼才走到這裡？」姜子牙把經過全部告訴楊戩。

楊戩聽說黃天化陣亡，十分難過，對姜子牙說：「明天弟子拿照妖鏡看看孔宣到底是個什麼妖怪。」

第二天，姜子牙帶領門人向孔宣挑戰。楊戩趁機掏出照妖鏡觀看，只見鏡子裡有一塊五彩瑪瑙在閃爍。楊戩暗中驚奇，不知道是什麼東西。

孔宣見楊戩用鏡子照自己，大笑：「楊戩，大丈夫做事要光明磊落，不要偷偷摸摸的。本帥讓你看個清清楚楚。」

楊戩見自己被孔宣識破，騎馬來到軍前。可照妖鏡裡的東西一點變化也沒有。孔宣見楊戩不言不語，只是用鏡子照自己，不禁大怒，縱馬舞刀殺出陣來。楊戩見照妖鏡不起作用，十分著急，喚出哮天犬撲向孔宣。孔宣紅光一閃，把哮天犬收走。韋護手持降魔杵助陣，也被孔宣收走。

李靖大罵：「孔宣匹夫，不要猖獗！」說罷，舉三十三天玲瓏金塔砸向孔宣，可連人帶塔都被收去。金吒和木吒見狀，一起衝上前去。一個使出遁龍樁，一個飛出吳鉤雙劍，照舊都被收去。

姜子牙損失了許多門人，不禁大怒。催開四不像來戰孔宣。三個回合後，孔宣身後閃出青光。姜子牙見勢不妙，急忙展開杏黃旗。杏黃旗是玉虛宮的法寶，比其他法寶厲害，孔宣的青光不起作用。

鄧嬋玉趁機飛出五光石砸中孔宣的面門，龍吉公主也舉起了鸞飛劍砍傷孔宣的左臂。孔宣忍痛逃回軍營。

姜子牙回營，見門人只剩下楊戩，十分鬱悶：「我師父在金台拜將時，曾經說『界牌關下遇誅仙』，為什麼如今在此地損兵折將？」

姬發見出師不利，勸說姜子牙率領大軍撤回西岐。最終姜子牙被姬發說得回心轉意，決定撤軍。

就在周軍準備撤退時，陸壓道人突然出現。

姜子牙見陸壓喘息不定，問道：「道兄為什麼事情驚慌？」陸壓說：「貧道聽說你要撤兵，急忙趕來。你萬萬不能撤退，否則功虧一簣，門人都要被殺。」姜子牙暫時打消了撤退的念頭。

第二天，陸壓來到陣前迎戰。孔宣對陸壓說：「你一個草木愚夫，能把我怎樣？」兩個人大戰三十回合，陸壓取出斬仙飛刀。孔宣輕輕一閃，用神光收走。陸壓見勢不妙，化作一道長虹飛回軍營。

陸壓搖著頭對姜子牙說：「孔宣果然厲害，不知道是何方神聖。如果貧道不是化作長虹，也要被他收去。」姜子牙見陸壓都無法戰勝孔宣，更是煩惱。

孔宣每天都來到周營外面辱罵，姜子牙只是閉門不出。

一天，二運督糧官土行孫押送糧草來到。他聽到孔宣百般辱罵，不由得大怒。

土行孫大罵道：「你這逆賊，竟然侮辱我家元帥。」孔宣不認識土行孫，見對方是一個小矮子，大笑道：「你是何人？」土行孫也不答話，舉棍就打。

土行孫在孔宣的馬腿下面鑽來鑽去，不一會兒孔宣就已經汗流浹背。孔宣大怒：「你這個該死的匹夫，本帥下馬收拾你。」

姜子牙聽說土行孫在外面和孔宣惡鬥，唯恐土行孫有失，急忙讓鄧嬋玉援助。

土行孫慣於步戰，孔宣是個馬上將軍，因此多次吃虧。

孔宣心裡著急，使出了五色神光。

土行孫雖然不知道闡教多人已經被神光收走，但眼見神光迅速，知道厲害，急忙把身子一扭，鑽進土裡，不見蹤跡。

孔宣不由大吃一驚。鄧嬋玉趁機飛出五光石，正中孔宣的面門。孔宣受傷，慌忙逃跑。鄧嬋玉又飛出一塊五光石，砸中孔宣的後頸。

姜子牙聽說土行孫夫婦打敗孔宣，心中大喜，為他們記上首功。

孔宣被鄧嬋玉打傷三次，第二天指名要鄧嬋玉出戰。姜子牙對鄧嬋玉說：「你連傷孔宣三次，他怎肯善罷甘休，還是不要迎戰吧。」吩咐士兵高懸免戰牌。

第二天，燃燈道人來到軍營。孔宣看到燃燈道人，笑著說：「燃燈，你是清淨閒人，不要到紅塵攪這渾水。」燃燈道人說：「你既然認得我，還不快快投降。」孔宣冷笑道：「我開天闢地的時候就出世了，功力不低於你。」燃燈道人罵道：「你這孽障，自恃高強，口出狂言。」孔宣大怒，揮刀砍向燃燈道人。

燃燈道人祭起二十四顆定海珠和紫金缽盂，都被孔宣收走。他大吃一驚，急忙大喊：「門人快來助陣！」

只聽得半空中一陣大風，現出一隻大鵬鳥。

孔宣見大鵬鳥飛向自己，急忙現出紅光阻擋。燃燈道人睜開慧眼觀看，只能看見一片紅光，聽見天崩地裂的聲音。兩個時辰後，只聽一聲巨響，大鵬鳥落下雲頭。

孔宣又打算用神光捉燃燈道人。燃燈道人見勢不妙，藉一道祥光逃回軍營。

大鵬鳥對燃燈道人說：「弟子在空中看到五色祥雲護住孔宣，但隱隱約約看到對方也有兩隻翅膀，不知道是什麼鳥。」

就在大家不知所措的時候，軍政司進帳報告：「轅門外有一個道人求見。」姜子牙和燃燈道人來到轅門外迎接。

只見此人頭綰雙抓髻，面黃身瘦，手裡拿一株樹枝。

道人笑著說：「我是準提道人，從西方來到東方。孔宣與我西方有緣，專程來收他回去。」

第七十一回　西岐三路分兵

準提道人來到陣前，點名讓孔宣出戰。

孔宣不認得準提道人，問：「你是誰？」準提道人笑著說：「貧道與你有緣，特來邀你一同回到西方極樂勝境，修成正果。」孔宣大笑：「真是一派胡言。」說完，揮刀砍向道人。

準提道人取出七寶妙樹輕輕一刷，孔宣的大刀飛到一邊。孔宣急忙舉起金鞭，也被七寶妙樹刷走。孔宣兩手空空，心裡著急，從背後撒出紅光，籠罩住準提道人。

燃燈道人見準提道人被收，不禁大驚。只見孔宣突然睜大雙眼，張開嘴，被頭上現出的聖像壓倒在地。頭頂的聖像有二十四顆頭，十八隻手，每隻手裡都握著一件寶物。

準提道人大喝一聲：「道友還不現身，更待何時。」

霎時間，孔宣變成了一隻孔雀。

準提道人騎著孔雀辭別姜子牙和燃燈道人，回到西方。

孔宣的人馬見主將被俘，紛紛投降。楊戩來到行營，釋放了門人，取回了各自的法寶。

燃燈、陸壓、崇黑虎紛紛告辭。楊戩繼續外出催糧。

姜子牙帶領大軍過了金雞嶺，來到汜水關。汜水關總兵韓榮從城上向下望去，只見西岐大軍隊形整齊，殺氣騰騰，不禁大吃一驚。他一面寫信到朝歌告急，一面和手下商量守城退敵的對策。

哪吒見姜子牙按兵不動，好奇地問：「師叔，我們已經來到汜水關，你為什麼不派人挑戰？」

姜子牙說：「不可。我現在要兵分三路，派兩支人馬分別去取佳夢關和青龍關。領兵的人必須是身經百戰，德才兼備的英雄。恐怕非黃飛虎和洪錦不可。」

黃飛虎去取青龍關，洪錦去取佳夢關。姜子牙給二人各十萬大軍。

洪錦帶領人馬來到佳夢關下，派季康打頭陣。佳夢關總兵胡升派大將徐坤迎戰。兩個武將在城下大戰五十回合，季康口中念念有詞，頭上現出黑氣，裡面顯現出一個狗頭，把徐坤咬傷。季康趁機把徐坤砍死。

第二天，蘇全忠對陣胡雲鵬。蘇全忠是將門虎子，四十回合後，把胡雲鵬刺死。

胡升連損兩員大將，急忙和弟弟胡雷商討對策。胡升打算投降西周，胡雷堅決不同意。

第三天，胡雷披掛上馬，迎戰南宮适。兩個人兩馬相交，雙刀並舉，殺得難解難分。四十回合時，南宮适故意露出破綻，把胡雷捉回軍營。

胡雷拒不投降，大罵洪錦是個忘恩負義的逆賊。洪錦大怒，下令把胡雷斬首示眾。

洪錦和南宮适正飲酒慶祝，忽然聽見士兵來報告：「胡雷又來討戰。」兩個人大吃一驚，來到轅門之外，看到果然是胡雷在叫戰。

南宮适披掛上馬，來到轅門外，大罵：「你這妖人，用旁門左道之術迷惑我，不要走。」三十回合後，胡雷又被南宮适捉回。

龍吉公主對洪錦說：「這都是雕蟲小技，我來破他。」公主取出三寸五分乾坤針插在胡雷的泥丸宮上，破解了胡雷的妖法，這才下令將胡雷斬首。

胡升聽說弟弟被殺，大驚：「我弟弟不聽我勸告，才有殺身之禍。看來殷商的氣數果然到頭了。」他急忙寫了一封投降信，命人送到洪錦手裡。

洪錦看完信，心中大喜，重賞了使者。

胡升急忙把城樓上的殷商旗號全部換成西周的旗號。

正在這時，有人對他說：「將軍，外面有一個穿紅衣的道姑求見。」胡升不明就裡，讓人請入。

道姑一見胡升，就自報家門：「我是丘鳴山的火靈聖母。胡雷是我徒弟，現在死在洪錦手裡，這個仇不能不報！你怎麼能投降呢！」胡升急忙說：「不知道師父駕到，有失遠迎。弟子不是不想為弟弟報仇，只是勢單力孤，不是洪錦的對手，不得已只好投降。」火靈聖母說：「既然如此，你立刻把城上的旗號換回來。」胡升沒有辦法，只好照辦。

洪錦正興高采烈地準備入城時，聽說佳夢關上又換回了殷商的旗號，不禁大怒：「胡升竟然出爾反爾，實在可惡。」

火靈聖母問胡升：「關裡有多少人馬？」胡升說：「三萬。」火靈聖母說：「你挑選三千人給我，貧道自有用處。」

火靈聖母讓三千名大漢都穿上紅色的衣服，披散頭髮，光著雙腳。她在每個人背後都貼上「風火」符印，整日操練。

七天後，火靈聖母騎著金眼駝，帶著三千名火龍兵來到城下。她一見洪錦，大罵道：「洪錦，我就是火靈聖母。你殺了我徒弟胡雷，今天特來找你報仇雪恨。」洪錦大怒，殺向火靈聖母。

兩個人打了五個回合，洪錦打算用旗門遁對付火靈聖母。哪知道火靈聖母頭上現出一頂金霞冠，射出金光，照得洪錦睜不開眼睛。聖母趁機舉起寶劍，砍傷了洪錦。洪錦帶傷逃跑，火靈聖母指揮火龍兵殺進西周軍營。

火龍兵勢不可當，周兵在慌亂中自相踐踏，死者不計其數。龍吉公主見軍營烈焰沖天，打算念咒救火，也被火靈聖母的金光照到，火靈聖母將他砍傷。

第七十二回　三進碧遊宮

這一仗下來，洪錦損失了一萬多人。夫妻兩個收拾殘軍，急忙向姜子牙寫信求助。

姜子牙收到洪錦的信，大吃一驚。他把軍中的事務交給李靖處理，帶上韋護和哪吒，直奔佳夢關。

姜子牙一見洪錦，生氣地說：「你身為統帥，要學會見機行事。」洪錦解釋道：「元帥，本來胡升已經準備投降，可半路出來一個叫火靈聖母的人阻止。火靈聖母的法術非常厲害，因此才被她傷害。」姜子牙聽罷，心想：「看來又遇到了旁門左道。」

火靈聖母聽說姜子牙親自出陣，心中大喜：「正好趁機把姜子牙消滅。」

姜子牙看到火靈聖母，說：「道友，你既然是修道之士，應該知道封神榜的事情。我奉玉虛之命，討伐紂王。道友盡早回到仙山，免得傷了和氣。」火靈聖母冷笑著說：「姜尚，你那套鬼話還是去騙別人吧。貧道今天要為弟子報仇。」說罷，催開金眼駝，仗劍刺向姜子牙。

哪吒和韋護從左右一起殺出。三個人把火靈聖母圍在當中。聖母頭上的金霞冠又發出金

光，把三個人照得緊閉雙眼。火靈聖母揮劍砍傷了姜子牙。

姜子牙催開四不像逃跑，聖母命令火龍兵衝進周營。周軍失去了主將，亂作一團，損失慘重。

火靈聖母在姜子牙身後緊追不捨，取出混元錘擊中姜子牙的後心，把他打下四不像。聖母從金眼駝上跳下來，取姜子牙的首級。

在這個緊急關頭，一個人突然出現。

火靈聖母仔細一看，原來是廣成子。聖母大喊：「廣成子，這不關你事，不要插手。」廣成子笑著說：「貧道奉玉虛符命，在此地等候多時了。」

火靈聖母大怒，仗劍砍去。兩個道人一來一往，打了二十回合。火靈聖母故伎重演，金霞冠射出金光。廣成子早已做好了準備，身上穿著掃霞衣，把金光清掃得一乾二淨。火靈聖母大罵：「你竟然敢破我的法！」廣成子搖了搖頭，舉起了翻天印，把火靈聖母打得腦漿迸濺，一道靈光飛進了封神台。

廣成子收了翻天印和金霞冠，把一粒丹藥放進姜子牙口中。

一個時辰後，姜子牙甦醒過來，看廣成子來了，急忙感謝說：「如果沒有道兄相助，我性命休矣。」廣成子說：「不要謝我，這都是師父的安排。子牙保重，我去碧遊宮歸還金霞冠。」

姜子牙在趕回佳夢關的路上，遇到了申公豹。姜子牙知道自己不是申公豹的對手，打算

廣成子來到截教通天教主的碧遊宮，畢恭畢敬地說：「弟子特來送還金霞冠，向師叔請罪。」

逃跑。

申公豹大喊：「姜子牙，你往哪裡去？」姜子牙說：「賢弟要去哪裡？」申公豹說：「上次有南極仙翁救你，才讓你僥倖逃跑，這次你可跑不了了。」姜子牙說：「我和你無冤無仇，你為什麼屢次三番要害我？」申公豹生氣地說：「上次就是你讓白鶴童子叼走了我的頭，害得我差點送命。此仇怎能不報。」姜子牙急忙解釋：「賢弟，你一定是誤會了。是我向南極仙翁求情，他才讓白鶴童子把你的頭放開。」申公豹說：「你不要再強詞奪理了，今天就是你的死期。」說罷，揮劍刺向姜子牙。

姜子牙催開四不像向東逃跑，申公豹在後面緊追不放。申公豹打出一枚開天珠，正中姜子牙後心。申公豹拔劍要殺姜子牙，衢留孫突然趕到，大喝一聲：「申公豹，還不住手！」

申公豹見衢留孫來幫忙，嚇得趕忙逃跑。衢留孫微微一笑，揚起捆仙繩，把申公豹捆得結結實實。

姜子牙清醒後，謝過衢留孫，趕回了佳夢關。

衢留孫命令黃巾力士把申公豹帶到玉虛宮。元始天尊生氣地對申公豹說：「孽障，姜子牙和你有什麼仇，你要找三山五嶽的人對付他？現在三十六路人馬討伐完畢，你還要殺他。如果不是我早已算到，姜子牙早已經死了。你說我該怎麼處置你呢？」

申公豹說：「弟子如果再唆使別人去害姜尚，願意把身體塞進北海眼。」

元始天尊知道申公豹是封神榜上的人，因此沒有計較，只是對申公豹說：「你記住自己的誓言，去吧。」

廣成子帶著金霞冠來到截教通天教主的碧遊宮。

廣成子進入宮裡，倒身下拜：「師叔萬壽無疆。」

通天教主問：「廣成子，你來幹什麼？」

廣成子捧出金霞冠，畢恭畢敬地說：「師叔，如今姜尚東征，兵至佳夢關。師叔的弟子火靈聖母依仗金霞冠屢次三番阻止周軍東進。頭一陣她傷了洪錦和龍吉公主，第二陣又險些殺了姜尚。弟子奉師命下山，多次勸阻火靈聖母，可她就是不聽，反而要害我。弟子實在沒有辦法，只好使出了翻天印。弟子特來送還金霞冠，向師叔請罪。」

通天教主說：「三教在商議封神榜時，我教弟子有多人上榜。我曾多次告誡弟子不要擅自下山，他們不聽話，這是咎由自取。你回去告訴姜尚，他的打神鞭可以任意打死我那些私自下山的門徒。你回去吧。」

廣成子離開後，截教弟子都對師父允許姜子牙使用打神鞭的事情憤憤不平，其中最生氣的是金靈聖母和無當聖母。兩個人對其他道友們說：「火靈聖母是多寶道人的弟子，廣成子能打死她，就能打死我們。不僅如此，他竟然敢到碧遊宮來送金霞冠，擺明了沒把我們放在眼裡。師父不但沒有教訓他，還任由姜子牙打我們，實在太可惡了。」

龜靈聖母聽了，勃然大怒：「豈有此理，我這就去找廣成子報仇雪恨！」

廣成子見龜靈聖母來追趕自己，笑道：「道友有何吩咐？」

龜靈聖母罵道：「廣成子，你害死我截教門人，還來碧遊宮賣乖，分明是欺負我們。貧道來找你報仇。」

廣成子急忙解釋：「道友誤會了。火靈聖母原本在封神榜上有名，這都是天數。」

龜靈聖母大怒，仗劍便刺。

廣成子急忙躲閃，嚴肅地說：「龜靈聖母，我是怕傷了和氣才和你解釋，不要欺人太甚。」

龜靈聖母不由分說，繼續動手。廣成子也生氣了，舉起翻天印。龜靈聖母招架不住，現出原形，原來是一隻大烏龜。

截教弟子等人見龜靈聖母被廣成子打出了原形，都十分羞愧，一起衝上前圍攻廣成子。

廣成子被眾人圍攻，心想：「單絲不成線。我在截教的地盤上，寡不敵眾容易吃虧，即便勝了他們，通天教主也會埋怨我。不如再去找他。」

通天教主見廣成子返回，好奇地問：「廣成子，你又回來幹什麼？」

廣成子回答：「回稟師叔，您的門徒圍攻弟子，要為火靈聖母報仇。弟子無法脫身，才來找師叔求助。」

通天教主問龜靈聖母：「你為什麼追趕廣成子？」

龜靈聖母回答：「廣成子將火靈聖母打死，還來碧遊宮交還金霞冠，實在是欺負我們截教無人。」

通天教主生氣地說：「我是教主，自有道理。你不聽我的話出去尋釁，罰你不許再進宮聽我講道。」

通天教主的話再次引起截教門人的憤怒。他們跟著廣成子，打算再次圍攻他。廣成子見截教眾仙又來圍攻，實在沒有辦法，只好硬著頭皮第三次進了碧遊宮。

第七十三回　兵困青龍關

通天教主見廣成子三進碧遊宮，生氣地說：「廣成子，你怎麼又回來了，真是一點規矩都沒有。」

廣成子說：「師叔，您的門人還是不放弟子離開，請師叔救命。」

通天教主勃然大怒，命令水火童子把弟子全部叫來，訓斥道：「你們這些不守規矩的畜生，竟然敢不聽我的話了！廣成子，你先走吧。我看他們哪個敢去追你。」

廣成子急忙謝恩，離開了碧遊宮。

截教門人見廣成子走了，紛紛挑撥通天教主：「師父，廣成子欺人太甚。他說咱們截教不如闡教，您不要被他的花言巧語欺騙了。」

通天教主說：「我看廣成子是個正人君子，不會這麼說的。」

多寶道人說：「師父，弟子本來不想說，但事到如今，弟子不得不說了。他們闡教的門人多次辱罵我們截教的人，還說我教弟子很多是獸類得道，不像他們闡教都是仙風道骨。」

其他人趁機添油加醋。

通天教主笑著說：「他們闡教的人竟敢這麼說我的弟子，好吧，讓他們見識一下。」說完，讓童子從後面取出四把寶劍，交給多寶道人，說：「你將這四把劍帶到界牌關，擺出『誅仙陣』，我倒要看看闡教的弟子哪個能破陣。」

多寶道人問：「師父，這四把寶劍有什麼妙處？」

通天教主說：「這四把劍分別叫誅仙劍、戮仙劍、陷仙劍、絕仙劍。把寶劍倒懸在門上，就是神仙也難逃此難。」

多寶道人接過四把寶劍和誅仙陣圖，到界牌關等候周軍。

胡升聽說火靈聖母已死，急忙再次寫信給姜子牙，請求投降。洪錦對姜子牙說：「胡升反覆無常，不能相信。」姜子牙說：「都是因為火靈聖母師徒的阻攔，胡升才被迫迎戰，現在他沒有了幫手，一定是真心投降。」

姜子牙帶領大軍進入佳夢關。他對胡升說：「你是個反覆無常的小人，雖然有火靈聖母等人攛掇，但畢竟也是你自己願意。我如果留著你，一定是個隱患。」說完，命令手下把胡升斬首示眾。

黃飛虎帶領十萬雄兵來到青龍關，鄧九公來到城下打頭陣。總兵丘引和手下的幾個副將商討對策，一個叫馬方的副將下城迎敵。兩個人在城下大戰了三十回合，鄧九公久經沙場，經驗豐富，舉刀劈死了馬方。

丘引大怒，第二天親自帶領守軍出城迎戰黃飛虎。經過一番大戰，丘引的四員副將全部陣亡，他自己也被黃天祥刺傷。丘引是曲蟮得道，化為人身。他回到城裡，取出丹藥一口吞下，傷勢立刻痊癒。

第三天，丘引點名要黃天祥出戰。兩個人打了三十回合，黃天祥看到丘引的頭盔上露出頭髮，知道對方會法術。他心生一計，把手裡的槍拋到空中。丘引為了報前天的仇，趁機刺向黃天祥。黃天祥一閃身，丘引衝過了頭。黃天祥舉起銀裝鐧，狠狠地砸向丘引，把丘引打得口吐鮮血。

丘引逃回城裡，服用丹藥。可這次傷勢嚴重，不能快速痊癒。丘引對黃天祥恨得咬牙切齒，怎奈自己受傷，只好掛出了免戰牌。

就在丘引悶悶不樂的時候，督糧官陳奇催糧回到青龍關。

陳奇詢問道：「元帥，這幾天勝負如何？」

丘引歎了口氣，說：「周軍將士驍勇善戰，我的副將們都被殺死。黃飛虎的兒子黃天祥還把我打成了重傷。」

陳奇安慰道：「元帥儘管放心，末將為你報仇雪恨。」

次日，陳奇帶領本部飛虎兵，坐上火眼金睛獸，手提蕩魔杵，來到陣前叫戰。

丘引大喝一聲：「看我的法寶！」黃天祥立刻魂不守舍，一頭栽下馬來。

鄧九公主動請纓。兩個人在軍前大戰了三十回合。鄧九公刀法嫻熟，陳奇漸漸招架不住。

陳奇突然舉起蕩魔杵，他手下的飛虎兵立刻手持撓鉤套索衝上來，準備捉拿對方。

就在鄧九公納悶的時候，陳奇突然張開了嘴，噴出一口黃氣。陳奇曾經得到異人的秘傳，學會了道法，這黃氣可以讓人魂魄自散。

鄧九公被陳奇的士兵捉回了青龍關。丘引命令把鄧九公斬首示眾。

第二天，陳奇又用法術捉住了太鸞。

第三天，黃天祿、黃天爵和黃天祥兄弟三人一起迎戰陳奇。三個人都是將門虎子，槍法嫻熟。陳奇的右腿被一槍刺中。

陳奇受了傷，大怒，從嘴裡噴出黃氣，把黃天祿捉回了青龍關。

丘引傷癒後，又出城找黃天祥報仇。黃天祥大罵：「丘引，你這手下敗將，今天就是你的死期。」兩個人打了十個回合，丘引虛晃一槍，撥馬逃跑。黃天祥在後面緊追不放。

忽然間，丘引的頭上現出一道白光，白光中有一枚紅珠，在空中滴溜溜亂轉。丘引大喝一聲：「看我的法寶！」黃天祥立刻魂不守舍，一頭栽下馬來。丘引把黃天祥捉回了城。

黃天祥醒過來，大罵道：「丘引，你這逆賊，竟然用妖術捉我，不是大丈夫所為。我死不足惜，可惜看不到攻克朝歌那天了。姜元帥會帶兵攻下青龍關，讓你粉身碎骨！」

丘引大怒，下令把黃天祥斬首，懸屍城樓。黃飛虎看到兒子慘死，昏倒在地。他醒過來後，急忙向姜子牙求助。

姜子牙收到信，不禁大吃一驚。鄧嬋玉哭著說：「請元帥批准末將去青龍關為父親報仇。」姜子牙派哪吒助陣。

哪吒的風火輪快，提前趕到了青龍關。他來到城下，看到了黃天祥的屍體，心中大怒，讓丘引下城。

丘引不知道哪吒的厲害，仗著自己的法術，出城迎戰。兩個人打了三十回合，丘引又從頭上升起白氣和紅珠。哪吒是蓮花化身，當然不怕。丘引不知，大叫一聲：「哪吒，看我的法寶！」哪吒抬起頭，大笑著說：「這個紅珠有什麼好看的。」

丘引見法術失靈，大吃一驚，急忙逃跑。哪吒舉起乾坤圈，砸傷了丘引。

土行孫催糧回到姜子牙的軍營，聽說鄧九公遇害，心裡十分難過，帶上糧草到青龍關助陣。天黑以後，土行孫藉地行術潛入青龍關，把黃天祥的屍體偷回周營。

丘引被哪吒打傷，十分煩悶，聽說黃天祥的屍體不見了，更加生氣。此時周軍前來挑戰，丘引派陳奇下城迎敵。

鄧嬋玉和土行孫一起來到陣前為父親報仇。

土行孫見陳奇騎著火眼金睛獸，手裡提著蕩魔杵，知道他是個會法術的人，大罵道：「你用妖法害死我岳父，此仇不報，誓不為人。」

陳奇見對方是一個矮子和一員女將，絲毫沒放在眼裡，嘲笑道：「殺你們恐怕汙了我的手。」說完，催開坐騎，拎杵就砸。

土行孫鑽來鑽去，陳奇根本就打不到他。陳奇大怒，張開嘴吐出黃氣把土行孫迷倒，飛虎兵立刻衝上來把土行孫捉回城裡。鄧嬋玉見丈夫被抓，飛出了五光石，砸傷了陳奇。

丘引見土行孫貌不驚人，便將他推出去斬首。土行孫被推到外面，劊子手剛舉起刀，土行孫就鑽進了土裡。丘引大吃一驚：「周營裡竟然有這樣的能人，難怪征討西岐的人都失敗了。看來黃天祥的屍體就是被這個人偷走的。」於是下令加強防守。

第七十四回　哼哈二將顯神通

黃飛虎和土行孫等人正在商議對策時，鄭倫押送糧草趕到。鄭倫看到土行孫也在，好奇地問：「你是二運官，怎麼也來青龍關了？」

土行孫說：「青龍關的陳奇害死了我岳父。他一張嘴可以吐出黃氣，對方立刻昏迷，和你鼻子裡射出的白光很像。」

鄭倫不服氣地說：「豈有此理！當年我師父說我這個法術蓋世無雙，怎麼會有人和我會一樣的法術？我明天去會一會他。」

第二天，陳奇出城找鄧嬋玉報仇，鄭倫請求出戰。

陳奇見鄭倫也騎著火眼金睛獸，手裡提著降魔杵，後面跟著手持撓鉤套索的士兵，不由得吃了一驚。鄭倫說：「我是督糧官鄭倫。聽說你有異術，特來會你。」說罷，舉起降魔杵劈頭就打。陳奇急忙舉起蕩魔杵抵擋。兩個人殺得難解難分。

五十回合後，鄭倫想：「對方會法術，我應該先下手為強。」於是把降魔杵一搖，他手

下的烏鴉兵立刻準備好撓鉤套索。

陳奇見對方做出捉人的架勢，自己也舉起了蕩魔杵，他的飛虎兵也做好了作戰的準備。鄭倫和陳奇幾乎同時作法，一個噴出兩道白光，一個吐出一道黃氣。兩個人都摔下了火眼金睛獸。他們的部下顧不上拿人，各自七手八腳地營救主將。

鄭倫回到軍營，歎息說：「沒想到世間果然有和我法術相同的人，明天一定要和他一決雌雄。」哪吒說：「正好土行孫也在，不如我們天黑後打開青龍關，趁機攻城算了。」黃飛虎點頭同意。

一更時分，土行孫潛入青龍關，釋放了黃天祿和太鸞。二更天時，哪吒登上風火輪來到青龍關下，舉起金磚，砸開了城門。周兵湧進城門。

土行孫等人在城裡放起火來。丘引慌忙上馬迎戰，被鄧秀、趙升、孫焰紅圍在當中。土行孫揮舞大棒打斷了馬腿。丘引躍落馬下，黃飛虎挺槍便刺。丘引見勢不妙，急忙駕土遁逃跑。陳奇和鄭倫打得難解難分，此時只剩下他一個人孤軍奮戰。哪吒用乾坤圈砸傷了陳的胳膊。陳奇跌下火眼金睛獸，被黃飛虎一槍刺死。

姜子牙得到消息，心中大喜。他高興地對眾將說：「先攻打這兩座關隘，是為了保障糧道暢通。否則我們過了五關，如果被商軍從後面斷了糧道，就會不戰自亂。」

第二天，姜子牙正式向汜水關的韓榮下了戰書。韓榮收到戰書，對手下將士說：「如今西周攻破佳夢關和青龍關，軍威正盛，一定不能輕敵。」

次日，周營一聲炮響，大軍出了轅門。

韓榮見周軍軍容整齊，姜子牙軍令森嚴，不禁暗暗稱讚。他對姜子牙說：「率土之濱，莫非王臣。你們怎麼能動用無名之師來討伐國君？」

姜子牙笑著說：「君不正，大臣就可以取而代之。這是天經地義的事情。如今紂王惡貫滿盈，我們東征是替天行道而已。」

韓榮大怒，派王虎出戰。姜子牙則命令哪吒迎敵。王虎哪裡是哪吒的對手，幾個回合就死在哪吒的槍下。韓榮急忙寫信向朝歌告急。

就在韓榮不知所措的時候，余化趕回了汜水關。韓榮心中大喜：「將軍自從戰敗離開後，黃飛虎得以僥倖過關。一轉眼過了這麼多年，將軍及時出現，實在是大王洪福齊天啊。」余化說：「末將被哪吒打傷後，回到蓬萊島找我師父煉製了一件法寶，定讓周軍片甲不留。」

第二天，余化下城叫戰，哪吒主動請纓。兩個人是老對手了。哪吒一見余化，笑著說：「手下敗將又回來了。」余化羞憤交加，催開金睛獸來戰哪吒。

余化知道哪吒得到太乙真人的真傳，自己打不過他，就取出了法寶「化血神刀」劈向哪吒。化血神刀快如閃電，中了刀的人會立即死亡。好在哪吒是蓮花化身，沒有被砍死。

哪吒回到軍營，無法說話，只是不停地顫抖。太乙真人派一個童子把哪吒背回了乾元山。余化得勝，心中大喜，繼續挑戰。

姜子牙只好讓雷震子迎敵。雷震子扇動翅膀，舉起金棍砸向余化。余化抵擋了十個回合，又舉起了化血神刀，砍傷了雷震子的風雷翅。幸虧風雷翅是仙杏化成的，雷震子才沒有被砍死，逃回軍營後也和哪吒一樣顫抖不止。

姜子牙見余化連傷兩個門人，下令掛出免戰牌。

楊戩督糧來到軍營，看到周營高掛免戰牌，他了解情況後，讓姜子牙摘下免戰牌，自己出去迎戰余化。

余化和楊戩打了不到二十回合，余化取出化血神刀。楊戩早已做好準備，用八九元功遁出元神，用化身接了余化的刀，假裝受傷回到軍營。

楊戩也不知化血神刀的底細，決定回山找師父問個究竟。

玉鼎真人看了楊戩身上的刀痕，說：「這應該是化血神刀所傷。但凡被此刀砍傷，見血即死。好在哪吒是蓮花化身，雷震子的翅膀是仙杏變化成的，你又有元功護體，否則都活不成。」

楊戩急忙問：「那該如何化解？」

真人說：「我也破解不了。化血神刀是蓬萊島余元的法寶。據說此刀與三種神丹一起

鄭倫和陳奇幾乎同時作法，一個噴出兩道白光，一個吐出一道黃氣。

煉成，要想解毒，一定要找到這個丹藥。」

真人思考了一會兒，想到了一條妙計，讓楊戩依計而行。

楊戩變成余化的樣子，逕直上了蓬萊島。他見到余元，倒身下拜。

余元好奇地問：「你不在汜水關，回蓬萊島幹什麼？」

楊戩回答：「弟子幫助韓總兵對付姜子牙，用化血神刀砍傷了哪吒和雷震子，第三陣不小心被楊戩用化血神刀傷了自己。弟子因此回來找師父解毒。」

余元沒有懷疑，立刻把解藥給了他。

楊戩心中暗喜，他接過解藥，辭別了余元。楊戩剛走，余元忽然想起：「楊戩有多大的本事，竟然能反過來利用化血神刀？余化如果受傷，怎麼還能活著來見我？這裡面一定有詐。」他掐指一算，才知道自己中計，急忙騎上金眼駝追趕楊戩。

楊戩正急著趕路，見余元來追自己，急忙喚出哮天犬。余元一心只顧著追趕楊戩沒有提防，被哮天犬咬傷。他憤憤地說：「楊戩，你等著，貧道這就去找你們報仇雪恨。」

姜子牙正在軍營裡發愁，見楊戩回來，急忙迎了出去。楊戩用丹藥治好了雷震子，又讓木吒把丹藥送到乾元山給哪吒治療。

第二天，余化又出來耀武揚威。楊戩出戰，大喝一聲：「余化，你之前用化血神刀傷了我。幸虧我有丹藥，才沒有遇害。」

余化暗想：「真是奇怪，解藥只有我師父才有，楊戩是從哪裡得到的？既然周營有了解藥，這化血神刀就沒有作用了。」於是便催開金睛獸上前大戰楊戩。

雷震子傷勢已經痊癒，他報仇心切，直接飛出軍營，大喝一聲：「余化，吃我一棍。」

余化只顧著應對楊戩，見雷震子飛來，急忙躲閃。雷震子的棍子砸中了金睛獸，余化被掀翻在地。楊戩手起刀落，斬了余化。

第七十五回　土行孫被抓

韓榮聽說余化被殺，大吃一驚：「我全仗著余化來守關，如今余化陣亡，我該如何是好。」

就在韓榮不知所措的時候，余元騎著金睛五雲駝來到汜水關。余元聽說弟子被殺，心裡十分難過，決心和姜子牙決一死戰。

次日，余元來到周營前，點名要姜子牙出來。

姜子牙帶領門人來到營外，只見余元面如藍靛，赤髮獠牙，身高一丈七八，騎著五雲駝，知道他是個法力高強的人。

余元大喝一聲：「姜尚，讓楊戩出來見我。」

姜子牙回答：「楊戩出去催糧了，不在軍中。」

余元大怒，催開五雲駝，仗劍直取姜子牙。姜子牙急忙舉起寶劍招架，李靖和韋護出來助陣。余元舉起金光銼來打姜子牙，姜子牙一邊展開杏黃旗抵擋，一邊偷偷地拿出打神鞭。

余元被打神鞭擊中，駕起金光逃走。

土行孫催糧歸來，恰好看到了五雲駝，心想：「我如果盜得這個寶貝，催糧就方便多了。」鄧嬋玉知道了他的心思後，說：「你行動前最好和姜元帥說一聲，否則他會怪罪你的。」土行孫說：「這種小事何必浪費口舌。」

二更天時，土行孫進入汜水關，見余元正在靜坐，土行孫不敢動手，只好在地下等待時機。

余元道行高深，忽然覺得心神不定，他暗暗掐指一算，知道土行孫要來盜取自己的坐騎。余元元神出竅，不一會兒就打起鼾來。

土行孫聽見鼾聲，心中大喜。他鑽出地面，悄悄地解開五雲駝的韁繩，把它牽到外面，接著又回到屋裡，舉起大棍砸向余元的腦袋。可打了三下，余元一點反應也沒有。土行孫心想：「明天再收拾你。」

土行孫騎上五雲駝，可五雲駝一動也不動。土行孫心中著急，不知道該怎麼辦。就在這時，余元突然現身，把土行孫捉住。

韓榮見土行孫是個矮子，對余元說：「師父捉這個小矮人有什麼用？」余元解釋道：「你別小看了他，他會地行術。我們應該把他裝進我的如意乾坤袋，燒死他。」韓榮命人照辦。土行孫在袋子裡大喊救命。

衢留孫在洞裡修煉，算到土行孫有難，急忙駕縱地金光法來到汜水關。他作法颳起一陣旋風，趁機救回了土行孫。

余元掐指一算，知道是衢留孫暗中動手，大罵道：「好你個衢留孫，救你徒弟也就算了，還偷走了我的如意乾坤袋。明天找你們算帳。」

姜子牙被衢留孫驚醒，急忙詢問原因。衢留孫便把事情的經過說了一遍。姜子牙大怒：「土行孫不經過我允許，私自到敵營偷東西，有傷我軍威名。按照軍法應該斬首。」衢留孫勸道：「子牙公，目前正是用人之際，還是讓土行孫將功贖罪吧。」姜子牙生氣地說：「看在師兄的面子上，饒恕他這一次，下不為例。」

第二天，余元來到陣前，要衢留孫出來答話。

衢留孫知道余元為了如意乾坤袋而來，他想了一條妙計，讓姜子牙按計行事。

姜子牙和余元大戰了三十回合，衢留孫暗中取出捆仙繩，把余元捆得結結實實。

余元冷笑著說：「我倒要看看你們怎麼處理我。」無論是李靖的寶劍，還是韋護的降魔杵，都無法傷到余元。衢留孫對姜子牙說：「不如把余元裝進鐵櫃沉到北海，以絕後患。」

余元被裝入鐵櫃，扔入海水中。鐵櫃屬金，金水相生，反而使余元藉水遁逃走。

余元跑到碧遊宮外面，對水火童子說：「我是金靈聖母的弟子余元，被姜尚捉住，現在僥倖逃脫，希望師兄救我。」

金靈聖母聽後大怒，對通天教主說：「師父，闡教欺人太甚。爠留孫用捆仙繩捉住余元，投入北海。好在余元有些法力，得以逃脫。希望師父解開他的捆仙繩。」

通天教主也覺得臉上無光，把一道符印貼在余元身上，捆仙繩立即脫落。隨後通天教主取出一件法寶交給余元，說：「你去把爠留孫捉來見我，不許傷害他。」余元領命而去。

余元回到汜水關，點名叫爠留孫出來。爠留孫聽說余元回來，掐指一算，對姜子牙說：「余元沉海，藉水遁逃到碧遊宮。通天教主一定給了他什麼法寶，他才敢來耀武揚威。咱們要先下手為強。」

姜子牙出陣誘敵，爠留孫暗中取出捆仙繩捉住余元。

就在兩個人商量如何處理余元的時候，陸壓道人及時趕到。

余元知道大事不妙，急忙求饒：「陸道兄，請你看在我修道多年的份兒上，饒我這次。我保證不再來犯周軍。」

陸壓說：「你逆天行事，天理難容。封神榜上有你的大名，貧道只是代天行罰而已。」說罷，從背後拿出葫蘆，打開蓋子。只見一道白光從葫蘆裡射出，裡面有一個有眼有翅的小東西。陸壓口中念念有詞：「寶貝快快轉身。」小東西在白光裡轉了三圈，余元的頭立即滾落在地，靈魂飛到了封神台。

韓榮見余元也死了，急忙和手下將士商量。大家經過討論，既不想做周軍的俘虜，也不想背叛紂王，最後幾個人決定棄城逃跑。

第七十六回　鄭倫取汜水

韓榮的兒子韓升和韓變聽說父親打算逃跑，急忙上前阻攔：「父親，你如果臨陣脫逃，一世英名就會毀於一旦。」

韓榮歎息道：「我怎不知道忠義二字。只是紂王昏庸無道，才導致這些逆賊紛紛反叛。我如果苦守此關，恐怕要連累軍民。連余元師徒那樣的人都打不過姜子牙，更別說我了。為了避免生靈塗炭，我才迫不得已棄城逃跑。」

韓升說：「父親不要長他人志氣，滅自己威風。我們父子拿著國家的俸祿，就該為國捐軀，死而後已。再說我們兄弟也不是等閒之輩，可以和姜子牙抗衡。」

韓榮見兒子這麼說，心裡略感欣慰：「沒想到我們韓家也有如此講義氣的後人。」

韓升從書房取出一個紙做的風車，當中有個轉盤，上面有四面幡，分別寫著「地、水、火、風」四個字。

韓榮好奇地問：「兒子，這是什麼東西？」韓升說：「父親，這個寶貝叫萬刃車。讓孩

兒給您展示一下寶貝的威力。」

韓升兄弟披髮仗劍，口中念念有詞，頃刻間只見雲霧升起，陰風慘慘，火焰沖天，半空中有無數的刀刃飛出，韓榮見狀驚歎不已。

韓榮急忙問：「兒子，這個法術是從哪兒學來的？」

韓升回答：「有一年父親到朝歌朝覲，我們弟兄閒來無事，在家裡玩耍。當時來了一個頭陀，自稱法戒。我們見法戒外形與眾不同，就認他做了師父。當時法戒對我們說：『姜尚日後一定會兵犯汜水關，我給你們一個法寶來對付他。』沒想到今天果然應驗了。」

韓榮大喜，急忙問：「你有多少人馬？」韓升說：「萬刃車有三千輛，足夠應對姜子牙的六十萬大軍。」韓榮高掛免戰牌，挑選了三千士兵給韓升兄弟訓練。

過了十四天，韓榮終於摘下了免戰牌。姜子牙命令魏賁出戰。

韓升和魏賁大戰了三十回合，之後韓升偷偷地向韓變打了個手勢。韓變急忙讓三千名士兵推出萬刃車。一時間風火齊至，烈焰沖天。周軍被萬刃車殺得大敗，折損了七八千人。

姜子牙沒想到韓榮還有這樣的實力，見自己的士兵損失慘重，心裡萬分難過。

韓氏父子大獲全勝，回城慶祝。韓變對韓榮說：「我們不如趁熱打鐵，今晚姜子牙一定不會防備，我們天黑以後用萬刃車殺周軍一個片甲不留。」韓榮聽後大喜。

當晚二更時分，韓氏父子帶領人馬悄悄來到周營外面。姜子牙心情煩躁，放鬆了警惕。

城中百姓都十分歡迎周軍，歡天喜地地拿出好酒好肉招待西岐的將士。

韓榮確認姜子牙沒有安排伏兵之後，立即下令進攻。

一時間，炮聲滾滾，殺聲震天。周軍被殺得措手不及，大家都倉皇逃竄。周軍向西逃跑，一直跑到金雞嶺，遇到了從西岐運糧來的鄭倫。鄭倫見周軍潰敗，急忙催開金睛獸助陣。他用鼻子射出白光，把韓升和韓變射到了馬下。

三千士兵見主將被擒，萬刃車的法力也隨之化解，紛紛向汜水關的方向逃跑。韓榮聽說兒子被擒，只好收兵回城。

姜子牙給鄭倫記了大功，重整旗鼓回到汜水關下。他命令手下把韓氏兄弟推到陣前。韓榮看到兩個兒子蓬頭垢面，被五花大綁，急忙對姜子牙說：「姜丞相，我兩個兒子冒犯了虎威，請您高抬貴手放過他們，我願意獻出城池讓您通過。」韓升大喊：「父親不可如此啊！我們生是商臣，死是商鬼，只恨不能把姜尚老匹夫碎屍萬段。」姜子牙命令把兩個人就地正法。

韓榮見兒子被殺，心如刀絞。他大叫一聲，從城樓上一頭摔下以死殉國。姬發很欽佩韓榮父子的大義，讓手下厚葬了父子三人。

城中百姓都十分歡迎周軍，歡天喜地地拿出好酒好肉招待西岐的將士。

此時太乙真人正在洞內靜坐，白鶴童子忽然來到，對真人說：「玉虛宮老爺請師叔下山，共破誅仙陣。」真人領旨，把哪吒叫到身邊，說：「你的傷也痊癒了，現在大敵當前，闡教門人都要下山出力，這也正是你建功立業的時候。臨行前把這三枚紅棗吃了吧。」

哪吒謝過師父，把棗吞下。誰知竟長出了八條胳膊。另外還多長了兩顆腦袋。哪吒抱怨道：「師父，我長這麼多胳膊，也太不方便了。」太乙真人笑著說：「我還會傳授你隱藏三頭八臂的方法，可以和正常人一樣。」哪吒大喜，急忙感謝師父。太乙真人把九龍神火罩和陰陽雙劍也交給哪吒，加上原來的乾坤圈、混天綾、金磚和兩把火尖槍，共是八件兵器。

哪吒辭別師父，回到周營。守營的士兵見哪吒三頭八臂，青面獠牙，都嚇了一跳。最後李靖出來，哪吒才收了法術，現出原形。眾位門人見哪吒學成了新的法術，都羨慕不已。

第七十七回　老子化三清

姜子牙帶領大軍來到界牌關下，他猛然間想起元始天尊「界牌關下遇誅仙」的話，於是命令大軍停止前進，在原地安營紮寨。

果然，闡教諸仙陸陸續續來到周營。陸壓道人對姜子牙說：「誅仙陣後，要到萬仙陣大家才能再次相會了。」

多寶道人見闡教門人都已經來到，便作法現出了隱藏在紅光裡的誅仙陣。眾仙向陣內望去，只見陰雲慘慘，怪霧盤旋。燃燈道人說：「此陣果然險惡，大家一定要格外小心。」

闡教諸仙來到陣前，看到四個方向分別掛著一把寶劍。

多寶道人見眾人來觀看誅仙陣，笑著說：「闡教的道友們，這陣不是你們破得了的。我勸你們趕緊回到各自的洞府吧。」他突然看到了廣成子，大罵：「廣成子，你不能走。」

廣成子大怒：「多寶道人，這裡不是碧遊宮，容不得你撒野。」

說著兩個人就在陣前動手打起來。廣成子祭起翻天印打傷了多寶道人。

第二天，元始天尊和通天教主先後駕臨界牌關。

通天教主對元始天尊說：「師兄，你也來了。」

元始天尊說：「賢弟，當初我們在你的碧遊宮商議封神榜的時候，已經達成了一致：根行深的成仙道，稍次些的成神道，淺薄的成人道。紂王無道，氣數已盡。周主仁明，理應得到天下。你既然知道，就不該阻止姜尚。而你不僅縱容弟子破壞姜尚東征，還擺下這誅仙陣，真是罪大惡極。」

通天教主冷笑道：「師兄，你不要責怪我，先問問廣成子是怎麼回事吧。」

廣成子把自己三進碧遊宮的事情向元始天尊講述了一遍。

元始天尊聽完，對通天教主說：「賢弟，你一定是誤會了廣成子。這分明是你的弟子不講道理，挑撥離間。」

通天教主生氣地說：「好，既然師兄袒護你的弟子，我也要替我的門人出頭，我們只管在誅仙陣內見個高下。」

元始天尊說：「你執意如此，我當然奉陪。」說完，跟隨通天教主進了誅仙陣，四處觀察了一下。

元始天尊看過了誅仙陣，回到姜子牙為眾仙搭建的蘆蓬。南極仙翁問：「師父，您為什麼沒有破陣？」元始天尊說：「古人云：『先師次長』，我雖然是一教之主，畢竟還有師兄，要請示之後，才能動手。」

他話音剛落，老子騎著青牛來到界牌關。眾仙急忙行禮。

老子說：「通天賢弟擺出誅仙陣阻止周兵，不知道是什麼用意，我去問個明白。他如果肯改過，自然相安無事，如果不肯認錯，就把他帶到紫霄宮去見師父。」

第二天，兩個教主駕著彩雲來到陣前。通天教主見老子也來了，上前見禮。

老子說：「賢弟，我們三人共立封神榜，都是應上天之數。你怎麼能出爾反爾？」

通天教主說：「大師兄有所不知，二師兄的門人一向瞧不起我們截教。廣成子三進碧遊宮侮辱我們，實在可惡。如果把廣成子交給我處置，我一定收回誅仙陣，否則就別怪小弟翻臉無情。」

老子說：「通天，別說廣成子是否說了那些話，就算他真說了，也罪不至死。你因為這事就逆天行事，未免太不妥當了。你如果聽我良言相勸，速速撤去誅仙陣，回到碧遊宮悔過，你還可以繼續掌管截教。否則，我把你帶到紫霄宮交給師父，把你貶入輪迴，永世不能再回碧遊宮。」

通天教主大怒：「李聃！我和你一同修道，你怎麼能這麼對我。既然如此，就破了誅仙陣再說吧。」

老子笑著說：「這有何難。到時候你不要後悔。」說完，騎著青牛從西方進入陣裡。老子展開了太極圖，化成一座金橋，老子通過金橋，進了陷仙門。

通天教主見老子進陣，把雙手一拍，震動了陷仙劍。這若換成旁人，早已經身首異處。老子哈哈大笑道：「雕蟲小技而已。」說著舉起扁拐砸向通天教主。通天教主見老子進陣如入無人之境，不覺滿臉通紅，急忙用手裡的寶劍招架。二人在誅仙陣裡各施神威。

老子的頭上現出玲瓏寶塔，抵擋住誅仙陣裡的雷鳴風吼。老子思忖：「通天只知道練習道術，卻不知道修身，我讓他見識一下玄都紫府的手段。」想罷，老子騎牛來到圈外，從頭上冒出三道清氣，化為三清。

通天教主正和老子打鬥，忽然看到東、南、北三個方向來了三個道人，口中都高喊：「李道兄，我們來助你一臂之力！」通天教主大吃一驚，高聲斷喝：「你們是誰？」老子哈哈大笑：「他們是上清、玉清、太清。」

四位天尊圍住通天教主，忽上忽下，忽左忽右。通天教主漸漸只有招架之功，沒有還手之力。

第七十八回　大破誅仙陣

老子一氣化出的三清其實都是他的元氣，雖然有形有色，卻無法傷害通天教主。老子見通天教主已經被迷惑住，便收了法術，用扁拐重重地打了他三下。

多寶道人見師父吃了虧，大喊：「師伯，不要傷我師父！」說罷，仗劍刺向老子。

老子哈哈大笑：「你這小輩也來湊熱鬧，讓我教訓你一下。」說完就讓黃巾力士把多寶道人捉回自己的玄都洞，等候發落。老子捉住了多寶道人，無心戀戰，飄然離開了誅仙陣。

元始天尊見老子出陣，上前說：「師兄，這誅仙陣有四扇門，只有和我們功力相仿的人才可以破陣。」老子說：「你說得沒錯。我們的門人經不住四把寶劍的威力。可現在只有你我二人，破陣的事情還需要從長計議。」

兩個人正在討論，廣成子上前稟報：「二位師父，西方教的準提道人來了。」二人一聽，急忙出來迎接。

老子笑著說：「道兄來到此處，無非是為了破誅仙陣，收和西方教有緣的人。」

準提道人說：「不瞞道兄，貧道在西方向東觀看，見此地有數百道紅光沖天，就知道有緣人在這裡，因此特來度人。」

老子說：「道兄來破陣，正應了上天之兆。」

準提道人問：「這陣裡有四口寶劍，都是開天闢地時的寶物，怎麼都到了截教的手裡？」

老子回答：「當時有一個分寶岩，我師父在那裡分寶鎮壓各處的妖魔。後來都被我師弟通天教主得到。沒想到今天他竟然用這四口寶劍擺下誅仙陣。」

準提道人說：「既然如此，貧道回西方找我師兄接引道人，我們四人共同破陣。」老子聽後大喜。

准提回到西方，向接引說明了來由。接引道人說：「我從來沒有離開過西方，恐怕不妥。」準提道人急忙勸道：「師兄，要破此陣，必須你親自出馬，還可以會一會和我教有緣的人。」接引道人思考了一會兒，點頭答應。

元始天尊見接引道人也來助陣，高興地說：「如今四個教主已經聚齊，不如早點破陣。」

老子說：「你先選四個弟子出來，教他們破陣的方法。」

元始天尊選了玉鼎真人、道行天尊、廣成子和赤精子四人，在他們的手心裡畫了符印，把破陣的方法告訴他們。然後又對燃燈道人說：「你負責盯住通天教主，他如果逃跑，就用定海珠打他。」

第二天，通天教主見西方教的兩個聖人也來助陣，生氣地說：「我們截教與你們西方教井水不犯河水，為什麼要來與我為敵？」

準提道人說：「通天道友，你不必強詞奪理。我們四人今天就破了你的陣。」

通天教主氣勢洶洶地說：「既然如此，今天就和你們一較高低！」

四個教主分別從四個方向進了誅仙陣。通天教主見四人入陣，立即在中央的八卦台上用雙手發出霹靂，震動四把寶劍。元始天尊見誅仙劍指向自己，口裡念念有詞，頭頂升起千朵金花，擋住了誅仙劍；接引道人的頭上現出三顆舍利子，把戮仙劍牢牢地釘住；老子的頭上現出玲瓏塔，寶塔射出的萬道金光使陷仙劍無法進攻；準提道人用七寶妙樹放出千朵青蓮，擋住了絕仙劍。

四個教主來到陣中，把通天教主圍在中心。經過一番激戰，通天教主寡不敵眾，被四人打傷，於是急忙藉土遁逃跑。燃燈道人見通天教主要跑，連忙祭起定海珠打到他的身上。

得到元始天尊符印護身的廣成子四人見通天教主離開了誅仙陣，便一齊衝進陣裡，奪走了四把寶劍。

截教眾仙見師父逃跑，誅仙陣被破，紛紛連忙回到各自的洞府。

四位教主和闡教眾仙也辭別了姜子牙，各自回山去了。

通天教主吃了大虧，心裡憤憤不平。他在紫芝崖建了一座壇，在中央立了一個「六魂幡」，上面寫著四位教主、姬發、姜子牙六人的姓名。他早晚搖動六魂幡，打算報仇雪恨。

界牌關的總兵徐蓋見周軍破了誅仙陣，急忙向紂王告急。

紂王看了信，大吃一驚，悶悶不樂地回到後宮。妲己見紂王愁眉苦臉，便上前詢問。紂王向妲己說戰況，妲己便勸道：「大王，不要相信那些守關將士的胡言亂語，他們只不過是想用謊話騙錢而已。」紂王問：「如果以後還有人請求支援怎麼辦？」妲己說：「我們斬了這個送信的人，以後就沒人敢效仿了。」

紂王的叔叔箕子聽說紂王斬了前方送信的人，急忙來到內宮找紂王：「大王，界牌關來人告急，您為什麼不援助，反而斬了來使？」紂王不以為然地說：「皇叔有所不知，前方將士實在可惡。他們以為我不在前線，就可以用虛假的情報來欺騙我。因此斬了來使，殺一儆百。」

箕子說：「大王，姜尚興兵六十萬，在三月十五日金台拜將，這件事天下無人不曉。最近又接連攻克了佳夢關、青龍關和汜水關，您殺了來使，恐怕只會令將士寒心啊！」

紂王說：「姜尚不過是個算命的術士，能有什麼本事。況且還有四關、黃河和孟津阻攔他們。皇叔儘管放心就是。」箕子見紂王冥頑不靈，只得歎息一聲回到府中。

徐蓋見姜子牙率領大軍來到城下，急忙加緊防守。

第二天，魏賁主動請纓，來到城下挑戰。

徐蓋對手下將士說：「紂王聽信讒言，殺了我派出求救的人。他這麼做就是自取滅亡，不能怪我們不忠。如今天下歸周，界牌關眼看就守不住了，大家要做好準備。」

大將彭遵說：「將軍這麼說可就不對了，我們都是紂王的臣子，理應以死報國。末將願意打頭陣。」說完，他便披掛上馬，出城迎戰。

兩員猛將在城下大戰了三十回合。彭遵不是魏賁的對手，虛掩一槍向南敗走。魏賁見彭遵逃跑，急忙追趕。彭遵見魏賁追來，從囊中取出法寶「菡萏陣」。這個寶貝按照八卦的方位排成陣型。魏賁不知底細，一頭衝進陣裡，便被困住。彭遵藉機作法，將魏賁連人帶馬殺死在陣中。

次日，蘇護的副將趙丙和孫子羽奉命挑戰，徐蓋手下大將王豹自告奮勇下城迎戰。王豹會用雙手發雷，趙丙和孫子羽不敵，雙雙死在陣前。

姜子牙見周營損兵折將，心中很是憂慮。第二天，彭遵下城挑戰，姜子牙便派出雷震子應戰。彭遵再次施展法術，可他的法術對雷震子絲毫不起作用，反而被雷震子的金棍打得腦漿迸濺。

王豹見彭遵陣亡，勃然大怒，騎馬來戰雷震子。這時哪吒早已按捺不住，自己上前迎戰王豹。五個回合後，不等王豹作法，哪吒就使出乾坤圈砸死了王豹。

第七十九回　穿雲關四將被擒

徐蓋見兩員副將都戰死陣前，心裡暗想：「這兩人不識時務，自取滅亡。我不如投降姜子牙，免得生靈塗炭。」就在他猶豫的時候，那個叫法戒的頭陀來到了界牌關。

第二天，法戒一個人來到周營，點名叫雷震子出來。

雷震子聽見法戒向自己挑戰，不禁大怒，展開雙翅來戰法戒。

法戒從懷裡取出一面小幡，對著雷震子搖了搖。雷震子立刻頭暈目眩，栽到地上。徐蓋急忙命令士兵把雷震子捉回界牌關。

哪吒見雷震子被抓，大罵道：「妖道，你用了什麼邪術害我道兄？」說罷，挺槍刺向法戒。法戒自知不是哪吒的對手，急忙揮舞小幡。哪吒是蓮花化身，沒有受到絲毫影響，趁機舉起乾坤圈砸到法戒的肩膀。法戒連忙駕土遁逃跑。

第二天，姜子牙催開四不像來戰法戒。兩個人打了十個回合，姜子牙祭起打神鞭要打法戒。原來法戒不是封神榜上的人，打神鞭對他不起作用，還被法戒收走了打神鞭。

楊戩、土行孫和鄭倫三個督糧官都在這個時候來到軍營。他們見姜子牙的打神鞭被法戒收走，一起上前迎敵。

鄭倫為了搶得頭功，用鼻子射出白光，把法戒捉回了軍營。

姜子牙見法戒被抓，心中大喜，忙令刀斧手把法戒斬首示眾。這時，準提道人來到周營。他對姜子牙說：「法戒逆天行事，按罪當斬。但他封神榜上無名，和我西方教有緣。貧道懇請子牙公高抬貴手，把他交給我處理。」姜子牙聽了只好點頭答應。

徐蓋見法戒被擒，急忙讓人釋放了雷震子，打開城門投降西周。

姜子牙大喜，重賞了徐蓋，帶領大軍向穿雲關進發。穿雲關的守將叫徐芳，是徐蓋的弟弟。他聽說徐蓋降了周，大罵道：「這個懦夫，把我們家的臉面都丟盡了。」

姜子牙帶領大軍來到穿雲關下，他看了看手下眾將，問道：「哪位將士願打頭陣？」徐蓋說：「啟稟元帥，穿雲關主將是末將的弟弟。末將願意進城勸他投降。」姜子牙高興地說：「將軍如果遊說成功，那是再好不過。」

徐蓋來到城下，守兵認得徐蓋，急忙打開城門。徐芳見哥哥來到，不由分說，下令手下士兵把徐蓋五花大綁，投入監牢。之後，徐芳手下的副將馬忠下城挑戰。姜子牙見對方派人來挑戰，知道徐蓋凶多吉少，急忙讓哪吒迎戰。

馬忠知道自己不是哪吒的對手，就在陣前虛晃一招，騙哪吒來追。他趁機回頭把嘴一張，噴出一道黑煙。哪吒見對方使用左道邪術，馬上變出三頭八臂保護自己。馬忠大吃一驚，撥馬就跑。哪吒祭起了九龍神火罩，把馬忠連人帶馬燒成灰燼。

徐芳的副將龍安吉冷笑著說：「馬忠仗著會噴黑氣，就想打敗哪吒，真是癡心妄想。末將明天下城捉幾個周將回來。」

第二天，龍安吉披掛上陣，下城挑戰。黃飛虎騎著五色神牛出營迎戰。

龍安吉大罵道：「叛賊，我正好捉你回去領賞。」黃飛虎大怒，舉槍便刺向龍安吉。龍安吉暗中取出一個圈子，祭到空中，大喝一聲：「黃飛虎，看我的寶貝。」黃飛虎不知道是何物，抬頭一看，立刻就從五色神牛上跌落下來。次日，洪錦迎戰。他見到龍安吉冷笑道：「龍安吉，看到故主，還不投降。」

龍安吉罵道：「反將洪錦，廢話少說，今天就是你的死期。」兩個人刀斧並舉，大戰了三十回合後，龍安吉又祭起了那個圈子，洪錦也同樣中招，被捉回敵營。徐芳見龍安吉連捉兩名大將，心中大喜，在城中擺宴犒勞龍安吉。

第三天，南宮适催馬來戰龍安吉，也中了圈子的邪術，被捉回穿雲關。哪吒怒不可遏，不等姜子牙同意，就踏上風火輪來戰龍安吉。

龍安吉不知道哪吒是蓮花化身，依然故伎重演。哪吒祭起乾坤圈，把龍安吉的圈子打落在地。龍安吉見勢不妙，撥馬就跑。哪吒哪裡肯放，祭起金磚，就將龍安吉打死在陣前。

第八十回　楊任破呂岳

徐芳聽說龍安吉被殺，大吃一驚，不知如何是好。正在這時，呂岳來到穿雲關。

第二天，呂岳獨自來到周營前，要姜子牙出來答話。

姜子牙帶領眾多門人來到軍前，見是呂岳，便笑說：「呂道友，你這人真是不知好歹。之前你已經輸給我，現在怎麼還厚著臉皮回來。我勸你趕緊離開，免得白白送了性命。」

呂岳冷笑道：「姜尚，今天還不知道是誰要送命。」

闡教門人早已按捺不住，大家一擁而上，把呂岳團團圍住。呂岳登時現出三頭六臂，祭起列瘟印把雷震子打落下來，韋護急忙把雷震子救回軍營。姜子牙趁亂祭起打神鞭打傷了呂岳。

徐芳見呂岳受傷，關切地問候：「道長受苦了。」呂岳笑著說：「不妨事。我正在等一個道友來助陣。」過了幾天，果然有一個叫陳庚的道人來到穿雲關，對呂岳說：「都是為了那個寶貝才耽誤了事情。」

第二天，呂岳又來到周營前挑戰。恰好楊戩督糧來到。呂岳對姜子牙說：「姜尚，我和

你有血海深仇。今天我擺出一陣，你如果認識，我立即降周伐紂；否則，別怪貧道無情。」

姜子牙帶著哪吒和楊戩進入陣內，看了許久，也不知道是什麼陣。就在姜子牙焦躁的時候，猛然間想起元始天尊的話：「界牌關遇誅仙陣，穿雲關下受瘟癀。」於是低聲對楊戩說了自己的猜測。楊戩點了點頭，輕聲說：「師叔，讓弟子來說。」於是三個人回到陣前。

呂岳笑著問：「子牙公，認得這陣嗎？」

楊戩冷笑道：「呂道長，這不過是雕蟲小技，有什麼奇怪的。」

呂岳哼了一聲：「那你倒是說說看。」

楊戩說：「這不就是瘟癀陣嘛，我看你還沒有把陣練好。等你練好後，我再去破你的陣好了。」

呂岳聽了楊戩的話，頓時面如土色，半晌說不出話來。楊戩回到軍營，大家都誇獎他的機智。

姜子牙對門人說：「咱們雖然一時猜出了呂岳的陣，但畢竟還沒有破陣的方法。」哪吒說：「師叔，連十絕陣和誅仙陣那樣凶險的陣都被我們破了，別說呂岳的瘟癀陣了。」姜子牙說：「人無遠慮，必有近憂，我們不能因為瘟癀陣小就輕敵。」

大家正在討論，雲中子來到周營。姜子牙高興地說：「道兄一定是為了破陣而來。」雲中子說：「你有百日之災。災滿以後，自然有人來破陣。」姜子牙說：「既然如此，我甘願承受。這一百天請道兄代理元帥之職。」說完，把劍印交給雲中子掌管。

陳庚把自己的二十一把瘟癀傘安放在陣內，按照九宮八卦的方位擺放。呂岳和陳庚正在忙著布陣，聽說一個叫李平的道人來找，呂岳高興地迎出來說：「李道兄到此地，一定是來助我一臂之力的。」李平搖著頭說：「錯了。貧道特來勸道兄住手。武王伐紂是順應天意的事情。再說姜子牙有闡教眾仙幫忙，連十絕陣和誅仙陣都能破解。我們都是清淨閒散的人，還是不要蹚渾水為妙。」呂岳大笑道：「李兄，你說得不對。你就看我如何把姜子牙的大軍殺個片甲不留吧！」

呂岳擺好了瘟癀陣，給姜子牙下了戰書。姜子牙進陣前，雲中子在他的前心、後心和頭頂各寫了符印，又拿出一粒丹藥讓姜子牙吞服。

呂岳在陣前大笑：「子牙公，你敢進我的陣嗎？現在求饒還可以放你一馬。」

姜子牙說：「呂岳，你擺這惡毒的陣，早晚會自食其果。」說完，姜尚逕直進入瘟癀陣。

呂岳見姜子牙入陣，立即撐開了瘟癀傘，陣內立刻變得天昏地暗。姜子牙在陣中急忙用杏黃旗護住身體。

呂岳見姜子牙困於陣內，來到外面對周軍大喊：「姜尚已經死在陣裡，快叫姬發也出來送死！」雲中子急忙安慰大家道：「不要聽信呂岳的話。子牙公只是有這百日之難，難滿就會離開瘟癀陣。」姬發難過地說：「一百天沒有飲食，那相父還能活命嗎？」雲中子笑著

呂岳見姜子牙入陣，立即撐開了瘟癀傘，陣內立刻變得天昏地暗。姜子牙在陣中急忙用杏黃旗護住身體。

說：「大王在紅沙陣的時候，不也經歷過百日之災嘛。」姬發恍然大悟，才鬆了一口氣。

徐芳趁著姜子牙被困，命令大將方義把黃飛虎四人押解到朝歌。過了一段時日，清虛道德真君在洞中掐指一算，知道姜子牙百日之災將滿，便對楊任說：「姜子牙在穿雲關有難，到了你下山興周滅商的時候了。」楊任說：「師父，弟子是文官出身，不懂打仗的法術啊！」真君笑著說：「這有何難，我來教你。」真君帶著楊任來到後洞，把「飛電槍」、「五火神焰扇」和雲霞獸都傳給了楊任，又傳授了槍法。楊任下山前，真君說：「你先到潼關營救黃飛虎。然後裡應外合，協助周軍攻破穿雲關。」

楊任跨上雲霞獸，霎時到了潼關。他看到方義的人馬來到，就站在道路中間阻擋他們前進。方義見楊任的眼眶裡長出兩隻小手，手心裡長著眼睛，不由得大吃一驚。他壯著膽子問：「攔路的是什麼人？」

楊任終究是文官出身，彬彬有禮地說：「我是上大夫楊任。你現在放了周將，就饒你一條性命。」

方義見對方雖然長相古怪，但說起話來細聲細語，就不把楊任放在眼裡，大罵道：「你這逆賊，吃我一槍。」

楊任見方義執迷不悟，便取出五火神焰扇一扇，就將方義連人帶馬燒成灰燼。其他將士見主將被燒死，嚇得四散奔逃。

黃飛虎見楊任相貌非凡，急忙問：「仙長怎麼稱呼？」

楊任和黃飛虎曾同朝為官，忙上前說：「黃將軍，我是被紂王剜去雙目的楊任啊！」

黃飛虎聽了大喜，忙將楊任引薦給眾人。楊任對眾人說：「眾位將軍先回到穿雲關，藏在百姓家裡。等我破了呂岳的陣，你們可以作為內應，裡應外合，攻下穿雲關。」

楊任來到周營，雲中子高興地說：「你來得正好，子牙公還有三天就滿百日之災了。」

第八十一回　潼關遇痘神

三天後，楊任騎著雲霞獸來破瘟癀陣。呂岳見對方只是清虛道德真君的弟子，冷笑道：「你不過是個無名小輩，也敢來破我的瘟癀陣？」

兩個人打了五個回合，呂岳虛掩一劍，跑進了瘟癀陣。楊任也跟著進了陣。呂岳撐開瘟癀傘想罩住楊任。楊任把五火扇一搖，瘟癀傘立刻被燒成灰。李平跳進陣裡，打算勸阻呂岳，不幸也被燒死。

陳庚大怒，衝上來大戰楊任，被楊任一扇子燒成灰燼。呂岳在八卦台上見勢不妙，急忙念動避火訣。可楊任五火扇扇出的火不是凡間的火，避火訣根本不起作用。呂岳連同八卦台一同變成灰燼。

楊任破了瘟癀陣，見姜子牙還罩在杏黃旗的下面，便急忙把他攙扶起來帶回了軍營。雲中子取出丹藥放進姜子牙嘴裡，不一會兒，姜子牙就甦醒過來。楊任向姜子牙說明了來由。姜子牙聽說黃飛虎等人藏在城裡，心中大喜，急忙下令攻城。徐芳見瘟癀陣被破，心

裡十分驚慌。他聽見周軍攻城，立即命令士兵防守。雷震子飛到城上，把城樓上的守軍打得四散而逃。哪吒用金磚砸開了城門，帶領周軍一擁而入。

黃飛虎四人聽見殺聲四起，知道周軍已經進攻，逕直來到城樓上，將徐芳擒獲。姜子牙見徐芳被抓，大罵道：「徐芳，你抓自己的兄長，簡直禽獸不如！」於是下令將徐芳斬首。

姜子牙率周軍攻克了穿雲關，立即整頓軍馬來到潼關。

潼關的守將叫余化龍。余化龍有五個兒子，分別叫余達、余兆、余光、余先、余德。除了余德在外拜師學藝，其他幾個兒子都在潼關駐守。余氏父子個個驍勇善戰，余達和余兆分別斬殺了太鸞和蘇護。蘇全忠也險些被余光殺死。

第三天，余化龍的四個兒子一起出戰。混戰中，蘇全忠被余達打傷，楊戩的哮天犬咬傷了余化龍，哪吒用乾坤圈砸傷了餘先。余化龍父子受了傷，掛起免戰牌。就在兩軍僵持的時候，余德回到了潼關。余德見父親和哥哥受傷，便取出丹藥讓兩人服下，兩人的傷立即痊癒了。

次日，余德一人來到周營前挑戰。姜子牙見余德一身道士的打扮，好奇地問：「道者從哪裡來？」余德罵道：「老匹夫，我是余元帥的五子余德。楊戩和哪吒傷了我父親和大哥，今天特來為他們報仇。」

姜子牙一聲令下，李靖父子、楊戩、韋護、雷震子全部衝出去，把余德圍在當中。楊戩眼尖，見余德渾身上下被浊氣籠罩，知道是左道之士。於是偷偷取出彈弓，用金丸擊中了余

一更天時，余德取出一些粉末，對四個哥哥說：『把這些粉末撒到周營，七天後他們就會死得乾乾淨淨。』

德的後心。余德大叫一聲，藉土遁逃回城裡。

回城後，姜子牙對門人說：「我師父囑咐我的第三句是『謹防達兆光先德』，一定是指余化龍的五個兒子。看來他們果然不是等閒之輩。咱們一定要多加小心。」

余德回到城裡，對姜子牙恨得咬牙切齒。他對四個哥哥說：「我有一個辦法，管保讓周軍片甲不留！」

一更天時，余德取出五塊方布，分別是青、黃、紅、白、黑，在裡面裹了一些粉末。他對四個哥哥說：「我們把這些粉末撒到周營，七天後他們就會死得乾乾淨淨。」

三天後，周營的人渾身上下的皮膚

都長出顆粒物，還伴隨著燥熱。只有哪吒是蓮花化身，不受影響。楊戩因為早已做好準備，獨自住在營外，也安然無恙。

第五天，所有人的皮膚都變成了黑色。楊戩和哪吒商量：「和呂岳當年毒害西岐一樣。只是那時候我們還有城牆防護，現在在平地安營紮寨，如果余家父子衝殺過來，大家都手無縛雞之力，只有等死。」

第七天，黃龍真人和玉鼎真人來到周營。他們對姜子牙說：「子牙公，到今天你七死三災已滿。」接著玉鼎真人就讓楊戩到火雲洞去尋找解藥。

楊戩來到火雲洞，向三皇叩拜後，把情況詳細說給三位聖人。伏羲氏聽完，對神農氏說：「如今武王有難，我們不能不救。」神農氏取出解藥交給楊戩。

楊戩接過解藥，好奇地問：「這個解藥怎麼使用？」伏羲氏說：「把解藥用水化開，灑到軍營裡就可以了。」楊戩又問：「不知道這個病叫什麼？」伏羲氏回答：「這個病叫痘疹，是非常厲害的疫病。」楊戩說：「如果這個病傳到人間怎麼辦？」神農氏笑著說：「你跟我來。」

神農氏在洞外的紫雲崖拔了一根草交給楊戩，囑咐道：「你把這草傳於後世，就可以治療痘疹了。」

楊戩回到軍營，按照伏羲氏交給自己的方法，把藥水灑到軍營裡。痘疹的毒立即消退了。

第八十二回　大會萬仙陣

余化龍父子在關內等著周軍全部病死。到了第八天，他們來到城樓上向周營觀望。他們一看，不禁大吃一驚。只見周軍將士個個生龍活虎，軍營上空殺氣騰騰。

幾個人紛紛埋怨余德：「我們前幾天要劫營，你非要攔著我們，說七天後周軍會全部死光。現在可好，他們不僅沒死，反而比過去還要精神。」

余德默然不語，心中暗想：「我師父傳授的法術，怎麼會不準呢？這裡面一定有緣故。」於是對父親和哥哥說：「事已至此，埋怨我也沒用。我們不如趁著周軍的身體剛剛恢復，殺他們一個措手不及。」幾人也沒有別的辦法，只好披掛上馬，衝向周營。闡教門人早已經對余家父子恨得入骨，見他們殺來，不等姜子牙開口，就都一擁而上。在混戰中，韋護祭起降魔杵打死了余達，雷震子舉金棍砸死了余光，楊任用扇子燒死了余先和余兆，姜子牙祭打神鞭打中余德，李靖趁機一戟刺死余德。余化龍見五個兒子相繼陣亡，向著朝歌的方向大喊：「大王，老臣不能守護城池，五個兒子都已經為國捐軀，臣只有以死報效國家了！」

姜子牙大喜，急忙安排楊戩和李靖搭建蘆蓬。蘆蓬搭好後，闡教眾仙紛紛來到。

說完，余化龍就拔劍自刎而死。

姜子牙見余化龍一門忠烈，命令左右將其父子厚葬。周營眾將身體虛弱，都在關內休養。

黃龍真人對姜子牙說：「前面就是萬仙陣了。萬仙陣十分凶險，可以請武王暫時留在潼關。我們在萬仙陣前搭設蘆蓬，迎接三教師尊和眾位道友。萬仙陣以後，我們這些人的劫數就會結束。」姜子牙大喜，急忙安排楊戩和李靖搭建蘆蓬。蘆蓬搭好後，闡教眾仙紛紛來到。燃燈道人說：「今日之會，正好完成我們一千五百年的劫數。我們就在這裡等候師父們。」

金靈聖母見燃燈道人頭頂現出三花，知道玉虛宮的門人都已經來到。她手裡發雷，展開了萬仙陣。闡教眾仙向陣裡觀望，只見萬仙陣內都是來自三山五嶽稀奇古怪的人。燃燈道人對道友們說：「我們闡教就這十幾個人，截教的人未免太多了，難免魚龍混雜。」

萬仙陣內一個叫馬遂的道人來到陣前，大叫道：「玉虛門下，你們在外面偷看我們的陣，敢不敢和我比個高低。」

黃龍真人應道：「馬遂，你不要口出狂言，貧道這就來會一會你。」

馬遂祭起一個金箍，把黃龍真人的頭緊緊箍住。黃龍真人急忙摘除金箍，可金箍卻像生了根一樣紋絲不動。

正在這時，元始天尊來到潼關。馬遂知道不能動手，自動退回了萬仙陣。元始天尊取下了黃龍真人頭上的金箍，對眾弟子說：「破了萬仙陣，你們就要各自回到自己的洞府，不要再過問紅塵的俗事了。」

第二天，老子和通天教主也陸續來到。

金靈聖母見師父來助陣，上前稟告：「師父，兩位師伯都已經到了。」通天教主說：「好，現在已是月缺難圓，這次大家可以一決雌雄了。」說完便讓長耳定光仙向老子和元始天尊下戰書。

次日，兩位教主帶領眾門徒來看萬仙陣，只見裡面陰雲慘慘，殺氣沖天。通天教主陰沉著臉對老子和元始天尊說：「兩位道兄又來湊熱鬧了。」

老子生氣地說：「三弟，你真是無賴之極，不思悔改。在誅仙陣你已經輸給我們，就應該潛心思過。沒想到這麼幾天你又擺出萬仙陣，實在罪不可赦。」

通天教主大怒：「只許你們縱容門人，就不許我幫弟子嗎？今天就和你們一決雌雄，大不了你再找準提道人幫忙，用加持杵打我。」

元始天尊笑著說：「廢話少說，現在就破陣。」他看了看弟子，問：「哪個願意打頭陣？」

赤精子自告奮勇：「弟子願意。」說罷，赤精子便縱身躍入陣內。突然一個長鬚黑面，穿著黑色袍服的道人攔住赤精子，大喝道：「赤精子，你敢來破我的陣？」

赤精子說：「烏雲仙，這裡就是你的死地。」烏雲仙大怒，仗劍就刺。

兩個道人打了五個回合，烏雲仙舉起混元錘把赤精子打倒在地。廣成子大喝一聲：「烏雲仙，不要傷我道兄。」五個回合之後，廣成子也被打傷，急忙向西逃竄。

通天教主吩咐：「不要放了廣成子。」烏雲仙領法旨，對廣成子緊追不捨。

烏雲仙正追廣成子，迎面遇到了準提道人，大罵道：「準提道人，你在誅仙陣打傷了我師父，今天又來搗亂，吃我一劍。」

準提道人把嘴一張，吐出了一朵蓮花，便擋住了劍。然後他笑著對烏雲仙說：「道友，你和我西方教有緣，和我一起回西方共用極樂吧。」烏雲仙大怒：「你想得美。」說罷，又刺了一劍。

準提道人說：「烏雲道友，我是大慈大悲，不忍心讓你現出原形。你盡早回頭才是明智，不要等到現了原形才追悔莫及！」

烏雲仙根本不理睬，接著又刺出一劍。準提道人用拂塵一掃，烏雲仙的劍就只剩下了一個劍柄。烏雲仙不甘心，又舉起了混元錘。準提道人說：「童兒快來。」水火童子手裡拿著竹枝來到準提道人身邊。

準提道人命令道：「用六根清淨竹來釣金鰲。」水火童子得令，將竹枝垂下。準提道人大喝一聲：「烏雲仙，此時不現原形，更待何時！」只見烏雲仙把頭一搖，變成了一隻金鬚鰲魚。水火童子騎上鰲魚便返回到西方八德池去了。

第八十三回　三大師收獅象犼

準提道人收了金鰲，來到萬仙陣前。通天教主見準提道人來助陣，大罵道：「準提道人，你在誅仙陣打傷了我，今天正好找你算帳。」

準提道人笑著說：「烏雲仙和我教有緣，已經被我的六根清淨竹釣進了西方八德池。一會兒還有和我西方教有緣的人出現。」

通天教主勃然大怒，打算出戰。虯首仙說：「師父息怒，讓弟子先會一會他們。」

虯首仙提著寶劍大叫：「誰敢來破我的太極陣？」

準提道人對文殊廣法天尊說：「文殊道友，你和虯首仙有緣，該你去破陣。」說罷就在天尊頭頂一指。天尊頭上立刻現出彩光。元始天尊把一面幡交給文殊廣法天尊，說：「這面盤古幡可以助你破陣。」

虯首仙見文殊廣法天尊進入陣內，立即作法。只見陣裡出現了數不清的兵刃。天尊展開盤古幡，鎮住了太極陣，然後祭起捆妖繩，把虯首仙捉回了蘆蓬。

元始天尊對虯首仙說：「孽障，還不現出原形！」只見那虯首仙就地一滾，變成了一隻青毛獅子。元始天尊對文殊廣法天尊說：「這就是你的坐騎。」

第二天，老子指著文殊騎著的青毛獅子對通天教主說：「你的門下不過就是這樣的妖怪，怎麼會成仙？」通天教主羞憤交加。

靈牙仙大罵道：「你們敢破我的兩儀陣嗎？」

元始天尊對普賢真人說：「你和此怪有緣。」

普賢真人領命，進入兩儀陣。他對靈牙仙說：「靈牙仙，你修煉千年才成人形，何苦不守本分。你如果執迷不悟，虯首仙就是你的下場。」靈牙仙大怒，揮舞兩把寶劍來戰真人。幾個回合後，靈牙仙口中念念有詞，調動兩儀陣的妙法，發出無數霹靂。普賢真人急忙祭起長虹索，捉住靈牙仙。

南極仙翁奉命用三寶玉如意把靈牙仙打出原形，原來是一頭白象，便交給普賢真人作為他的坐騎。

通天教主見青獅在左，白象在右，不覺大怒。金光仙喊道：「闡教門人不要逞強，你們敢破我的四象陣嗎？」元始天尊對慈航道人說：「此陣非你破不可。」

慈航道人飄然進入四象陣。金光仙雙手一拍，陣內立刻飛起無數法寶把慈航道人圍在當中。慈航道人現出法身，變成三頭六臂，雙目射出金龍，身體被萬朵蓮花護住。

金光仙見四象陣被破，轉身就跑。慈航道人祭起三寶玉如意，把金光仙打出原形，那金光仙原來是一隻金毛犼（ㄏㄡˇ）。慈航道人騎上金毛犼回到了蘆蓬下。

龜靈聖母見連損四人，不等通天教主發話，就衝到陣前。衢留孫上前抵擋。兩人打了十個回合，龜靈聖母祭起了日月珠。衢留孫不敢招架，向西敗走。接引道人擋在兩個人中間，對龜靈聖母說：「道友，我是西方教的教主。你修成人形，就該安分守己。聽我良言相勸，到西方極樂天修行，不要犯下大錯。」

龜靈聖母大罵：「你們西方教的人不要多管閒事！」說罷便祭起日月珠劈面打來。接引道人祭起念珠砸到龜靈聖母背上。龜靈聖母顯出了原形，變成了一隻大龜。

接引道人命白蓮童子把大龜帶回西方。哪知白蓮童子剛打開一隻小包，便從裡面飛出了一隻蚊妖，不一會兒就把那大龜吸成了空殼。

通天教主見接引道人也來了，大喊道：「接引道人，你在誅仙陣傷了我，現在又來破陣，實在可惡！」說完，揮劍來戰接引道人。兩人你來我往，打得天昏地暗。元始天尊看接引道人漸漸不敵，便急忙命令赤精子鳴金，讓接引道人回到軍營。

元始天尊對接引道人說：「道兄遠道而來，明天再戰不遲。」接引道人說：「貧道來這裡只是為了度有緣人。」

元始天尊拿出誅仙陣裡的四口寶劍，對赤精子、廣成子、玉鼎真人和道行天尊說：「你們四人等到我們四個教主入陣後，從陣內升起一座寶塔，立刻衝進陣裡祭起寶劍。」

周營眾將聽說明天要破萬仙陣，一個個都想去湊熱鬧。洪錦和龍吉公主也商量要去。

通天教主對長耳定光仙說：「明天我和你師伯動手時，會叫你搖動六魂幡，不得有誤。」

第二天，兩教對壘。通天教主說：「今天我們就來做個了斷。」洪錦夫妻不等姜子牙說話，就一起衝出去。兩個人各施神通，連殺了幾個截教仙人。兩個人正殺得眼紅，迎面遇到了金靈聖母。金靈聖母見兩個人殺了許多道友，心中大怒，祭起四象塔先後砸死了龍吉公主和洪錦。姬發聽說兩人陣亡，十分悲痛。

正在這時，只見萬仙陣內發出千道金光，中間出現了二十八個外形稀奇古怪的道人。老子對元始天尊說：「這些人正應二十八宿之數，通通都要封神。」

第八十四回　兵取臨潼關

元始天尊對闡教眾仙說：「今天你們的劫難都已經滿了，必須全部入陣，不得錯過。」姜子牙對哪吒等三代弟子們說：「大家也殺入陣內，增加法力。」話音剛落，陸壓道人駕一道長虹來到周營。

老子一聲令下，闡教的人便全部衝進了萬仙陣。老子和元始天尊圍住通天教主，文殊、普賢、慈航三位大士圍住金靈聖母。金靈聖母用玉如意招架三大士，沒有提防燃燈道人，竟被定海珠打死。

廣成子四個人見元始天尊發出了信號，立即祭起寶劍衝入萬仙陣。凡是封神榜上有名的人，都悉數被神劍砍死。

姜子牙祭起打神鞭，將陣中封神榜上的人，一鞭打死。楊任的五火扇把萬仙陣扇得烈焰沖天。通天教主見門人死傷無數，心中大怒。他急忙向長耳定光仙大喊：「搖動六魂幡！」

定光仙見闡教門人個個道骨仙風，心裡暗自佩服。他收起六魂幡，獨自來到闡教的蘆蓬

下面。通天教主喊了很久，回頭一看，發現定光仙已經投降，不由得勃然大怒。他知道大勢已去，只能勉強應對。結果再次被四位教主打傷，逃離了萬仙陣。

闡教的人破了萬仙陣，回到蘆蓬。老子看見了定光仙，問：「你是截教門人，為什麼躲在這裡？」

定光仙拜伏在地：「師伯在上，請恕弟子有罪！我師父打算用六魂幡來害你們。弟子見師伯們光明磊落，我師父一時糊塗犯下大錯，為了避免他一錯再錯，我就把六魂幡偷了出來。」

元始天尊稱讚道：「你身為截教弟子，竟能如此明白事理，實在難能可貴。快快起身！」

老子對定光仙說：「你把六魂幡上面武王和姜尚的名字拿下去，看看我們四人的法力。」

定光仙奉命取下姬發和姜子牙的名字，展開了六魂幡。只見四位教主各施神通，六魂幡根本傷不了他們。接引道人對定光仙說：「道友棄暗投明，一心向善，與我西方教有緣，就和我們一塊兒回西方極樂勝境吧！」

通天教主見門人不是上了封神榜，就是歸了西方教，心中憤憤不平，一心想要報復。

這時，正南方向出現了萬朵祥雲，只見一個道人手執竹杖緩緩走來。通天教主仔細一看，來人正是自己的師父鴻鈞道人，通天教主急忙倒身下拜。

鴻鈞道人說：「你為什麼擺下這個惡陣，令無數生靈塗炭？」通天教主辯解道：「兩位師兄欺辱我們截教，縱容徒弟辱罵我弟子，還經常殺戮我的門人，絲毫不念手足之情。」鴻鈞道人說：「你不要強詞奪理。明明是你縱容弟子下山和姜尚作對。你們三教共擬封神榜，雖然都是天數，但你還是有管教不嚴之過。你現在就跟我去向師兄們認錯。」通天教主不敢違抗師命，只好紅著臉跟隨鴻鈞道人來到蘆蓬。

通天教主來到蘆蓬外，看到哪吒在外面，便大聲說：「哪吒，快點通報老子和元始天尊，讓他們出來接老爺聖駕。」

老子和西方教主猛抬頭看見了外面的祥光，知道是鴻鈞道人來了，急忙叫上元始天尊出去迎接。這時所有的人都來到外面行禮。

鴻鈞道人說：「只因為闡教弟子犯了殺劫，導致兩教結仇。我今天來，就是為了化解你們之間的恩怨。」

西方教主也上前行禮。鴻鈞道人誇獎道：「西方極樂勝境真是福地啊！」鴻鈞道人來到蘆蓬中間坐好，所有人都侍立兩旁。鴻鈞道人說：「三個弟子過來。」老子等三人畢恭畢敬地站成一排。鴻鈞道人說：「從此以後，你們要不計前嫌，互敬互愛，不能再生禍患。」三個人點頭答應。

姜子牙帶領弟子回到潼關接姬發，稍作休整後，立刻向臨潼關進發。

鴻鈞道人帶著通天教主駕祥雲離開。接引道人、準提道人、老子和元始天尊也和眾人告辭，各自回山去了。

廣成子對姜子牙說：「子牙，我們今天與你告別，以後恐怕再也不會見面了。」姜子牙聽了心裡十分難過。

闡教眾仙離開後，陸壓道人對姜子牙說：「我們以後再難見面。前方還會有凶險之地，還會有人來救。我把這個寶貝送給你，以應對不時之需。」說完，陸壓道人把自己背著的葫蘆取下送給了子牙。

申公豹見大勢已去，急忙騎虎而逃。元始天尊截住申公豹，生氣地說：「你曾經發誓，說如果再挑撥離間就去塞北海眼。今天你還有什麼可說的？」申公豹啞口無言。元始天尊命令黃巾力士把申公豹塞入北海眼。

申公豹的靈魂也飛到了封神台。

姜子牙帶領弟子回到潼關接姬發，稍作休整後，立刻向臨潼關進發。臨潼關的守將叫歐陽淳，見周軍來到城下，急忙派先行官卞金龍出城迎敵。黃飛虎和卞金龍在城下大戰三十回合，黃飛虎故意露出個破綻，一槍刺死了卞金龍。卞金龍的長子卞吉見父親慘死，對黃飛虎恨得咬牙切齒。第二天，他獨自一人來到周營挑戰。

南宮适奉命迎戰。卞吉問：「周將報上名來。」南宮适笑著說：「我是西岐大將南宮适。」卞吉罵道：「今天暫且饒你一命，快讓黃飛虎出來送死。」南宮适看對方不把自己放在眼裡，頓時大怒，縱馬舞刀直奔卞吉。兩個人打了三十回合後，卞吉撥馬逃走，南宮适隨後趕到。卞吉暗中祭起法寶白骨招魂幡，南宮适立即昏迷不醒，被捉回臨潼關。

姜子牙聽說南宮适被擒，心中大驚，派黃飛虎出戰。卞吉看到仇人出來，開口大罵：「黃飛虎，你殺我父親，與我有不共戴天之仇，今天我要把你碎屍萬段。」兩個人打了三十回合，卞吉使出白骨招魂幡捉住了黃飛虎。黃明立刻上前營救，也被白骨幡迷昏。

姜子牙聽說連黃飛虎也被擒住，大吃一驚。周紀描述說：「我看到卞吉立起一面幡，全部由人的骨頭穿成，有好幾丈高。黃將軍從幡下經過，立刻倒在地上。」姜子牙說：「沒想到又遇到了會左道的敵人。」

次日，姜子牙親自帶領門人出戰。他看見白骨幡懸在空中，有千條黑氣。姜子牙說：「歐陽淳，五關現在只剩下臨潼關，你難道還要執迷不悟嗎？」歐陽淳大怒，派卞吉擒拿姜子牙。

雷震子以為只有從幡下經過才會昏迷，於是展開雙翅，舉棍砸向卞吉。沒料到卻被白骨幡四周的妖氣迷住，原來就算是從上空經過，也一樣逃不過。雷震子跌落下來，被商軍捉了去。韋護祭起降魔杵來打白骨幡。降魔杵雖然能鎮壓邪魔外道的人，對白骨幡卻不起作用，因此便落在白骨幡下面。

哪吒大怒，現出三頭八臂，大喝一聲：「不要囂張！」卞吉見哪吒如此外形，先是吃了一驚，兩個人打了十個回合，卞吉就被哪吒的乾坤圈砸傷了。

卞吉受傷後，周將一擁而上，把歐陽淳等人包圍在當中。混戰中，歐陽淳殺出一條血路逃回城裡，其他副將全部被消滅。

第八十五回　鄧芮歸周主

歐陽淳慘敗，馬上寫信向朝歌求援。紂王聽說周軍已經攻克了四關，不由得大吃一驚，急忙召集百官商量對策。

上大夫周通說：「大王，如今朝歌已經沒有能征善戰的人，只有鄧昆和芮吉忠心為國，可以派他們二人到臨潼關。」

紂王准奏，命令二人率領大軍向臨潼關進發。

土行孫催糧來到周營，看見韋護的降魔杵和雷震子的黃金棍都在白骨幡下，不知何故，他來到軍營向姜子牙詢問。姜子牙述說了白骨幡的厲害，土行孫不相信。

天黑後，土行孫來到幡下要拿降魔杵和黃金棍，剛到幡下就昏倒在地。臨潼關的士兵看見幡下睡著一個小矮人，立刻報告給歐陽淳。歐陽淳讓士兵去拿土行孫，可去的士兵都昏倒在幡下。歐陽淳沒有辦法，只好讓卞吉的手下來抬人。

歐陽淳問土行孫：「你是何人？」

土行孫裝糊塗說：「我見幡下有一根黃金棍，就想撿回家賣錢。」

歐陽淳大怒：「你當我是傻子嗎？你一定是姜子牙派出的密探。來人啊，把這人推出去斬首。」

行刑的士兵剛舉起刀，土行孫就地一扭身，立刻就不見了蹤影。

土行孫遁地回到周營，對姜子牙說：「這幡果然厲害，我剛到底下就睡著了。」姜子牙一時沒有對策，只好僵持在城下。

鄧昆和芮吉率領大軍來到臨潼關。歐陽淳看到援軍來到，大喜過望，將兩個人接進府邸，把戰況彙報給鄧昆和芮吉。

鄧昆聽說黃飛虎被捉拿，心裡暗吃一驚。原來兩人是親戚，其他人並不知道。他回到歐陽淳為自己準備的住所後，思考營救黃飛虎的方法。

第二天，兩軍對壘。鄧、芮二人見周軍威風凜凜、殺氣騰騰，三山五嶽的門人個個如蛟龍猛虎，不由得暗自佩服。

鄧昆說：「姜子牙，你率軍過關斬將，實在罪不可赦。」

姜子牙笑著說：「將軍你才是癡人說夢。紂王塗炭生靈，逆天行事，天下諸侯都會師孟津，打算推翻紂王的統治。你們現在還執迷不悟，實在是不明智啊！」卞吉大怒，縱馬出戰。哪吒現出三頭八臂踏風火輪抵擋。

歐陽淳看到援軍來到，大喜過望，將兩個人接進府邸，把戰況彙報給鄧昆和芮吉。

鄧、芮二人同哪吒大戰一番，竟然不敵哪吒一人，兩人立即鳴金收兵。回到城裡，兩人都起了投降西周的打算。鄧昆便命人把芮吉請到自己的住處，打算試探芮吉的意思。

兩個人幾杯酒下肚，芮吉便藉著酒勁，透露出棄暗投明的打算。鄧昆也趁機說明自己也正有此意。兩個人說來說去，認為缺少一個向姜子牙引薦的人。

說來也巧，當天晚上，姜子牙命令土行孫潛入臨潼關打探黃飛虎等人的下落。鄧昆和芮吉的對話全部被土行孫聽到。土行孫喜不自勝，看準時機鑽出地面，輕聲說：「我倒願意幫兩位這個忙。」

兩人突然聽到土行孫說話，嚇得差點大叫起來。土行孫急忙解釋：「兩位不要害怕，我是姜丞相的催糧官土行孫。將軍可以寫一封密信，我會交給姜丞相的。」鄧昆大喜，立刻寫了一封信，請土行孫轉交給姜子牙。土行孫回到營中，姜子牙看完鄧昆的信，不禁大喜過望。

鄧昆和芮吉商量後，對歐陽淳說：「我們兩個人奉大王之命來退周兵。前番交戰，還沒有分出勝負。這次要一鼓作氣，拿下周軍，早日回到朝歌向大王覆命。」歐陽淳聽後大喜。

鄧昆說：「這個白骨幡太擋道了，趕快把它撤走。」卞吉大驚，解釋道：「萬萬不可啊！這幡是無價之寶，全仗著它，周軍才不敢攻城。」芮吉說：「我們是大王派來的，總不能每次都繞道走吧？實在有失大王的威嚴。」卞吉說：「這個容易解決。將軍只要把末將畫的靈符放在頭盔裡，就可以安然無恙了。」兩個人聽後，心中暗喜。

鄧昆和芮吉把卞吉畫的靈符放進頭盔，從幡下經過。姜子牙派武吉裝模作樣地出去迎敵。打了十個回合，兩個人騎馬退回城內。姜子牙見兩個人在幡下來去自如，知道這裡面一定有奧妙，便派土行孫潛入城裡向鄧昆問個明白。

土行孫來到鄧昆的住處，好奇地問：「將軍，為什麼你們從幡下經過，卻沒有昏迷呢？」鄧昆說：「原來卞吉的白骨幡必須要有靈符才能通過。你只要把我的靈符交給姜丞相，他按照靈符多畫幾張，自然就可以破解白骨幡。」

姜子牙聽完土行孫帶來的消息，心中大喜，連忙根據卞吉的靈符，畫了相同的靈符分給門人。

第八十六回　五嶽歸天

第二天，姜子牙帶領將士來到臨潼關下挑戰。卞吉來到城下迎戰，被周將圍在當中。卞吉急忙從幡下經過，打算趁機捉住周將。可周將紛紛從幡下鑽過，全部安然無恙。卞吉大吃一驚，只好跑回城裡，緊閉城門。

鄧昆見卞吉雙手空空，心中暗喜。他陰著臉說：「將軍今天捉了幾員周將？」卞吉說：「末將的白骨幡今天突然失靈，不知是什麼原因。」鄧昆生氣地說：「胡說，你分明是不想捉住他們，打算投降周軍。來人啊，把這個叛徒推出去斬首！」可憐卞吉就這樣糊裡糊塗地做了刀下之鬼。

芮吉趁機對歐陽淳說：「將軍，如今殷商氣數已盡，紂王荒淫無道，八百鎮諸侯都已經歸順西周。周軍通過此關，就沒有了阻擋。我們不如把臨潼關獻給武王，共同倒戈對付紂王。」

歐陽淳大怒：「你們這兩個狗賊，原來是為了投降才冤殺了卞吉。我歐陽淳寧可粉身碎

骨，也不會辜負大王。」

鄧昆說：「既然如此，就別怪我們不講情面了。」說完，兩個人就同歐陽淳大戰起來。最終歐陽淳寡不敵眾，被芮吉一劍刺死。鄧昆見歐陽淳已死，便打開牢門，放出了雷震子等人。然後大開城門，迎接周軍進城。

姜子牙率領大軍過了臨潼關，就來到了澠池縣。

澠池縣的總兵是張奎。他聽說周軍過了五關，馬上加緊防守。姜子牙剛到澠池安營紮寨，就接到了東伯侯姜文煥的求援信。他問手下的門人：「東伯侯在遊魂關有難，我們不能坐視不理，誰願意到遊魂關去援助？」

金吒和木吒說：「弟子願意。」姜子牙大喜，便命令兩人帶領人馬去援助姜文煥。

第二天，姜子牙對眾將說：「哪位肯去澠池縣立頭功？」南宮适主動請纓。

張奎派副將王佐迎敵。兩員武將你來我往，大戰了三十回合。南宮适手起刀落，把王佐斬於馬下。張奎的另一員副將鄭椿見王佐被斬，催馬衝到陣前。黃飛虎騎著五色神牛來迎戰。二十回合後，黃飛虎一槍把鄭椿刺死。

張奎見兩員副將被殺，心裡十分焦急。他對夫人高蘭英說：「我們這座孤城易攻難守，又損失了兩員副將，該如何是好？」高蘭英說：「將軍有道術在身，不要怕姜子牙。」張奎說：「五關有多少厲害之人，都死在姜子牙的手上，我們可不能輕敵。」

次日，張奎親自出陣。姜子牙說：「張奎，你不要執迷不悟，步五關守將的後塵。這裡距離朝歌不過數百里，只隔著黃河。你這彈丸之地恐怕難以阻擋我的大軍。」張奎大怒，揮刀砍向姜子牙。

姬發的弟弟姬叔明和姬叔升一起出陣，抵擋張奎。兩位殿下見難以拿下張奎，打算詐敗誘敵。張奎的坐騎叫獨角烏煙獸，是一匹頭上長角的神馬，跑起來像閃電一樣。兩位殿下還沒來得及偷襲，就被張奎從後面砍下了馬。

姜子牙見兩位殿下陣亡，心中悶悶不樂，對眾將說：「沒想到澠池縣還有如此高人。」正在這時，崇侯虎和文聘等人來到周營助陣。姜子牙大喜，忙安排人設宴款待。

第二天，張奎又來挑戰。崇黑虎說：「末將去會一會張奎。」文聘、崔英和蔣雄也跟著一同迎敵。崇黑虎對張奎說：「張奎，天兵來到，你還不快點投降！」張奎罵道：「崇黑虎，你這狼心狗肺的傢伙，殺了親哥哥，還有臉來說我。」說罷，兩個人打在一起。文聘三人也一起助陣。

姜子牙害怕崇黑虎有危險，便命黃飛虎去助陣。五個人像走馬燈一樣把張奎圍在當中。高蘭英見丈夫被困，從自己的紅葫蘆裡祭起四十九根太陽金針，金針一齊飛射，竟刺瞎了五個人的眼睛。張奎趁機斬殺了五人。

姜子牙見五員大將全部陣亡，大吃一驚。正在這時，楊戩催糧來到軍營。他聽說黃飛虎

二十回合後，黃飛虎一槍把鄭椿刺死。

陣亡，歎息道：「可惜黃家一門忠烈，都犧牲在東征的路上。」說完，他催馬揮刀來戰張奎。

兩個人大戰了三十回合，楊戩故意露出個破綻，被張奎捉住。張奎活捉了楊戩，不由分說便命令手下將楊戩斬首。

過了一會兒，管馬的人向張奎報告：「老爺，出事了！」張奎大驚：「什麼事這麼驚慌？」來人說：「老爺的馬好端端的，頭突然掉了下來。而且楊戩也逃跑了。」張奎跺著腳說：「我全仗著我的寶馬，這下如何是好！」

這個時候，守城的士兵來稟告：「將軍，剛才被斬的周將又來挑戰了。」

張奎恍然大悟：「我中了此賊的奸計。」他來到城下，大罵道：「逆賊，你害死了我的寶馬，今天要你償命。」二十回合後，張奎又捉住了楊戩，回城和高蘭英商量如何處置。

高蘭英說：「將軍，既然此人有邪術，我們不妨取烏雞黑狗的血混在一起，澆到他的頭上。這樣就可破了他的妖法。」張奎大喜，按照高蘭英的建議把血全部澆到楊戩的頭上，然後親自砍下了楊戩的頭。

沒過一會兒，後宅的丫頭哭著跑出來說：「老爺，不好了！老太太正在廂房休息，忽然不知被誰用髒東西澆了一身，然後頭就掉下來了。」

張奎一聽，大哭道：「我又中了楊戩的妖法，可惡！」

楊戩回到軍營，對姜子牙說：「師叔，張奎先失了寶馬，現在又死了母親，他已經亂了心智，我們可以趁機取勝。」

第八十七回　土行孫夫妻陣亡

張奎為了報仇，來到周營外叫罵。姜子牙派哪吒迎敵。哪吒現出三頭八臂，祭起了九龍神火罩，把張奎連人帶馬一起罩住。然後雙手一拍，九條火龍一起吐出烈火，把土地都燒紅了。可沒想到的是，張奎和土行孫一樣會地行術。他被九龍神火罩罩住後，立即從地下逃跑了。

哪吒不知道張奎的法術，興沖沖地對姜子牙說：「師叔，張奎已經被我燒死了。」姜子牙聽後大喜。

張奎回到城裡，對高蘭英說：「今天和哪吒廝殺，差點被他的九龍神火罩燒死。」高蘭英說：「將軍今夜不如潛入周營，殺了姬發和姜尚。」張奎恍然大悟：「夫人說得沒錯。我被楊戩害得心神不定，竟然忘了這個。」

正巧，當晚是楊任負責巡營。他眼眶伸出的兩隻手上各有一隻眼睛，上可以看天庭，下可以看到地底，中間看人間千里。他看到張奎提著刀從地下進入軍營，大喝一聲：「張奎來了！」說罷就敲響了警鐘。張奎見勢不好，連忙返回。

姜子牙聽聞大驚：「哪吒已經用九龍神火罩燒死了張奎，他怎麼又回來了！」楊戩說：「弟子天亮後就去查看一下。」

張奎見難以成功，只好返回城裡。高蘭英見張奎回來，上前詢問。張奎搖著頭說：「周營裡有很多高人，難怪過五關勢如破竹。」高蘭英聽了張奎述說之後道：「既然如此，只好讓朝歌派兵援助了。」

天亮後，楊戩來到城下，大喊：「讓張奎出來見我！」張奎看到楊戩，仇人相見，分外眼紅，張奎上前大罵道：「楊戩，你害死我母親，我不殺了你誓不為人！」

兩人大戰了二十回合。楊戩祭起哮天犬來咬張奎。張奎急忙下馬，遁地而逃。

楊戩回到軍營，對姜子牙說：「張奎果然和土行孫有一樣的本領，昨晚多虧有楊任巡營。」姜子牙一聽，立即對楊任說：「昨晚你立下了大功。拿下張奎以前，就由你一個人負責巡營了。」

第二天，高蘭英出城挑戰。鄧嬋玉聽說是一員女將挑戰，對姜子牙說：「末將願往。」姜子牙點頭同意，囑咐道：「要多加小心。」

兩員女將在城下大戰了三十回合。鄧嬋玉詐敗，撥馬逃跑。高蘭英一時心急，放鬆了警惕，被鄧嬋玉的五光石擊傷了面部。

土行孫催糧來到軍營，對姜子牙說：「師叔，弟子已經運完糧了，希望隨軍征討。」姜子牙說：「如今我軍過了五關，軍糧有其他諸侯供應，不再需要你們督糧了。」

哪吒對土行孫說：「守將張奎和你一樣，會地行的法術。」土行孫不服氣地說：「怎麼可能？我師父說我的地行術天下無雙，怎麼會有另一個會地行術的人。」於是來到城下挑戰。

張奎來到城下，見對方是一個矮子，好奇地問：「你是何人？」

土行孫大罵：「廢話少說！」說完舉起大棍劈頭就打。哪吒和楊戩也衝上來助陣。

張奎見勢不妙，鑽進土裡。土行孫把身體一扭，也鑽入地下。張奎見土行孫也會地行術，大吃一驚，兩個人在地下打了起來。

土行孫身材矮小，在地下打鬥更佔優勢。張奎見自己吃虧，駕起地行術逃跑。張奎的地行術一天可以跑一千五百里，土行孫只有一千里。土行孫追趕不上，只好返回軍營。

姜子牙說：「當初你師父捉你時用了指地成鋼法。現在要對付張奎只能用這個方法。你會不會？」

土行孫說：「弟子不會。不過師叔可以寫封信，我去夾龍山請師父來幫忙。」

張奎回到城裡，仍為守城的事情煩惱。夫妻二人正在商量對策的時候，忽然一陣怪風捲起，把旗杆吹斷了。

高蘭英急忙拿出金錢占卜，大驚：「將軍，大事不好。土行孫正要去夾龍山請他師父來對付你。」

張奎說：「沒關係，我比他走得快，我就先到夾龍山等他。」土行孫多年沒有回山，眼看飛龍洞在眼前，滿心歡喜。沒料到張奎早就在那裡等他多時，他趁土行孫鑽出地面，冷不防舉起刀，將土行孫砍成了兩截。然後將土行孫的屍首背了回去，掛在城牆上示眾。鄧嬋玉見丈夫遇害，哭著到城下報仇。

高蘭英自從被鄧嬋玉的五光石打中，一直懷恨在心。她見鄧嬋玉叫戰，背上紅葫蘆來到城下。兩個人打了十個回合，高蘭英偷偷地打開了紅葫蘆的蓋子，放出了四十九根太陽神針，刺瞎了鄧嬋玉的眼睛，然後舉刀將鄧嬋玉斬於馬下。

張奎將前方的戰況寫信報告給微子，微子看後對紂王說：「周軍已經過了五關，澠池已經危在旦夕。現在南、北諸侯已經會師孟津，只等姬發趕到，好一同來攻打朝歌。請大王以社稷為重。」

紂王大吃一驚：「姬發逆賊，著實可惡！我應該御駕親征，除掉這些逆賊。」

中大夫飛廉說：「大王萬萬不可！現在孟津有南北四百鎮諸侯虎視眈眈，大王一旦御駕親征，他們一定會乘虛而入。俗話說『重賞之下，必有勇夫』。大王不如懸賞來選拔人才。」

紂王點頭答應，便傳令下去。過了幾天，有三個豪傑揭了榜文。飛廉把三個人請進府邸，詢問姓名。三個人報上姓名，分別叫袁洪、吳龍、常昊。原來這三人是「梅山七聖」其中的三個，袁洪是白猿精，吳龍是蜈蚣精，常昊是長蛇精。他們三人先來投奔紂王，其他四人之後會陸續趕到。

飛廉把三個人帶進宮殿。紂王問：「不知幾位有什麼妙計對付姜尚？」袁洪說：「姜尚能言善辯，鼓動八百鎮諸侯對付大王。臣認為只要拿了姜尚，八百鎮諸侯自然會不攻自破。到時候招安了他們，就會天下太平。」

紂王大喜，便封袁洪為大將，吳龍、常昊為先行官，殷破敗、雷開、魯仁傑等人為副將。魯仁傑自幼熟讀兵法。他看見袁洪操練士兵不得章法，知道他不是姜子牙的對手，只因為形勢所逼，正是用人之際，才不得不聽從。

紂王對袁洪說：「元帥可以先派一支人馬去澠池助陣。」袁洪說：「臣認為朝歌的人馬不宜遠行。因為孟津有南北諸侯兩路大軍。臣如果發兵澠池，他們可以截斷我軍的糧道，對我們極為不利。所以，當務之急是守住孟津。」

紂王將二十萬大軍交給袁洪，命他們駐守孟津。

第八十八回　白魚躍龍舟

張奎聽說紂王新招了袁洪為元帥，只是把大軍駐守在孟津，生氣地說：「這個時候，紂王還不發兵援助。我們現在前有周軍，後有孟津的四百鎮諸侯，看來澠池是守不住了。」高蘭英安慰道：「將軍不要灰心。孟津有袁洪駐守，四百鎮諸侯也難以來攻打我們。我們現在不主動進攻，只等袁洪破了南北諸侯，再想辦法。」

姜子牙在澠池縣損兵折將，寸步難行，十分焦急。正在這時，一個道童來到軍營，把衢留孫的信交給姜子牙。

姜子牙打開信，見上面寫著：

「土行孫注定死於張奎之手，貧道心裡十分難過，張奎的死期已經不遠。子牙公可令楊戩將貧道的符印畫在黃河岸邊，等楊任、韋護追趕張奎到黃河，自然可以消滅。攻城只用哪吒、雷震子就足夠了。子牙公必須親自出馬，用調虎離山計才能成功。」姜子牙馬上按照衢留孫的指示，調派人手。

當天夜晚，周營炮聲響起，三軍一起攻城。可張奎一向善於防守，把澠池防護得固若金湯。姜子牙見久攻不下，只好鳴金收兵，和姬發來到城下研究破城之法。

張奎見姜子牙和姬發在城下指手畫腳，便對高蘭英說：「你先負責守城，我出去對付姬發和姜尚。」姜子牙和姬發見張奎出城，急忙策馬逃跑。張奎追趕了一會兒，見周營沒有人來助陣，就一直緊追不捨。

張奎離開城池沒多久，周營將士就在哪吒和雷震子的帶領下向澠池發起進攻。哪吒現出三頭八臂，腳蹬風火輪，率先飛到城上。高蘭英見哪吒飛來，急忙架起雙刀抵擋。雷震子展開雙翅，飛進關裡，打散了守城的士兵，然後舉起金棍砸開了城門。周軍一擁而入。

高蘭英見大勢已去，要打開紅葫蘆釋放太陽金針。她還沒來得及打開蓋子，就被哪吒的乾坤圈砸死，靈魂飛到了封神台。澠池的守軍見高蘭英陣亡，張奎又不在，紛紛繳械投降。

哪吒對雷震子說：「道兄在這裡看守，我去接應師叔和武王。」

雷震子說：「放心，這裡交給我。你快去吧！」

張奎正在追趕姜子牙和姬發，猛然間聽見澠池的方向炮聲四起，知道情況不妙，急忙停止追趕。他剛要返回，便遇到了迎面而來的哪吒。

哪吒大罵：「逆賊，今天休想逃走。」說完便祭起了九龍神火罩。張奎知道九龍神火罩的厲害，慌忙把身子一扭，鑽進了地下。

黃河白浪滔天，風聲大作，把姬發的龍舟搖得上下顛簸。姬發打開艙門，向外觀看。

哪吒看到張奎的地行術，但想到土行孫已經被殺，心裡一陣酸楚。張奎回到澠池，見雷震子守在城上，知道城池已經被攻破，又不知妻子的死活，心中暗想：「我不如渡過黃河去找袁洪，再作打算。」於是，他施展地行術向黃河而去。

楊任和韋護早就守候在黃河岸邊。楊任見張奎趕到黃河，對韋護說：「道兄，張奎來了。我的手指向哪裡，你就把降魔杵砸向哪裡。」韋護說：「放心，一定不會讓張奎跑了。」

張奎看到楊任騎著雲霞獸，正用兩隻神光射耀眼看著自己，嚇得魂不附體，急忙施展地行術，瞬間跑了一千五百里。楊任催著雲霞獸，緊追不放。韋護則在空中緊緊地跟隨著楊任。

張奎見自己無論到哪兒，楊任都不放過自己，只好一直向前飛奔。不知不覺，三個人就來到了黃河岸邊。

在黃河岸邊等候的楊戩看到楊任來到，急忙用三昧真火燒了衢留孫的靈符。黃河岸邊的土地立刻變得比鋼鐵還要堅硬。

張奎霎時如同置身在鐵桶裡一樣，無法動彈。就在這時，楊任來到張奎的頭頂上，用手指了指地面。韋護在半空中祭起降魔杵，重重地砸了下來。這降魔杵是鎮壓邪魔護三教大法的寶貝，張奎哪裡能承受得住。這一杵下來，張奎被震得粉身碎骨，魂魄飛到了封神台。

楊任三人高興地回到澠池，向姜子牙覆命。周軍攻下了澠池，準備渡過黃河。黃河白浪滔天，風聲大作，把姬發的龍舟搖得上下顛簸。姬發打開艙門，向外觀看。他看到滔天的巨浪，嚇得面如土色。忽然間，黃河出現了一個巨大的漩渦，一尾大白魚跳進了船艙。

姬發急忙問姜子牙：「這條魚跳進龍舟，是何預兆？」姜子牙高興地說：「恭喜大王，白魚跳進龍舟，正好應了紂王該滅，周室當興。」說完，命令廚子把魚做成美食，分給眾人食用。

大家吃完了魚，黃河立刻變得風平浪靜。四百鎮諸侯聽說姬發來到，紛紛來到岸邊迎接。姜子牙命令將士在孟津安營紮寨。沒過多久，西方的二百鎮諸侯也陸續渡過黃河。只剩下受阻遊魂關的東伯侯姜文煥未到。姜子牙見六百鎮諸侯已經聚齊，便派楊戩到袁洪的軍營下戰書。袁洪說：「你回去告訴姜尚，明天兩軍會戰。」

第二天，周營炮聲響起。姜子牙帶領六百鎮諸侯來到陣前。袁洪見姜子牙居中，左邊是南伯侯鄂順，右邊是北伯侯崇應鸞，身後是六百鎮諸侯的大軍，心裡暗自讚歎。姜子牙見袁洪銀盔銀甲，騎著白馬，手裡握著鑌鐵棍，也是威風凜凜。姜尚便騎著四不像來到陣前，問道：「你就是殷商元帥袁洪嗎？」

袁洪說：「不錯，我就是袁洪。你一定是姜尚了？」

姜子牙回答：「正是。如今天下歸周，商紂無道，早已經眾叛親離。你不要再做無謂的抵抗了。」

袁洪冷笑說：「姜尚，你能過五關，只是因為沒有遇到將才。如今遇到本帥，你休想再前進半步！」說完，派常昊出戰。姜子牙見對方執迷不悟，只得派出姚庶良迎戰。

第八十九回　紂王敲骨剖孕婦

常昊和姚庶良大戰了三十回合，騎馬向南逃跑。姚庶良在後面緊追不放。兩個人來到了一片偏僻的樹林。常昊從馬上跳下來，現出了原形，原來是一條巨大的蟒蛇。蟒蛇張開嘴，把姚庶良咬成兩半。常昊又變回了人形，割下姚庶良的頭，回到陣前耀武揚威。

周將彭祖壽見狀策馬揮槍來戰常昊，卻被商將吳龍擋住。兩個人打了幾個回合，吳龍虛掩一刀，向北逃跑。彭祖壽在後面緊追不捨。兩人來到一個僻靜之地，吳龍也現出了原形，原來是一隻蜈蚣。吳龍張嘴噴出妖氣，把彭祖壽迷倒。然後吳龍也變回人形，砍下了彭祖壽的頭。

楊戩對哪吒說：「這兩個人渾身上下充滿妖氣，看來必須咱們兩個來解決了。」哪吒說：「那再好不過。」說著就蹬著風火輪飛到陣前。

吳龍正在陣前挑戰，見對方飛出一個三頭八臂的人，急忙問：「你是何人？」

哪吒說：「連我都不認識。我就是你哪吒爺爺！專門對付你這使用妖法的孽障。」說

妲己說：「大王如果不信，可以把他們兩個帶上來敲開骨頭檢查一下。」紂王馬上命令士兵把兩個人帶上鹿台……

完，哪吒舉槍便刺向吳龍。吳龍急忙舉起鋼刀迎戰。五個回合後，哪吒祭起了九龍神火罩。可吳龍卻化成一道青光不見了蹤影。

常昊見吳龍逃走，便來助戰，他衝哪吒大喊一聲：「哪吒不要走，我來了。」

楊戩騎著銀合馬趕到，舞動三尖兩刃刀與哪吒雙戰常昊。常昊哪裡是兩人的對手，打了幾個回合就要逃跑。楊戩也不追趕，用彈弓射出金彈。常昊卻化成一道紅光不見了。

袁洪衝著姜子牙大叫道：「姜尚，本帥和你一決雌雄。」一旁的楊任忙催開雲霞獸，上前敵住袁洪。兩個人大戰十個回合後，楊任取出五火扇要燒死袁洪。可袁洪化成青光消失不見了。

姜子牙鳴金收兵。楊戩對姜子牙說：「師叔，袁洪三個人都不是普通之人。哪吒的神火罩，楊任的五火扇和弟子的金彈都傷不了他們。」姜子牙見自己又遇到了強敵，心中悶悶不樂起來。

袁洪回到軍營後，對常昊和吳龍說：「沒想到姜子牙的門人果然厲害。」

魯仁傑對其他人說：「我看袁洪三人都是妖怪。俗話說『國家將亡，必有妖孽』。在這樣生死存亡的時候，靠這三個妖怪，一定會壞事。」紂王收到袁洪的捷報，心中大喜，更加肆無忌憚。

這時，正是隆冬時節。天降大雪，寒氣逼人。紂王在妲己三個妖怪的陪伴下來到鹿台賞雪。他們憑欄向下觀望，看見一老一少正脫下鞋子赤著腳過河。老人一點也不怕冷，走得飛快，年輕人卻不停地打著哆嗦。

紂王感到十分驚奇，對妲己說：「真是奇怪！為什麼這老人不怕冷，年輕人反而怕冷呢？」妲己說：「這有什麼可奇怪的。一定是老年人的骨頭結實，年輕人的骨頭卻是空的。」紂王笑著說：「我不相信。你一定在騙我。」妲己說：「大王如果不信，可以把他們兩個帶上來敲開骨頭檢查一下。」紂王馬上命令士兵把兩個人帶上鹿台，用斧頭砍下了兩個人的腿。紂王檢查了兩個人的骨頭，果然如妲己說的一般。看完骨頭紂王就命令士兵將兩具屍體拖了出去。

紂王對妲己說：「你真是神機妙算啊！」妲己撇著嘴說：「這算什麼，我還能透過孕婦的肚子看出胎兒是男是女，臉朝向哪邊呢。」紂王一聽，便立即命令士兵四處搜尋孕婦。士兵把三個孕婦帶到鹿台，妲己分別進行了預測。紂王讓士兵剖開孕婦的肚子檢查，發現妲己每次猜得都對。

紂王的種種暴行讓所有的百姓都恨之入骨。紂王的叔叔箕子因為勸說紂王，被削髮為奴。紂王的弟弟微子看到紂王如此昏庸，知道已經到了無可救藥的地步，偷偷地把列祖列宗的靈位從太廟裡取出，離開了朝歌。紂王聽說微子帶著祖宗的靈位逃跑，竟然無動於衷，依舊和妲己等人尋歡作樂，胡作非為。

有一天，又來了兩個相貌凶惡的人投奔紂王。一個面如藍靛，眼似金燈，巨口獠牙；另一個面似瓜皮，口如血盆，牙如利劍，頭生雙角。

紂王見兩個人相貌猙獰，便問：「你們是什麼人？從哪裡來？」

兩個人回答道：「我們是高明和高覺，特來報效大王。」

紂王正愁手下沒有將士，便立即封兩個人為神武上將軍，派兩人到孟津援助袁洪。

第九十回　捉神荼鬱壘

高明和高覺來到孟津。袁洪一見兩人，心中大喜。原來兩人是棋盤山的桃樹和柳樹修煉而成的妖精。高明、高覺也認出了袁洪是梅山的白猿。

第二天，高明和高覺來到周營外面挑戰。姜子牙派哪吒出去迎敵。哪吒和兩個樹妖大戰了十個回合。先祭起乾坤圈砸中高覺的頭，之後用神火罩罩住了高明。但兩個妖怪都安然無恙，他們回到軍營，對袁洪說：「姜尚就是依靠三山五嶽的門人而已。不過闡教弟子遇到我們，再厲害的手段也是白費工夫。」

次日，兩個樹妖又來到陣前叫罵。姜子牙問哪吒：「這兩人究竟是什麼來歷，連你也降服不了他們？」哪吒說：「師叔，想必這兩人也和袁洪一樣是妖怪。你一會兒親自觀陣，就知道他們的底細了。」

高明看見姜子牙，罵道：「姜尚，我知道你是玉虛宮的人。你一路過關斬將，只是因為沒有遇到我們這樣的高人。現在投降，還可以饒你們一命。」高覺說：「大哥，和他們囉嗦

什麼。」說完，兩個人舉起兵器便去打姜子牙。

李靖和楊任衝到陣前，迎戰二妖。楊任取出五火扇，向高明一扇。只聽得「呼」的一聲，高明化成一道黑光飛走了。李靖祭起黃金塔，把高覺罩在塔裏，只見一道青光之後，高覺也不見了蹤影。

袁洪對常昊和吳龍說：「咱們也去會一會闡教的門人。」說完，一起殺到陣前。哪吒蹬著風火輪來戰吳龍，楊戩使三尖兩刃刀敵住常昊，雷震子和韋護雙戰袁洪。

經過一番廝殺，五個妖怪無法戰勝闡教門人，可闡教門人同樣也沒辦法制服對方。雙方打成平手，姜子牙只好下令鳴金收兵。

楊戩對姜子牙說：「師叔，我師父曾說『若到孟津，謹防梅山七聖』。今天我們使用了諸多法寶都無法降服他們，想必他們就是這梅山來的了。」

當天夜晚，姜子牙想了一個對敵之策，他把四道靈符分別交給李靖、哪吒、楊任和雷震子，讓他們從四個方向布陣，同時命令楊戩和韋護用五雷法對付高明和高覺。

第二天，姜子牙來到陣前誘敵，試圖把高明和高覺騙進晚上設置好的埋伏。可兩個人卻哈哈大笑：「姜子牙，你想騙我們入陣，真是癡心妄想。」說完，兩人就回到了軍營。

姜子牙回營後，勃然大怒：「豈有此理，高明高覺竟然會提前知道我的計畫。軍營內一定有他們的奸細。」楊戩見姜子牙煩悶，就說自己去找師父打探一番。

楊戩藉土遁術來到玉泉山金霞洞，找到了師父玉鼎真人，把孟津的戰況告訴真人。玉鼎真人說：「這兩個孽障是棋盤山的桃精和柳鬼。這兩棵樹的根有三十里長，採天地靈氣，受日月精華。棋盤山有座軒轅廟，廟內有泥塑的鬼使，分別是千里眼和順風耳。兩個妖怪借了鬼使的靈氣，便能看到和聽到千里之內的東西。你可以讓姜子牙派人到棋盤山，把兩棵樹連根拔起，用火焚燒。再把軒轅廟內的二鬼泥身打碎，就可以徹底剷除這兩個樹妖。」

楊戩回到營中，姜子牙問情況如何，楊戩怕自己說話又被兩個妖怪聽去，便讓三千士兵舉起紅旗在軍營中穿梭，又讓一千士兵擂鼓鳴鑼，這才對姜子牙說：「師叔，高明和高覺是棋盤山的樹妖，他們藉助軒轅廟裡的鬼使，有千里眼和順風耳的本事。我讓士兵們搖旗擂鼓，就是為了混淆他們的視聽。現在師叔可以讓人去棋盤山斷了兩棵樹的樹根，用大火焚燒，再打碎軒轅廟裡的鬼使泥身，就可以剷除兩個妖精了。」

姜子牙聽完大喜，連忙讓李靖帶人去棋盤山挖樹根，雷震子負責打碎鬼使泥身。

高明和高覺被紅旗和鼓聲弄得不知所措，心裡正十分著急，袁洪見兩個人無法探知周營的敵情，就調兵遣將，準備天黑後劫營。姜子牙掐指一算，知道了袁洪的打算，心中大喜，決定將計就計。他讓中軍重新定下桃椿和符印，命令李靖鎮守東方，楊任鎮守西方，哪吒鎮守南方，雷震子鎮守北方，楊戩和韋護在左右保護，布下天羅地網來等敵人。

二更時分，高明和高覺打頭陣，袁洪三人居後，其他的殷商將士為第三陣，想要偷襲周營。正當他們靠近周營時，姜子牙披髮仗劍，口中念念有詞，頓時風雲湧動，飛沙走石。

第九十一回　火燒鄔文化

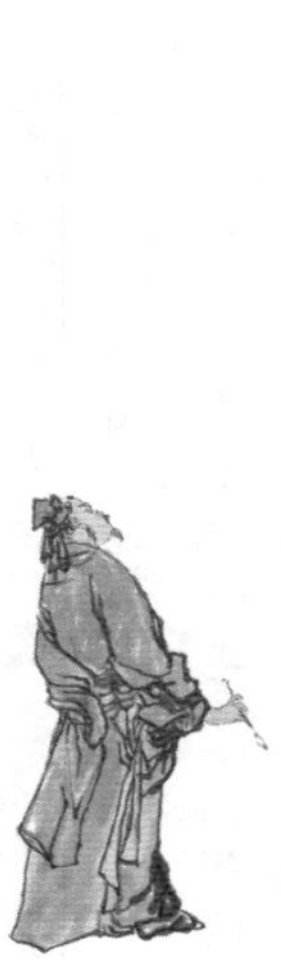

高明和高覺闖進周營，被李靖等人團團圍住。姜子牙在台上作法，台下四個門人一起震動桃椿。姜子牙舉起打神鞭，把兩個樹妖打得腦漿迸濺。

混戰中，韋護舉起降魔杵打吳龍，吳龍化成青光逃跑；哪吒用九龍神火罩燒常昊，也被常昊逃脫；楊任打算用五火扇燒死袁洪，反被袁洪一棍打死。

天亮後，姜子牙清點人數，才發現楊任陣亡。楊戩說：「我們經過一夜大戰，雖然斬了高明和高覺，但損失了楊任。弟子見袁洪等人不是等閒之輩，打算到終南山借照妖鏡看看他們的底細。」姜子牙點頭同意。

楊戩藉土遁術來到終南山，把袁洪等人的情況告訴雲中子。雲中子說：「他們是梅山七怪，只有你能降服。」說完，把照妖鏡借給楊戩。

第二天，袁洪派常昊到陣前挑戰。楊戩催馬舞刀來戰常昊。兩個人大戰了二十回合，常昊奪路而逃。楊戩緊追不放，趁機取出照妖鏡一照，常昊現出原形，只見怪風捲起，冷氣森森，一條白蛇出現在黑霧之中。
楊戩已經知道了常昊的底細，搖身一變，化作一隻巨大的蜈蚣，把白蛇截成數段，然後發了一個五雷訣，只聽得雷聲一響，妖怪的屍體化成飛灰。
袁洪知道白蛇已死，大罵道：「楊戩，你害了我的大將，我要你血債血償！」哪吒蹬著風火輪衝出陣來，舉起九龍神火罩。可袁洪會七十二變，早已經藉火光逃走。吳龍舉起雙刀來戰哪吒。楊戩透過照妖鏡觀看，原來是一隻蜈蚣。
楊戩對哪吒說：「把這個妖怪交給我對付。」吳龍見楊戩來戰自己，現出原形。楊戩搖身一變，化成一隻五色雄雞，把蜈蚣啄成數段。
袁洪見兩個幫手都被楊戩殺了，心裡悶悶不樂。他裝模作樣地對眾將說：「沒想到常昊和吳龍竟然是妖怪，差點被他們壞了大事。大家要團結一致，合力對付姜子牙。」
朝歌來了一個叫鄔文化的大漢，身高數丈，力大無窮，一頓飯可以吃掉一頭牛。紂王派鄔文化到孟津幫助袁洪。袁洪見鄔文化外形像金剛一樣，心中大喜，命他到陣前挑戰。
周軍看見鄔文化，都大吃一驚。龍鬚虎不服氣，出陣迎戰。
鄔文化低頭看著龍鬚虎，大笑道：「從哪裡來了你這個蝦米。」龍鬚虎大怒，隨手扔出一塊巨石。鄔文化身體巨大，轉身不便，被龍鬚虎的飛石打得遍體鱗傷。
姜子牙見鄔文化這麼沒用，也就沒有放在心上。

高明和高覺闖進周營，被李靖等人團團圍住。

鄔文化回到軍營，袁洪埋怨道：「你今天初次交鋒，就遭遇慘敗，怎麼一點不加小心。」鄔文化說：「元帥不要生氣，今晚我就去劫營，定讓他們片甲不留。」袁洪說：「好，我會助你一臂之力的。」

二更時分，殷商的軍營一聲炮響，鄔文化帶頭闖進周軍的轅門。袁洪在營中作法，放出妖氣，籠罩在周營上空。漆黑之中，沒有人能抵擋鄔文化的龐大身軀，大家都慌不擇路，各自逃命。袁洪趁機衝進周營，用妖術殺了很多人。

龍鬚虎截住鄔文化，被大漢撕扯成兩半。鄔文化一直衝到後營，來到糧草前。楊戩負責糧草，為了避免損失，他心生一計。楊戩把一根草豎立在手心，說聲「變」。小草立刻變成了一個頂天立地的大漢，比鄔文化高出許多倍。鄔文化大吃一驚，扭頭就跑。

楊戩在後面追趕鄔文化，遇到了迎面而來的袁洪。楊戩喚出哮天犬，袁洪急忙化作一道白光逃跑。

其他諸侯見周營被劫，紛紛派兵來救援。兩軍混戰，一直殺到天亮。

姜子牙清點人數，發現損失了二十萬人，將官折了三十四個。看見龍鬚虎的屍體後，姜子牙更是悲傷。

楊戩對姜子牙說：「師叔，當務之急要先剷除鄔文化再作打算。」姜子牙點頭同意。

楊戩藉土遁術在孟津附近巡查，發現一個叫蟠龍嶺的險峻要塞，立即心生一計。他回到軍營，把自己的計策告訴姜子牙。姜子牙聽後大喜，命令武吉和南宮适帶上引火易燃之物到蟠龍嶺埋伏。

鄔文化立了大功，紂王馬上派人重賞他和袁洪。兩個人在軍營裡開懷暢飲，袁洪說：「得到鄔將軍的幫助，實在是大王的福氣啊！」鄔文化說：「末將明天再去殺姜子牙一個措手不及，咱們就可以早點凱旋了！」袁洪大喜。

兩個人正喝著酒，一個士兵進營稟告：「元帥，姜子牙和姬發在轅門外面觀察我軍，請元帥定奪。」鄔文化站起身說：「元帥，末將這就把兩個逆賊捉回來。」

姜子牙和姬發見鄔文化追來，急忙向西南方向逃跑，鄔文化在後面緊緊追趕。

無數的火箭、巨石、乾柴一古腦地從山上滾落，把鄔文化燒成灰燼。

鄔文化一口氣追出了五六十里，累得氣喘吁吁。姜子牙見鄔文化停下腳步，高聲斷喝：「鄔文化，你敢和我交手嗎？」鄔文化大怒：「有什麼不敢的。」說完，繼續向前追趕。不知不覺，鄔文化已經來到了蟠龍嶺。

武吉和南宮适見姜子牙把鄔文化引到了山下，先讓過姜子牙和姬發，放下木石阻擋住前路。鄔文化追進山谷，發現姜子牙不見了蹤影。就在他四處尋找時，只聽得兩邊炮聲響起，殺聲震天。無數的火箭、巨石、乾柴一古腦地從山上滾落，把鄔文化燒成灰燼。

第九十二回　楊戩除妖

姜子牙聽說鄔文化被燒死，長舒了一口氣，問楊戩：「現在只剩下袁洪沒有除掉，我們該怎麼辦？」楊戩說：「袁洪是梅山得道的白猿，我們不能操之過急。」姜子牙說：「也好，等東伯侯來到孟津，我們再進攻。」

袁洪聽說鄔文化遇害，心中不樂。他正在軍營裡獨自喝悶酒，一個士兵進來報告：「轅門外有一個頭陀求見。」袁洪傳令請進。

頭陀來到軍營，施了一禮，說：「元帥，貧道姓朱，名子真，是梅山人氏，和您相隔不遠。此次專程來助元帥對付姜子牙。」袁洪大喜。

第二天，朱子真提著寶劍來到周營外面挑戰。南伯侯的副將余忠騎馬來戰朱子真。兩個人打了二十回合，朱子真轉身就走，余忠隨後追趕。朱子真跑到沒人的地方，現出了原形，一口氣把余忠咬成兩半。朱子真變回人形，繼續回到軍前挑戰。

楊戩用照妖鏡一照，原來是一隻大豬。楊戩催馬上前，大喝一聲：「孽障，我來了。」

朱子真急忙舉起寶劍招架。兩個人打了十個回合，朱子真抽身就跑。楊戩知道朱子真的把戲，追了上去。朱子真現出原形，把楊戩吞進肚子。

袁洪見朱子真立功，心中大喜，馬上設宴款待。兩個人正在喝酒，從營外來了一個書生。自稱楊顯，梅山人氏。楊顯也是梅山七怪之一，是山羊成精。

當天晚上，朱子真聽見肚子裡有人說話，嚇得魂不附體，急忙問：「你是誰？」楊戩在朱子真的肚子裡說：「我是玉鼎真人的徒弟楊戩。你這孽障在梅山不知道吃了多少人，實在是惡貫滿盈。我今天把你的腸胃清洗一下。」說完，用力掐了朱子真的心肝一下。

朱子真大叫一聲：「疼死我了！大仙饒命啊！」

楊戩說：「你想活還是想死？」

朱子真哀求道：「望大仙大發慈悲。小畜在梅山修煉千年才修成人形。今天不知深淺，觸犯了您，請大仙高抬貴手，饒我這次吧！」

楊戩說：「好，你如果想活命，就現出原形，跪著爬到周營，否則把你的心肝全部掐碎。」

朱子真沒有辦法，只好現出豬形，爬向周營。袁洪和楊顯看到這一幕，都氣得暴跳如雷。

當晚是南宮适巡營，他看到一頭豬來到軍營，對士兵說：「這是百姓家裡走失的豬，天亮後讓失主領回去。」

楊戩用照妖鏡一照，認出了楊顯的原形，想出了對付他的方法。

楊戩急忙說：「將軍，這不是普通的豬，這是梅山的豬精。」

南宮适這才知道楊戩在豬的肚子裡，心中大喜，立刻向姜子牙彙報了情況。

姜子牙聽說後，帶上門人來到轅門，看到一頭大豬跪在外面。姜子牙罵道：「你這孽障，何苦自討苦吃。」

楊戩說：「請元帥斬了此怪，以絕後患。」

姜子牙命令南宮适行刑。

南宮适手起刀落，把豬頭砍了下來。楊戩藉著血光現了真身。

袁洪對楊顯說：「朱子真露出本相，把我們梅山七怪的臉都丟盡了。」楊顯大罵道：「一定要找姜子牙和楊戩報仇！」兩個人正在議論，來了一個叫戴禮的梅山道士。戴禮是梅山的狗精，也是七怪之一。

袁洪派楊顯來到周營外面挑戰。楊戩用照妖鏡一照，認出了楊顯的原形，想出了對付他的方法。於是縱馬舞刀，砍向楊顯。

兩個人正在打鬥，戴禮舉起雙刀來助陣。哪吒大喝一聲：「不要傷我道兄。」蹬起風火輪抵住戴禮。

楊顯打了二十回合，詐敗逃走。楊戩在後面緊追不放。楊顯現出原形，吐出一道白光，把楊戩籠罩住，打算吃了他。楊戩急忙變成一頭斑斕猛虎，恰好克制山羊。楊顯見勢不妙，急忙逃跑，被楊戩砍下了頭。

戴禮從嘴裡吐出一粒紅珠，有碗口大小。哪吒抵擋不住，敗回本陣。

楊戩從照妖鏡裡認出戴禮是狗精，喚出哮天犬來咬戴禮。哮天犬是神犬，是妖犬的剋星。戴禮急忙逃跑，被楊戩斬落馬下。

楊戩先後斬殺了五怪，姜子牙大喜，在軍營裡為楊戩慶功。

第九十三回　袁洪之死

袁洪見同夥陸續被殺，心中不樂。殷商眾將看到了梅山諸妖的原形，都在私下裡交頭接耳，議論紛紛。

當晚，又來了一員叫金大升的猛將投奔袁洪。第二天，金大升騎著獨角獸，提著三尖兩刃刀到周營外挑戰。鄭倫主動請纓，來到陣前迎戰。

金大升是牛精，腹內有一塊牛黃❶。兩個人打了三十回合，金大升吐出碗口大小的牛黃，把鄭倫撞下了金睛獸。金大升趁機手起一刀，砍死了鄭倫。姜子牙見鄭倫遇害，非常傷心。

楊戩騎上銀合馬，來戰金大升。兩個人都使用三尖兩刃刀，大戰了三十回合。楊戩忘記

❶【牛黃】牛科動物的膽結石。性苦涼，可入藥，有清熱解毒的功能。

使用照妖鏡，沒提防金大升吐出了牛黃。楊戩見牛黃來得太快，急忙化成一道金光逃跑。金大升在後面緊緊追趕。楊戩偷偷取出照妖鏡一看，原來是一頭水牛。

楊戩剛要捉拿水牛精，空中忽然出現了五彩祥雲，中間有一個道姑坐在青鸞上，旁邊侍立八個女童。

道姑說：「楊戩，我是女媧娘娘。如今殷商氣數已盡，周室當興，我特意前來助你降妖。」說完，對女童說：「用此寶把孽畜牽來。」

女童截住金大升，大喊：「孽畜，女媧娘娘在此，不得無禮！」

金大升大怒，揮刀就砍。女童把縛妖索舉在空中，只見黃巾力士用金環穿了金大升的鼻子，用銅錘把金大升打回了原形。

女媧娘娘對楊戩說：「楊戩，你先把水牛帶回周營讓姜子牙發落。我還會幫助你對付白猿。」

楊戩謝過女媧娘娘，把水牛牽回周營。姜子牙大喜，命令南宮适把牛精的頭顱砍下。

姜子牙對楊戩說：「如今梅山七怪已經被你滅了六個，只剩下袁洪一人。我安排今晚劫營，你負責降服白猿。」

二更時分，周營一聲炮響，六百鎮諸侯一起殺向商營。

袁洪提著鐵棍剛出軍營，就遇到了迎面而來的楊戩。仇人相見，分外眼紅。兩個人都會七十二變，於是各施神通，變化無窮。

袁洪暗想：「我獨木難支，不如把楊戩騙到梅山，我再想辦法消滅他。」於是，他向梅山的方向逃跑。楊戩在後面緊追不放。

袁洪變成一塊怪石立在道路旁邊。楊戩正在追趕，突然不見了袁洪，急忙睜開眉心的神眼觀看，認出了袁洪的變化。楊戩變成一個石匠，用錘子在袁洪的身上亂鑿。袁洪見自己被識破，化成清風逃跑。一路上，兩個人各施神通，不斷變化，打打停停，最終來到了梅山。

楊戩追到梅山，不見了袁洪的蹤影。他正在四處尋找，忽然被一群小猴子圍攻。楊戩知道自己無法取勝，剛要離開梅山，女媧娘娘突然降臨。

女媧娘娘說：「楊戩，白猿和你一樣會七十二變，和你棋逢對手。我把『山河社稷圖』傳授給你，可以降服此妖。」

楊戩把山河社稷圖掛在樹上，重新回到梅山。

袁洪見楊戩返回，大罵：「楊戩，你又回來送死。」楊戩笑著說：「特來降服你這猴頭。」袁洪大怒，舉棍砸向楊戩。

兩個人大戰了一百回合，楊戩轉身就跑，來到一座高山上。袁洪不知道這座山是山河社稷圖的幻象，也來到山上。

山河社稷圖有無窮的變化，袁洪不知不覺現出了本相。楊戩見袁洪中計，就收起山河社稷圖，把袁洪捉回了軍營。

姜子牙見袁洪被捉住，心中大喜，急忙讓楊戩親自行刑。楊戩把白猿押到轅門外，手起刀落，砍下了猴頭。可猴頭落在地上，頸項上卻沒有血。不一會兒，從頸項上長出一朵白蓮，中間出現了一顆猴頭。楊戩連砍數刀，都無法處死白猿。楊戩急忙向姜子牙稟報。

姜子牙聽說袁洪的法術，忽然想起了陸壓道人留下的法寶，於是取出葫蘆，揭開蓋子，從裡面射出一道白光，中間出現一個小東西。姜子牙大喝一聲：「寶貝還不轉身！」小東西轉了兩圈，白猿的頭立刻落地，鮮血從頸項噴出。

第九十四回　智取遊魂關

殷破敗和雷開率領殘兵敗將逃回朝歌，把情況彙報給紂王。紂王大吃一驚，一面貼出告示重金聘請能對抗周軍的高人，一面讓魯仁傑抓緊時間操練士兵。

金吒和木吒奉命幫助姜文煥。兩個人認為直接幫助他也許會損兵折將，不如假扮成截教的人進入遊魂關裡應外合。於是，金吒讓副將帶領周軍與姜文煥會合，讓他做好準備。

遊魂關的守將叫竇融。聽說有兩個道人來見自己，急忙命人請入。金吒和木吒施了一禮：「將軍，貧道稽首了。」竇融問：「道長來這裡有什麼事嗎？」金吒回答：「貧道二人是東海蓬萊島的孫德和徐仁。我兄弟偶爾閒遊從此經過，見姜文煥打算通過遊魂關前往孟津會合天下諸侯。我夜觀天象，殷商的氣數正旺，姜尚等人實在是自尋死路。因此我們打算幫助將軍對付姜文煥。」竇融聽完，沉思不語。副將姚忠說：「主將不能相信這個道士的話，姜尚有很多門人，他們沒準就是姜子牙派來的奸細，為了裡應外合。」

金吒笑著對木吒說：「道友，果然不出你所料。」然後對竇融說：「將軍應該有這種警惕性。但貧道的師叔在萬仙陣死於姜尚之手，我們純粹是為了替師叔報仇雪恨。既然將軍有猜疑，貧道就告退了。」說完，轉身就走。竇融正缺人手，見金吒這麼誠懇，就相信了他的話，急忙令軍政官把兩個人追回來。

金、木二吒裝模作樣地不肯回去。軍政官哀求說：「師父若不回去，我也不敢回去見將軍。」木吒說：「道兄，竇將軍既來請咱們回去，不妨看看他怎樣對待咱們。如果重視，就替他守城；如果輕視，我們再走也不遲。」金吒勉強應允。

第二天，金吒出關。姜文煥派大將馬兆迎戰。兩個人步馬相交，金吒舉起遁龍樁將馬兆遁住。竇融大喜，帶領士兵一齊衝殺。姜文煥急忙收兵。

竇融回城後，命令左右把馬兆斬首。金吒說：「先留著他一條狗命。等我抓了姜文煥，一起解送朝歌。」

第三天，姜文煥親自出戰。三個人打了七八回合，姜文煥撥馬便走。金、木二吒隨後追趕。三個人來到一個僻靜的地方，金吒對姜文煥說：「今夜二更，賢侯可引兵殺到關下，我們好裡應外合，拿下遊魂關。」

竇融見金吒空手而歸，好奇地問：「師父為什麼不用寶物捉姜文煥？」金吒回答：「貧道剛要使用法寶，反被逆賊射了一箭。明天再捉他不遲。」三人正在殿上商量對策，竇融的夫人上殿，對竇融說：「將軍，兩位道長畢竟是生人，你不能過於相信。望將軍當慎重。」

金、木二吒說：「竇將軍，夫人既然懷疑我們，我們就此告辭。」說完，轉身就走。竇融急忙扯住金、木二吒說：「師父休怪。我夫人是女流之輩，不要和她一般見識。」兩個人這才停下腳步。

二更時分，只聽得關外喊殺連天，金鼓大作，殺至關下。有中軍官入府，急報竇融。竇融忙出殿，聚眾將上關，披掛提刀而出。金吒對竇融說：「姜文煥夜間攻城，將軍可以打開城門，貧道出去用法寶抓住他，將軍也好早早奏捷。」

竇融大喜，命人打開城門，帶領人馬衝出。竇融遇到迎面而來的姜文煥，大罵：「反臣！今日你的死期到了。」姜文煥也不答話，仗手中刀直取竇融。竇融舉刀相迎。二馬相交，雙刀並舉。

金吒偷偷地舉起遁龍樁，把竇融遁住。姜文煥趁機斬了竇融。姜文煥率領大軍攻下了遊魂關。

第九十五回　文煥怒斬殷破敗

姜文煥率領二百鎮諸侯來到孟津，八百鎮諸侯在此彙集，共計人馬一百六十萬。姜子牙擔任大元帥，率領大軍浩浩蕩蕩殺向朝歌。

大軍正在前進，哨馬前來報告：「啟稟元帥，人馬已經到了朝歌，請元帥定奪。」姜子牙傳令安營紮寨。

朝歌的守將急忙報告：「八百鎮諸侯兵臨城下，共有一百六十萬大軍，勢不可當，請大王快點拿主意。」紂王大吃一驚，急忙帶領百官上城，觀看敵情。

紂王見大軍雄偉，急忙問：「叛軍彙集城下，眾卿有什麼退敵的好辦法？」魯仁傑說：「如今國庫空虛，民怨日生，軍心俱離，即便有良將，也難以服眾。不如派一個能言善辯的人，和四大諸侯陳說君臣大義，興許還能化解危機。」紂王正在思考，中大夫飛廉建議：「大王，『重賞之下，必有勇夫。』偌大的朝歌，一定會有隱世的英雄。大王可以加重賞金，招賢納士。」紂王說：「就按照愛卿所說的做吧。」

朝歌城外三十里的地方，有一個叫丁策的隱士。他聽說周兵來圍朝歌，歎息道：「紂王失德，荒淫無道，殘害生靈，才會有天下諸侯會兵至此。可惜殷商要毀在紂王的手裡啊！」

這時，他的結義兄弟郭宸找上門來，說：「紂王出了招賢榜文。以兄長的才學，現在可是建功立業的大好時機。」

丁策笑著說：「賢弟話雖有理，但紂王失政，才導致諸侯叛亂。何況姜子牙有三山五嶽的門人幫忙。」

郭宸說：「兄長此言差矣！我們是殷商的子民，在國家危亡的時候，就要挺身而出。」

丁策說：「賢弟，這件事咱們要從長計議。」

二人正在爭論，從門外闖進一個大漢。丁策一看，原來是另一個結義兄弟董忠。

董忠大喊：「兩位兄長，小弟已經把咱們三人的名字告知了大夫飛廉。紂王明天早朝會接見我們三個。」

丁策說：「賢弟也不問我一聲，就將我名字說出去，也太草率了。」他見事已至此，只好同意。

紂王見丁策談吐不凡，封他為神策上將軍，郭宸、董忠為威武上將軍，與魯仁傑一起出城抵抗諸侯聯軍。

姜子牙帶領眾門人出來迎戰。

姜文煥說：「這匹夫說長道短，實在可恨，不殺他難解我心頭之恨。」

魯仁傑一馬當先，對姜子牙說：「我是紂王駕下的總督兵馬大將軍魯仁傑。姜子牙，你是崑崙道德之士，怎麼能聯合其他諸侯，背叛朝廷。現在如果及時醒悟，大王絕不深究。如果繼續執迷不悟，到時候悔之晚矣！」

姜子牙笑著說：「你真是不識時務。紂王惡貫滿盈，人神共怒，因此天下諸侯才會兵討伐。」

魯仁傑大怒，派郭宸進攻。南宮适抵住郭宸。二馬相交，雙刀並舉。丁策在馬上也搖槍衝殺過來助戰，被武吉攔住。南伯侯鄂順飛馬出戰，與董忠打了起來。姜文煥大喝一聲，舉起鋼刀劈了董忠。哪吒大叫：「我來了。」說完，舉起乾坤圈砸中丁策。郭宸見兩個兄弟都死了，急忙逃跑，被楊戩一刀劈於馬下。魯仁傑知道不能取勝，只好鳴金收兵，向紂王彙報戰況。

紂王問群臣：「我們該怎麼辦呢？」殷破敗說：「老臣與姜子牙雖然不熟，但畢竟打過交道，願意捨死到周營勸他退兵。他如果不同意，臣願意以死殉國。」紂王沒有辦法，只好同意。

殷破敗出城，來到周營面見姜子牙，勸姜子牙退兵。姜子牙列舉了紂王的暴行，不肯退兵。

其他諸侯聽了殷破敗的話，都十分生氣。姜文煥難以壓制心頭的怒火，大罵殷破敗。殷破敗被姜文煥罵得勃然大怒，生氣地說：「你父親圖謀篡位，覬覦天子之位，才有你這個逆子。」

姜文煥勃然大怒，手起一刀，殷破敗人頭落地。其他人紛紛拍手稱讚：「東伯姜君侯斬了這個老匹夫，實在大快人心。」

姜子牙說：「殷破敗作為使臣來議和，我們應該以禮相待，不能擅自殺戮。」

姜文煥說：「這匹夫說長道短，實在可恨，不殺他難解我心頭之恨。」

姜子牙長歎一聲：「事已至此，後悔也來不及了。」於是命令左右把殷破敗的屍體抬出厚葬。

第九十六回　大戰紂王

紂王在殿上和大臣們議事，聽說殷破敗遇害，大吃一驚。殷破敗的兒子殷成秀哭著說：「『兩國相爭，不斬來使。』他們實在太過分了。臣願捨命給父親報仇。」紂王安慰道：「千萬要小心。」

殷成秀點人馬出城，來到周營外叫罵。姜文煥調本部人馬，出轅門來戰殷成秀。仇人相見，分外眼紅。二人大戰三十多個回合，姜文煥一刀把殷成秀斬於馬下。可憐殷破敗父子都以身殉國。

紂王驚魂不定地詢問左右：「我們該怎麼對付姜子牙？」魯仁傑說：「臣願意親自上城，設法保護城池，先緩解燃眉之急。」

姜子牙對門人說：「魯仁傑是忠烈之士，盡心守城，我們一時半刻還難以攻克朝歌城。」眾門人說：「師叔，我們乾脆各施神通，飛進城內裡應外合，自然一舉成功。」姜子牙急忙勸阻：「不可以。朝歌城不是普通的城池。你們用法術進城，難免傷及無辜。我們討

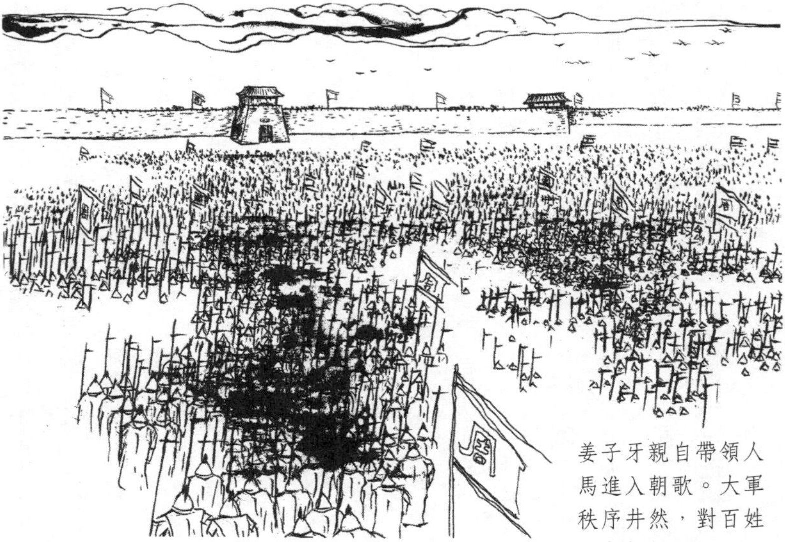

姜子牙親自帶領人馬進入朝歌。大軍秩序井然，對百姓秋毫無犯。

伐紂王，是為了解救百姓。如果按照你們的做法，反而害了他們。最好的辦法是先寫一告示射入城中讓百姓擁護我們，主動打開城門。」

姜子牙寫了草稿，命人抄寫了數十份，從四面八方射入朝歌。城中的軍民看完姜子牙的信，都打算投降。三更時分，朝歌城四門大開，朝歌的士兵和百姓大喊：「歡迎武王入城！」

姜子牙大喜，對眾將說：「每個城門只能進兵五萬，其餘都在城外駐紮，不可擅自入城攪擾。有私自入城擅取老百姓財物的人，軍法從事。」然後，親自帶領人馬進入朝歌。大軍秩序井然，對百姓秋毫無犯。

紂王在宮內正與妲己飲宴，聽得外面殺聲震天，急忙詢問情況。得知周軍入城的消息後，紂王跨上逍遙馬，拎金背刀，來到午門之外。姜子牙全副武裝，手執寶劍，身後是東伯侯姜文煥、南伯侯鄂順、北伯侯崇應鸞，當中是武王姬發。

姜子牙見紂王出戰，忙欠身說：「大王，老臣姜尚甲冑在身，不能全禮。」紂王說：「我沒有虧待過你，你為什麼跑到西岐反叛我？」

姜子牙一一列舉了紂王的罪狀，紂王聽後，氣得目瞪口呆。八百諸侯一起高喊：「誅殺無道昏君！」

姜文煥大喝一聲：「紂王，我父親和姐姐被你害死。今天不殺了你，難解我心中之恨！」南伯侯鄂順厲聲大叫：「無道昏君！我與你有不共戴天之仇。」二侯與紂王在午門前廝殺起來。

北伯侯崇應鸞見東、南二侯大戰紂王，也催馬來助二侯。紂王見又來了一路諸侯，抖擻神威，力戰三路諸侯，一口刀抵住三般兵器，殺得天昏地暗。

姬發在逍遙馬上歎息：「大臣圍攻天子，成何體統！」急忙對姜子牙說：「相父，他們三個人與天子抗禮，實在失禮。」姜子牙說：「大王，紂王罪孽深重，天下之人都可以誅殺他。您就不要再對他講仁義了。」說完，傳令士兵：「擂鼓！」

天下諸侯聽到鼓響，紛紛殺出，把紂王團團圍住。

第九十七回　子牙擒妲己

紂王被眾諸侯圍在當中，全然不懼，將南伯侯一刀斬落馬下。魯仁傑等人見紂王被圍攻，紛紛上前助陣。哪吒大喝：「不得猖獗，我來了！」楊戩等人一起大叫：「今天大會天下諸侯，我們也去湊熱鬧。」說完，一擁而上。

哪吒舉起乾坤圈砸死了魯仁傑，其他幾個殷商的大將也被楊戩等人殺死。姜文煥見哪吒等人立功，舉起手裡的鋼鞭向紂王打來。紂王急忙躲閃，可鞭來得太急，還是被打中後背，幾乎落馬。紂王奪路而逃，跑進午門。眾諸侯見午門緊閉，暫時鳴金收兵。

紂王被姜文煥一鞭打傷後背，回到宮內低頭不語，一會兒自言自語地說：「真後悔沒有聽從大臣們的勸告，才有今天的恥辱。」

飛廉對惡來說：「紂王大勢已去，你我不如趁早投降。」惡來笑著說：「我也正有此意。」飛廉說：「咱們不妨把傳國玉璽偷出來，等武王登基時，把國璽獻出。武王必定會厚待咱們，加官進爵。」惡來說：「兄長太高明了。」

紂王回到內宮，看到妲己、胡喜媚、王貴人，不覺心頭酸楚。他難過地對妲己說：「我不聽大臣們的勸告，胡作非為，才導致眾叛親離。今天殷商要斷送在我的手裡，有什麼面目見先帝。現在後悔也沒有用了，只是我死以後，你們一定會被姬發佔有，一想到這裡，我心中就無比難過。」

三妖哭著對紂王說：「妾等蒙大王眷愛，銘心刻骨，永世難忘。」

四個人抱頭痛哭，難捨難分。妲己說：「大王，妾身生長將門，也曾學過武藝。妹妹喜媚與王貴人還會道術。今晚臣妾三人會為你報仇雪恨。」

姜子牙一時興奮，竟忘記了午門內還有三個妖怪。二更時分，三妖全副武裝，前來劫營。一時間播土揚塵，飛沙走石。周營的軍士暈頭轉向，驚慌失措。姜子牙來到帳外觀看，只見妖風瀰漫，急忙傳令：「眾門人一起降妖。」

哪吒蹬起風火輪，搖火尖槍；楊戩縱馬，使三尖刀；雷震子使黃金棍；韋護用降魔杵；李靖搖方天戟；金、木二吒用四口寶劍，一起迎戰三妖。

三妖被圍在當中，橫衝直撞。姜子牙用五雷正法鎮壓邪氣，只聽得半空中一聲霹靂，把三妖震得膽戰心驚。三妖見勢不妙，藉一陣怪風，連人帶馬衝出周營，逃進宮內。

紂王見三妖返回，急忙問道：「劫營效果怎麼樣？」妲己說：「姜子牙早就做好了準備，因此沒有成功，還差點遇害。」紂王大吃一驚，難過地說：「看來天意如此，不是人力可以抗拒的。今天與你們告別，你們各自逃生去吧，免得受到牽連。」說完，獨自一人上了摘星樓。

妲己見紂王上了摘星樓，對二妖說：「紂王一定去自盡了。我們該去哪兒呢？」九頭雉雞精說：「還是回軒轅墳。」玉石琵琶精說：「姐姐說得很對。」

姜子牙對門人說：「都怪我一時疏忽，被三妖劫營。」說完，卜了一卦，大喊一聲：「差點讓三妖逃去。」姜子牙急忙對楊戩、韋護和雷震子說：「你們火速把三妖捉來，不得有誤！」三個門人領令，各駕土遁，觀察三妖的動向。

三個妖怪在宮中吃了幾個宮人，駕妖風向軒轅墳趕去。楊戩對雷震子、韋護說：「妖怪來了！大家小心。」

楊戩拎寶劍大呼說：「怪物休走！」九頭雉雞精見楊戩仗劍趕來，大罵道：「我們斷送了紂王的天下，才有了你們的功名。你們不知報答，反來害我們，真是豈有此理！」楊戩大怒說：「廢話少說！我奉姜元帥將令，專門來捉拿你們。不要走，吃我一劍。」雉雞精舉劍來迎。雷震子黃金棍打來，被九尾狐狸精雙刀架住。韋護降魔杵打來，玉石琵琶精用繡鸞刀敵住。三個妖怪哪裡是楊戩三人的對手，急忙駕妖光逃走。楊戩三人在後面緊追不放。

楊戩喚出哮天犬，把雉雞的頭咬掉了一個。妖怪顧不得疼痛，帶傷逃竄。楊戩駕土遁緊追。雷震子追趕狐狸精，韋護追趕琵琶精。幾個人遇到了迎面而來的女媧娘娘。

第九十八回　紂王自焚

女媧娘娘阻擋住三個妖怪。三妖不敢前進，俯伏在地，說：「求娘娘救命。」女媧娘娘吩咐碧雲童兒：「用縛妖索把這三個孽障鎖了，交給楊戩，讓姜子牙發落。」童兒領命，將三妖捆綁起來。三妖急忙懇求：「當初是娘娘讓我們去朝歌迷惑紂王，斷送他的天下。我們完成了使命，娘娘卻要把我們交給姜子牙發落，怎麼能出爾反爾？」女媧娘娘生氣地說：「孽障，我讓你們斷送紂王的天下，是合上天氣數。你們三個孽障荼毒忠烈，罪大惡極，理應正法。」

楊戩三人見到女媧娘娘，倒身下拜。女媧娘娘說：「楊戩，你們可以把三妖交給姜子牙正法。」三個人急忙感謝女媧娘娘，把三妖押回周營。

姜子牙對三妖說：「你們三個妖孽，無端造惡，殘害生靈，今天就是你們的死期。」妲己哭著哀求說：「妾身是冀州侯蘇護之女，被紂王選為妃子。紂王荒淫無度，和我沒有關係啊！」姜子牙笑著說：「你哄騙別人也就算了，今天還想來騙我。」命令左右：「把三個妖怪推出轅門，斬首示眾。」

姜子牙對眾人說：「這個妖怪是個千年狐狸精，最擅長迷惑人，還是我親自斬她。」

琵琶精和雉雞精都被斬了首級，只有妲己使用妖法，把幾個士兵迷得骨軟筋酥、目瞪口呆，遲遲無法下手。姜子牙對眾人說：「這個妖怪是個千年狐狸精，最擅長迷惑人，還是我親自斬她。」

姜子牙命令士兵擺設香案，取出陸壓的葫蘆，放在香案上，然後揭開頂蓋，只見一道白光上升現出一物，有眉、有眼、有翅、有足，在白光上旋轉。姜子牙大喊：「寶貝轉身。」那寶貝連轉兩三轉，妲己人頭落地。

紂王獨自坐在宮中歎氣，突然聽到左右稟告：「三位娘娘的首級被掛在周營轅門。」紂王大驚，來到五鳳樓觀看。紂王淚如雨下，下了五鳳

紂王收拾俐落，端坐在摘星樓當中。朱升哭看點燃了乾柴，立刻火光沖天。

樓，上了摘星樓。忽然一陣旋風把紂王籠罩住。無數蓬頭披髮的厲鬼，扯住紂王大喊：「還我命來！」

趙啟、梅伯大叫：「昏君！你也有今天。」姜皇后一把扯住紂王，大罵說：「無道昏君，誅妻殺子，有什麼臉面見列祖列宗。」黃貴妃一身血污，大喊道：「你惡貫滿盈，天地必誅。」賈夫人也上前大罵說：「昏君，因為你我才墜樓而死。」說完，朝紂王一掌打來。

紂王大喊：「朱升，你在哪裡？」朱升聽見紂王呼喚，急忙問：「大王有何吩咐？」紂王說：「我後悔不聽群臣之言，才導致國破家亡。你馬上把柴薪堆積樓下，我要和摘星樓同歸於盡。」朱升聽了紂王的話，哭著說：「奴才不敢。」紂王說：「這事與你沒有關係。你不聽我的命令，就是欺君之罪。」朱升沒有辦法，只好把柴薪堆積在樓下。

紂王收拾俐落，端坐在摘星樓當中。朱升哭著點燃了乾柴，立刻火光沖天。朱升大叫：「大王！奴才以死報答您的知遇之恩。」說完，縱身跳進火海。

姜子牙正和眾諸侯商量進攻皇宮的事情，左右進來報告：「元帥，摘星樓起火了。」姜子牙急忙帶領眾人出來觀看。

姬發見火光當中有一個人身穿赭黃袞服❶，頭戴冕旒❷，手拱碧玉圭❸，端坐於煙霧之中，問左右說：「那煙霧中是紂王嗎？」眾諸侯答說：「正是無道昏君。真是自作自受。」武王掩面不忍觀看，騎馬回營。

姜子牙正要安排眾人救火，只聽得一聲巨響，摘星樓轟然倒塌。紂王瞬間化為灰燼，靈魂飛到了封神台。

---

❶【袞服】古代皇帝的禮服。是古代最尊貴的禮服之一。皇帝在祭拜天地、祖宗或者在重大慶典活動時才會穿著。

❷【冕旒（ㄌㄧㄡˊ）】古代帝王戴的冕冠，頂端有一塊叫「延」的長形冕板，延的前後簷垂有多串珠玉。

❸【玉圭】上尖下方的長條形玉石。是古代帝王祭祀時所用的玉制禮器。

第九十九回　鹿台散財

姜子牙急忙傳令士兵救火。武王與眾諸侯突然看見殿東邊有二十根大銅柱，好奇地問：「這是幹什麼用的？」姜子牙說：「此銅柱就是紂王所造的炮烙。」姬發說：「我現在看到它們都覺得心膽皆裂。紂王真是殘忍。」

姜子牙引姬發來到摘星樓下，見蠆盆裡面蛇蠍上下翻騰，白骨暴露，又見酒池內陰風慘慘，肉林中冷露淒淒。姬發問：「這又是什麼？」姜子牙解釋道：「此是紂王所製的蠆盆、肉林、酒池。」武王說：「難怪天下人都反對紂王。」

姜子牙命令士兵尋找紂王的遺骸，予以厚葬。

眾諸侯跟著姬發上了鹿台，只見殿宇巍峨，雕欄玉飾，還有數不盡的金銀珠寶。姬發歎息道：「紂王窮奢極欲，怎麼會不亡國！咱們要把鹿台聚積的財寶，分散給諸侯和百姓，開糧倉賑濟饑民。」姜子牙說：「大王能這麼做，真是社稷之福啊！」

紂王的兒子武庚被押到殿前，眾諸侯紛紛建議處死武庚。姬發急忙阻止：「不可以殺武

姬發歎息道：「紂王窮奢極欲，怎麼會不亡國！咱們要把鹿台聚積的財寶，分散給諸侯和百姓，開糧倉賑濟饑民。」

庚。紂王的暴行，和武庚有什麼關係？我們應該擁立武庚為王。」

姜文煥說：「武王仁德，天下沒有人不知道。我們一致擁護武王為國君。」眾諸侯一起說：「姜君侯講得有理，正合眾人之意。」

姬發說：「我有何德何能來做國君，只希望和相父早歸故土。」

眾諸侯一齊上前說：「天下剛剛安定，正需要一個主人。大王如果不同意登基，天下諸侯就會瓦解，從此天下就再難太平了。」

姜子牙對姬發說：「紂王禍亂天下，老百姓都希望過上安定的生活。大王如果再推遲，恐怕會寒了大家的心。以老臣之見，大王不如先暫時代理國君管理天下，等到有了更合適的人選，您再讓賢就可以了。」

姬發見無法推辭，只好同意。

姜子牙讓人建造了一座祭壇，選擇黃道吉日請姬發上壇登基，宣告了周朝的正式建立。

武王登基後，立即傳旨，大赦天下。將摘星樓的殿閣全部拆毀，把鹿台的財寶散給諸侯和百姓，釋放了箕子，重修比干和商容的陵墓，把內宮的人遣散回家。老百姓無不拍手稱快。

武王讓武庚鎮守朝歌，自己率領大軍向西岐前進。朝歌的老百姓夾道相送，把武王送出朝歌。

武王的大軍剛到岐山，上大夫散宜生、黃滾已經等候接駕，武王不禁感慨萬千。

次日早朝，姜子牙說：「老臣奉天征討，滅紂興周。如今大事已定，老臣要辭別大王，去崑崙山找師父詢問封神的事情。」武王點頭同意。剛說完，飛廉和惡來帶著傳國玉璽來投奔武王。武王大喜，封飛廉、惡來為中大夫。

馬氏曾經取笑姜子牙不能成大事，遺棄姜子牙改嫁他人。一天，鄰居對馬氏說：「當初你嫁的那個姜某，如今是一人之下萬人之上的宰相。還是你錯了，如果當時隨了姜某，今天就會有享不盡的榮華富貴。」馬氏被說得滿面通紅，默默無語。馬氏回到家裡，越想越恨：「我當初看不上他，把這樣一個貴人錯過了，不如自盡吧！」於是大哭了一場，懸梁自縊而死。一道魂飛到封神台。

第一百回　姜子牙封神

姜子牙來到封神台上，左手執杏黃旗，右手執打神鞭，站在中央，大喊道：「柏鑑把『封神榜』掛在台下。」

諸神一起圍觀封神榜，只見榜首就是柏鑑。

姜子牙對柏鑑說：「柏鑑在征伐蚩尤時不幸死於北海，今天封你為三界首領八部三百六十五位清福正神。」

柏鑑在壇下叩頭謝恩，然後走到台外，手執百靈幡指揮眾神。

姜子牙繼續宣讀封神榜，眾神分別是：

黃天化是三山正神；黃飛虎、崇黑虎等五人是五嶽之神，其中黃飛虎是東嶽泰山天齊仁聖大帝，總管天地人間吉凶禍福；聞仲是九天應元雷聲普化天尊，率領雷部二十四員催雲助雨護法天君；羅宣是南方三氣火德星君正神，率領火部五位正神；呂岳是主管瘟疫的昊天上帝，率領瘟部六位正神；金靈聖母坐鎮斗府，擔任斗母正神之職，負責管理五斗群星，九曜星

姜子牙來到封神臺上，左手執杏黃旗，右手執打神鞭，站在中央，大喊道：「柏鑑把『封神榜』掛在台下。」

官，二十八宿，三十六個天罡星，七十二個地煞星；殷郊是執年歲君太歲之神；楊任是甲子太歲之神；王魔四人是鎮守靈霄寶殿四聖大元帥；趙公明是金龍如意正一龍虎玄壇真君，率領部下四位財神；魔家四將擔任四大天王之職，護國安民，掌風調雨順；鄭倫和陳奇是哼哈二將；三仙島雲霄、瓊霄、碧霄擔任感應隨世仙姑正神，負責人間的生育；申公豹擔任分水將軍之職，執掌東海。

姜子牙封完三百六十五位正神，急忙傳令把飛廉、惡來斬首。他重新來到封神台，拍案大喊：「柏鑑在哪裡？快引飛廉、惡來的魂魄到壇前受封。」

不一會兒，清福神用幡引飛廉、惡來至壇下。姜子牙說：「飛廉、惡來，封你們擔任冰消瓦解之神。」飛廉、惡來聽完封號，叩首謝恩。

姜子牙封完神下臺，率領百官回到西岐。李靖、金吒、木吒、哪吒、楊戩、韋護、雷震子七人辭別武王，各自回山，後來都肉身成聖。

武王按照功勳建立諸侯國，把諸侯國分為五等：公、侯、伯、子、男。比較有名的幾個諸侯國是：魯——姬姓，侯爵，國君是周公旦；齊——姜姓，侯爵，國君是姜子牙；燕——姬姓，伯爵；魏——姬姓，伯爵；晉——姬姓，侯爵；吳——姬姓，子爵；楚——羋姓，子爵；秦——嬴姓，伯爵；宋——子姓，公爵，國君是微子；高麗——子姓，國君是箕子。箕子不願意做武王的大臣，帶領子孫遠走遼東，來到朝鮮半島建立了朝鮮國。

武王一共分封了七十二個國家。

分封之後，武王對周公旦說：「鎬京[1]是天下的中心，是適合帝王居住的地方。」於是命召公遷都到鎬京。

武王統治時期海內清平，萬民樂業，為周家八百年的基業打下了良好的基礎。

---

❶【鎬京】鎬京在西安市長安區的西北方向，是西周時代的首都，又被稱爲西都。西周末年，遷都洛陽。

大地叢書介紹

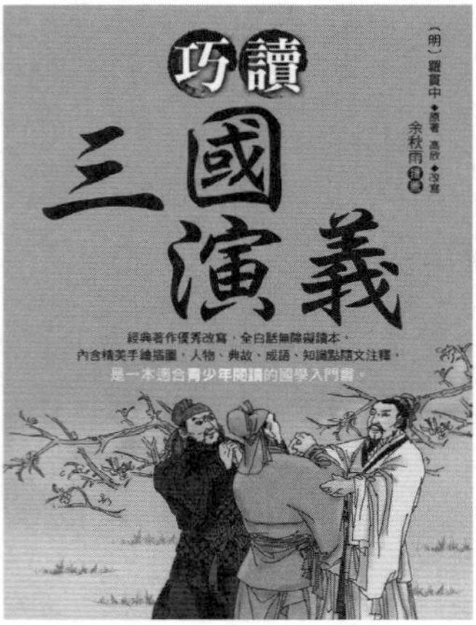

《三國演義》全稱《三國志通俗演義》，是一部長篇章回體歷史小說，它描寫了從東漢末年到西晉初年之間近百年的歷史風雲，以戰爭為主，反映了魏、蜀、吳三國之間的政治和軍事鬥爭，大致分為黃巾之亂、董卓之亂、群雄逐鹿、三國鼎立、三國歸晉五大部分。在廣闊的背景下，上演了一幕幕波瀾起伏、氣勢磅礴的戰爭場面，成功刻畫了近五百個人物形象，其中曹操、劉備、孫權、諸葛亮、周瑜、關羽、張飛等人物形象膾炙人口，不以敵我敘述方式對待各方的歷史描述，對後世產生了極其深遠的影響。

《水滸傳》是中國文學史上最早以白話文寫成的章回小說之一，開創了中國白話文長篇小說的先河，與《三國演義》、《西遊記》、《紅樓夢》被合稱為「中國古典文學四大名著」。

全書描寫北宋末年宋江領導的一百零八人在梁山泊聚義，以及聚義之後接受招安、四處征戰的故事。《水滸傳》版本眾多，流傳極廣，膾炙人口。對中國乃至東亞的敘事文學都有極深遠的影響。

大地叢書介紹

《西遊記》是中國古典四大名著之一，成書於十六世紀明朝中葉，主要描寫了唐僧、孫悟空、豬八戒、沙悟淨師徒四人去西天取經，歷經九九八十一難的故事。《西遊記》自問世以來在中國乃至世界各地廣為流傳，被翻譯成多種語言。孫悟空的形象，以其鮮明的個性特徵，在中國文學史上立起了一座不朽的藝術豐碑。《西遊記》不僅內容極其豐富，故事情節完整嚴謹，而且人物塑造鮮活、豐滿，想像多姿多彩，語言也樸實通達，在思想境界、藝術境界上都達到了前所未有的高度，可謂集大成者。

《紅樓夢》又稱《石頭記》，是一部章回體長篇小說，全書以寶黛愛情悲劇為主線，以賈、史、王、薛四大家族的興衰為背景，描繪出十八世紀中國社會的方方面面。其結構宏大、情節委婉、細節精緻，人物形象栩栩如生，堪稱中國古代小說的經典之作，從十九世紀至今，《紅樓夢》已被譯成多種文字在全世界流傳。

巧讀封神演義 / (明) 許仲琳, 陸西星原著；高欣改寫. -- 一版.-- 臺北市：大地, 2019.06
面：　公分. --（巧讀經典：8）

ISBN 978-986-402-305-9（平裝）

857.44　　108007678

巧讀封神演義

作　　者	（明）許仲琳、陸西星原著、高欣改寫
發 行 人	吳錫清
主　　編	陳玟玟
出 版 者	大地出版社
社　　址	114台北市內湖區瑞光路358巷38弄36號4樓之2
劃撥帳號	50031946（戶名：大地出版社有限公司）
電　　話	02-26277749
傳　　眞	02-26270895
E - mail	support@vastplain.com.tw
網　　址	www.vastplain.com.tw
美術設計	成樺廣告印刷有限公司
印 刷 者	博客斯彩藝有限公司
一版一刷	2019年06月

巧讀經典 008

大地

定　　價：280元